4930.

THÉÂTRE
EUROPÉEN

NOUVELLE COLLECTION

DES CHEFS-D'ŒUVRE DES THÉÂTRES

Allemand, Anglais, Danois,
Espagnol, Français, Hollandais, Italien,
Polonais, Russe, Suédois, etc.,

AVEC DES NOTICES ET DES NOTES

HISTORIQUES, BIOGRAPHIQUES ET CRITIQUES

Théâtre Allemand.

IIᵉ SÉRIE. — TOME III.

LE GARDE DE NUIT

Comédie en un acte,

PAR KOERNER.

PARIS

Au Bureau d'administration du Théâtre Européen

Rue du Dragon, 30.

DELLOYE	HEIDELOFF	BARBA
Éditeur de la	ET	Éditeur de la
FRANCE PITTORESQUE	CAMPÉ	FRANCE DRAMATIQUE
place de la Bourse, 5.	rue Vivienne, 16.	Palais-Royal.

ET CHEZ TOUS LES DÉPOSITAIRES DE PUBLICATIONS HEBDOMADAIRES.

UNE LIVRAISON.

LE THÉÂTRE EUROPÉEN

SE COMPOSERA

DE PLUS DE **DEUX CENT CINQUANTE PIÈCES** TRADUITES

Et accompagnées de Notices et de Notes

historiques, biographiques et critiques

Par MM. J.-J. AMPÈRE; le Baron DE BARANTE, de l'Académie française; BERR; CAMPENON, de l'Académie française; Philarète CHASLES; CHATELAIN; L. CRODSKO; COHEN; DEFAUCONPRET; DELATOUCHE; A. DE LATOUR; DENIS; Émile DESCHAMPS; Ernest DESCLOZEAUX; Alex. DUMAS; Leon GOZLAN; GUIZARD; GUIZOT; DAMAS-HINARD; Jules JANIN; LEBRUN; LOÈVE VEIMARS; MAGNIN; SAINT-MARC GIRARDIN; X. MARMIER; MENNECHET; P. MÉRIMÉE; MERVILLE; Prince MESTCHERSKY; NISARD; Charles NODIER, de l'Académie française; Amédée PICHOT; Comte DE REMUSAT; Comte DE SAINT-AULAIRE; Comte Alex. DE SAINT-PRIEST; Baron TAYLOR; TROGNON; VILLEMAIN, de l'Académie française; Madame la Duchesse D'ABRANTÈS, etc., etc.

Cette importante collection se divisera par séries, divisées elles-mêmes en volumes. Le théâtre espagnol, *première série*, comprendra l'époque de Calderon, de Cervantes, de Lope de Vega, de Montalvan, de Moreto, de Rojas, de Solis, de Zamora, de Tirso de Molina, d'Alarcon, de Cubillo, de Cañizares et autres auteurs de tragédies *fameuses*, de comédies et de saynètes dont il n'a pas même été fait mention dans la première traduction des théâtres étrangers; la *seconde* série, plus moderne, commencera à Moratin et finira à Martinez de la Rosa.

Le théâtre anglais, qui offre quatre époques plus tranchées, aura *quatre séries*. La *première* comprendra les auteurs des règnes d'Élisabeth et de Jacques : Shakspeare et ses contemporains, Marlow, Decker, Heywood, Lilly, Green Peel, Marston, Rowley, Middleton, Ben-Jonson, Massinger, Webster, Beaumont et Fletcher, Ford, Shirley, etc.

La *seconde* comprendra les auteurs des règnes des derniers Stuarts, de Guillaume et de la reine Anne, jusqu'à l'avénement de la maison de Hanovre : Lee, Howard, Dryden, Shadwell, Etheredge, Cibber, Vanbrugh, Congreve, Otway, Wycherley, Southerne, Lillo, Farquhar, Centlivre, Gay, Addison, O'Keeffe, Bickerstaff, etc.

La *troisième* comprendra les auteurs qui ont écrit sous les Georges, jusqu'au moment de la révolution française, Fielding, Thomson, Murphy, Hughes, Foote, Goldsmith, Garrick, Colman, Home, Kelly, O'Keeffe, Bickerstaff.

Et la *quatrième* enfin, plus moderne, commencera à Sheridan et finira à son homonyme Sheridan Knowles encore vivant; elle comprendra Cumberland, Morton, Reynolds, Holcroft, Inchbald, Tobin, Colman J°r, Shiel, Coleridge, Maturin, Milman, Bedoes, Joanna Baillie, Croly, Payne, Walter Scott, Byron, etc.

Dans le théâtre italien, la *première* série embrassera les vieilles pièces en remontant jusqu'à Machiavel; la *seconde*, l'époque de Goldoni; la *troisième*, celle d'Alfieri et de ses contemporains.

Le théâtre allemand, quoique presque aussi riche que le théâtre anglais, n'aura que *deux* séries à cause des dates : la *première* comprendra Lessing, Schiller, et leurs contemporains; la *seconde* Goethe, Kotzebue, Werner, Mullner, et l'époque actuelle, Grabb, Raupach, Grillparzer, Iffland, Kleist, Koerner, Zimmerman, etc.

Les autres théâtres n'auront chacun qu'*une* série, quoique nous ne manquions pas de pièces inédites pour compléter ce qu'on connaît déjà en France des théâtres danois, hollandais, polonais, portugais, russe et suédois.

CONDITIONS.

Le THÉÂTRE EUROPÉEN est publié par livraisons, format grand in-8°.

Chaque pièce paraît *complète* avec les notices et notes qui s'y rattachent.

Les notices sur les auteurs seront toujours placées en tête de la *première* pièce de chaque auteur, non la première dans l'ordre de la mise en vente, mais la première dans l'ordre de la classification des séries et des volumes. — Les notices sur les pièces précéderont chaque pièce.

Les pièces qui ont moins de *quatre* actes ne forment qu'*une seule* livraison.

Les pièces en *quatre* et en *cinq* actes forment *deux* livraisons.

Il paraît régulièrement au moins *une* pièce, souvent *deux* pièces le *samedi de chaque semaine*, et alternativement de chacun des théâtres indiqués et de leurs diverses séries.

La couverture de chaque pièce et la *signature* au bas de chaque feuille, indiquent le *théâtre*, la *série* et le *volume* dont la pièce fait partie. Les pièces appartenant au même volume ont une pagination suivie.

La *première* pièce de chaque volume sera toujours accompagnée du *frontispice* du volume, à la fin duquel il sera donné une table des matières.

Prix de chaque livraison :

50 CENT. POUR PARIS; — 60 CENT. POUR LES DÉPART.; — 70 CENT. POUR L'ÉTRANGER.

On ne peut souscrire pour moins de *vingt-cinq* livraisons, payables d'avance aux prix ci-dessus. — Les souscripteurs sont servis à *domicile*.

On peut acquérir chaque pièce séparément.

THÉATRE

EUROPÉEN.

★

IMPRIMERIE DE E. DUVERGER,

4, RUE DE VERNEUIL.

✱

THÉÂTRE
EUROPÉEN

NOUVELLE COLLECTION

DES CHEFS-D'OEUVRE DES THÉATRES

ALLEMAND, ANGLAIS, ESPAGNOL,

DANOIS, FRANÇAIS, HOLLANDAIS, ITALIEN, POLONAIS,

RUSSE, SUÉDOIS, ETC.

AVEC DES NOTICES ET DES NOTES

HISTORIQUES, BIOGRAPHIQUES ET CRITIQUES

PAR MM.

J. J. AMPÈRE ; le baron DE BARANTE, de l'Académie française ; BERR ; CAMPENON, de l'Académie française ; Philarète CHASLES ; CHATELAIN ; L. CHODSKO ; COHEN ; DEFAUCONPRET ; DELATOUCHE ; A. DE LATOUR ; DENIS ; Émile DESCHAMPS ; Ernest DESCLOZEAUX ; Alexandre DUMAS ; Léon GOZLAN ; GUIZARD ; GUIZOT ; DAMAS-HINARD ; Jules JANIN ; LEBRUN ; LOÈVE-VEIMARS ; MAGNIN ; SAINT-MARC GIRARDIN, X. MARMIER ; MENNECHET ; P. MÉRIMÉE ; MERVILLE ; prince METSCHERSKY ; NISARD ; Charles NODIER, de l'Académie française ; Amédée PICHOT ; comte DE REMUSAT ; comte DE SAINT-AULAIRE ; comte Alexandre DE SAINT-PRIEST ; baron TAYLOR ; TROGNON ; VILLEMAIN, de l'Académie française ; Madame la duchesse D'ABRANTÈS ; etc., etc.

Théâtre Allemand.

DEUXIÈME SÉRIE.

TOME III.

PARIS

ED. GUÉRIN ET Cie, ÉDITEURS, RUE DU DRAGON, 30.

1835

LE GARDE DE NUIT [1]

(Der Nachtwaechter)

PAR THÉODORE KOERNER,

COMÉDIE EN UN ACTE,

REPRÉSENTÉE, EN 1811, SUR LE THÉATRE DE VIENNE.

NOTICE SUR TH. KOERNER.

KOERNER (Charles-Théodore), naquit à Dresde, le 23 septembre 1791. Son père, conseiller d'Appellation, était un homme fort instruit, un ami de Goethe et de Schiller. Il devint lui-même le précepteur de son fils ; plus tard il s'adjoignit dans les leçons qu'il lui donnait deux hommes d'un grand mérite, qui ne contribuèrent pas peu à développer dans le jeune Koerner le goût de l'étude, l'amour de l'antiquité et de la poésie. A l'âge de seize ans, son père, qui le destinait à l'administration des mines, l'envoya étudier la minéralogie à Freiberg. Il y passa deux années, fit de rapides progrès, et ne sortit de là que pour entrer à l'université de Leipzig. Dans l'intervalle il avait fait un voyage à travers les montagnes de la Silésie, et l'aspect des beaux sites qu'il parcourut réveilla en lui le sentiment poétique qui, jusque là, ne s'était encore manifesté que d'une manière assez indécise. Il écrivit plusieurs pièces de vers, remarquables surtout par l'idée religieuse, l'idée chrétienne qui les domine. Son but, en venant à Leipzig, était de compléter son cours d'étude, mais son goût pour la poésie le détourna des travaux plus sérieux qu'il était appelé à suivre. Il fonda avec ses camarades un club littéraire, fréquenta le monde, et, après avoir attiré l'attention sur quelques-uns de ses essais, finit par croire que, pour être homme de génie, il fallait renoncer à toute espèce d'étude grave et s'a-

bandonner avec confiance à son inspiration. Une dispute, qui survint entre les étudiants et à laquelle sa fougue de jeunesse lui fit prendre une trop large part, l'obligea de quitter Leipzig. En 1811 il se rendit à Berlin, où les amis de son père l'accueillirent avec la plus grande cordialité. Il venait alors de publier un petit volume de poésie intitulé : *Les Bourgeons* (Die Knospen), et quoique ce volume ne fût rien moins qu'une œuvre remarquable et originale, il lui donna cependant accès auprès des gens de lettres. Après avoir passé quelque temps à Berlin, Koerner s'en alla au mois d'août 1811, à Vienne. C'est ici que commence sa véritable carrière poétique. Muni des excellentes recommandations que son père lui avait données, reçu dans le grand monde, accueilli dans le salon de M. de Humboldt, alors ministre de Prusse en Autriche, dans le cercle d'intimité de F. Schlegel, dans la société de madame Pichler, il puisa, dans ce nouveau genre de vie, dans ces relations avec des hommes instruits et expérimentés, des idées plus sérieuses et les encouragements dont il avait besoin. Il s'appliqua à l'étude de l'histoire, à celle des langues anciennes et vivantes, et il se livra avec une ardeur sans égale à ses travaux poétiques. Il avait travaillé long-temps à une tragédie de *Conradia ;* il l'abandonna pour écrire deux petites comédies : *la Fiancée* et le *Domino vert*, qui furent représen-

(1) Dans la plupart des villes d'Allemagne on a conservé les gardes de nuit. Ils sont chargés de parcourir la ville en criant les heures, les uns joignent à leur cri le son d'un cornet ; les autres, le bruit monotone d'une crécelle. Du reste, ils doivent veiller à ce qu'il ne se commette aucun désordre, à ce qu'il n'arrive aucun malheur. A Berlin, comme la plupart des maisons n'ont pas de portier, ce sont les gardes de nuit qui tiennent les clefs, qui vont fermer les portes à une heure déterminée, et qui les ouvrent pendant la nuit aux personnes qui rentrent.

tées à Vienne avec succès. Le *Garde de nuit*
suivit immédiatement et obtint encore plus
de suffrages. Ces premiers succès l'enhar-
dirent, et dans moins de quinze mois il composa un drame en trois actes, *Tony*, dont
l'idée est empruntée à un conte de Kleist;
une tragédie en un acte, la *Réconciliation;*
une autre tragédie, *Zriny*, tirée de l'histoire de Hongrie; *Rosamunde*, qu'il em-
prunta à l'histoire d'Angleterre; *Hedwig;*
Heiderich; puis trois petites comédies, le
Cousin de Brême, le *Vaguemestre*, la *Gou-*
vernante; deux opéras, *Haine et Amour* et
le *Poste de quatre ans*. Il avait aussi commencé pour Beethoven un autre opéra: le
Retour d'Ulysse. A chacune de ces pièces la
réputation du jeune poète grandit; le monde
le recherchà; la place de *Poète du théâtre* lui
fut accordée. Il était sur le point de se ma-
rier avec une jeune fille qu'il aimait d'une
ardeur toute poétique, et rien ne semblait
plus devoir retarder cette union, qu'il désirait
vivement et qui était approuvée de ses parents, lorsque la guerre de 1813 éclata. L'Allemagne, par un mouvement héroïque auquel nous pouvons rendre maintenant justice, se leva en masse pour repousser le joug
qui pesait sur elle. Théodore Kœrner ne put
voir ce qu'il y avait de noble et de beau dans
ce mouvement d'une grande nation sans
éprouver le désir d'y prendre part. Bientôt
ce désir s'accrut; bientôt sa résolution fut
fixée. Ni les avantages brillants que lui offrait
sa position, ni le bonheur dont il jouissait à
Vienne, ni l'amour ne purent le retenir. Il
avait d'ailleurs un vague pressentiment que
cette campagne développerait en lui une nouvelle source d'inspiration. Il avait été jusque
là pour l'Allemagne un poète à succès faciles,
heureux, il devait être son Tyrtée. Il devait renouveler la merveille des anciens temps :
combattre avec le glaive, encourager ses
compagnons avec la lyre; se distinguer tout
à la fois comme guerrier et comme poète.
Il écrivit à son père cette lettre où respire
tout l'enthousiasme que donne une pensée
ardente et généreuse.

« L'Allemagne se lève; l'aigle prussien, en
reprenant son vol hardi, éveille dans tous
les cœurs l'espoir de la liberté. Ma muse soupire pour sa patrie; laisse-moi me rendre
digne d'elle. Maintenant que j'ai vu combien
de bonheur peut traverser cette vie, maintenant qu'une étoile propice répand sur moi de
doux rayons, c'est un noble sentiment qui
m'entraîne à la conviction intime qu'il
n'y a point de sacrifice trop difficile pour obtenir le plus précieux de tous les biens : la liberté de son pays. Une grande époque de-

mande de grandes âmes, et je sens en moi la
force d'être comme un roc au milieu de cette
agitation du peuple. Il faut que je parte, que
j'oppose ma poitrine aux vagues orageuses.
Autrement pourrais-je, dans ma lâche inspiration, saluer avec mes chants la victoire
de mes frères ? — Je le sais, tu seras très
inquiet et ma mère pleurera! — Que Dieu
vous console! je ne puis vous épargner ce
chagrin. Que je hasarde ma vie, peu importe;
mais cette vie a reçu la couronne de l'amour,
de l'amitié, du bonheur, et si je la hasarde, si
je repousse la douce espérance que j'avais
de ne vous causer aucune larme, aucune inquiétude, c'est un sacrifice digne du prix
qui lui est offert. »

Théodore Kœrner partit de Vienne le 15
mars 1813 et s'engagea à Breslau dans le corps
de volontaires que venait de former le major
Lützow. Peu de jours après, le régiment reçut la bénédiction dans une église de village.
Kœrner parle dans une de ses lettres de cette
cérémonie; on croirait lire une page empruntée aux scènes de guerre du moyen-âge ou à
la guerre de la Vendée.

« Quand le chœur, dit-il, eut fini de chanter, le prêtre nous adressa un sermon plein de
force et d'images touchantes. Pas un de nous
en l'entendant ne resta l'œil sec. Puis il nous
fit jurer de n'épargner ni nos biens, ni notre
sang pour la cause de l'humanité, de la religion, de la patrie, et de courir avec joie à la
victoire ou à la mort. Nous le jurâmes. Alors
il se jeta à genoux et conjura Dieu de nous
bénir. Ce fut un moment solennel, où tous les
cœurs battirent, où chacun de nous crut sentir
la consécration de la mort. Nous nous retirâ-
mes en entonnant le cantique : « Dieu est notre forteresse [1], » et voilà comment se termina
cette sublime cérémonie. »

Kœrner ne tarda pas à se distinguer dans sa
nouvelle carrière, et par les chants patrioti-
ques qu'il composait sur des mélodies populaires et qui électrisaient les soldats, et par sa
régularité à remplir les devoirs qui lui étaient
imposés. Un mois après son arrivée au corps,
ses compagnons l'élurent tout d'une voix
lieutenant; quelques semaines plus tard, il
entra dans la cavalerie, et le major le prit
pour adjudant. Il se battait avec bravoure, il
chantait avec enthousiasme; les agitations de
la guerre, la rumeur des grands événements
qui se passaient autour de lui, donnaient à sa
pensée une impulsion, une énergie, une chaleur qu'il n'avait jamais éprouvée d'une
manière aussi continue. Aussi ses meilleurs
vers datent-ils de cette époque, ses plu-

_____
(1) Cantique écrit par Luther.

beaux chants ont été composés entre les faisceaux d'armes, et chantés au feu du bivouac.

A la bataille de Kitzen, il reçut une blessure à la tête, qui le fit tomber comme mort. Il parvint cependant à se traîner dans une forêt voisine pour échapper aux poursuites de l'ennemi. Des paysans le trouvèrent étendu sur le sol, hors d'état de se mouvoir; ils l'emportèrent dans leur demeure, et grace au dévouement de quelques amis, il parvint à se guérir, et se hâta de rejoindre son corps. Le 26 août 1813, il fut tué dans un combat livré par le maréchal Davoust, près de la route qui conduit de Schwerin à Gadebusch, à une demi-lieue de Rosemberg. Une heure avant cette bataille, il avait terminé l'une de ses chansons de guerre les plus connues : *Du Schwert an meiner Linken*. Son corps, couvert de branches de chêne, fut porté en grande pompe par ses frères d'armes et enterré sous un vieil arbre près du village de Wobbelin. On y a depuis élevé un monument.

Comme poëte lyrique, Th. Kœrner s'est frayé une route nouvelle. Son recueil de chants de guerre est un recueil unique, à côté duquel l'Allemagne n'a rien à mettre. C'est l'ardeur militaire qui l'anime, c'est le patriotisme qui lui donne toute sa poésie. On sent, en lisant ces vers, qu'il n'a pas dû les composer méthodiquement, par un enthousiasme de commande, dans le silence de l'étude, mais qu'ils ont dû lui venir comme un éclair, subitement, par l'inspiration, à l'heure où il voyait les troupes se mettre en marche, où il respirait l'odeur de la poudre. Il idéalise le combat, il divinise la mort. Il n'a cependant point parlé des houris du Coran, ni des walkyries du Nord; sa muse n'a pas eu besoin d'avoir recours à ces parures d'emprunt, à ces artifices de style. Il a vu ses compatriotes marcher au combat pour une noble cause, et il les a encouragés par ses mâles paroles, par son exemple. Il les a vus tomber autour de lui et il les a pleurés. La plupart de ses odes sont pleines de religion et de mélancolie. Il chante et il prie. Il détache la branche de chêne pour couronner le soldat victorieux et la branche de cyprès pour parer son tombeau. Ses vers peuvent être psalmodiés à l'église comme des hymnes, ou répétés par mille voix guerrières dans les camps, au bruit du clairon. D'une main il tient la lyre, de l'autre il brandit son épée. Ce que le soldat a conçu, c'est le poëte qui l'écrit; et voilà comme ses chants nous arrivent pleins de chaleur, de force, d'entraînement; voilà comme ils ont acquis une telle popularité, que, si jamais l'Allemagne devait recommencer sa guerre de 1813,

elle n'aurait rien de mieux à faire que de les reprendre.

Parmi ses pièces lyriques qui ont eu le plus de succès, nous citerons celle qu'il composa peu d'heures avant sa mort.

LE CAVALIER.

Que signifie, ô mon épée! épée qui repose sur mon flanc, que signifie ton éclat joyeux? Tu me regardes avec amour, et moi je suis heureux de te voir. Hourah!

L'ÉPÉE.

C'est un brave cavalier qui me porte, voilà pourquoi je suis radieuse. Je fais la force de l'homme libre; voilà pourquoi ton épée se réjouit. Hourah!

LE CAVALIER.

Oui, ma bonne épée, je suis libre et je t'aime du fond du cœur; je t'aime comme si nous étions unis, comme si tu étais ma fiancée. Hourah!

L'ÉPÉE.

Moi, je t'ai dévoué ma vie de fer. Ah! si nous étions unis! Quand viendras-tu prendre ta fiancée? Hourah!

LE CAVALIER.

Quand la trompette annoncera en triomphe l'aurore des noces, quand le canon retentira, je viendrai te prendre, ma bien-aimée. Hourah!

L'ÉPÉE.

Oh! j'aspire à ce jour, à ce jour de bonheur. Viens donc me chercher, toi qui m'aimes; ma couronne d'épouse est à toi. Hourah!

LE CAVALIER.

Pourquoi t'agites-tu dans le fourreau, ma bonne lame d'acier? Pourquoi cette joie sauvage et cette ardeur des combats? Pourquoi t'agites-tu? Hourah!

L'ÉPÉE.

Si je m'agite dans le fourreau, c'est que je désire voir la mêlée; c'est que je voudrais, avec ma joie sauvage, m'élancer au combat. Voilà pourquoi je m'agite. Hourah!

LE CAVALIER.

Reste dans ton étroite demeure. Que veux-tu faire, ma bien-aimée? Reste, jeune fille, dans ta petite chambre. Bientôt je viendrai te chercher. Hourah!

L'ÉPÉE.

Ne me laisse pas attendre plus long-temps. J'entrevois notre beau jardin d'amour où sont semées les roses sanglantes, où la mort s'épanouit. Hourah!

LE CAVALIER.

Viens donc, ô mon amour! viens donc, puisque tu le veux; sors de ta retraite, montre-toi; je t'emmène dans la demeure de mes pères. Hourah!

L'ÉPÉE.

Ah ! qu'il est doux de marcher en liberté au milieu de cette troupe guerrière qui accompagne nos noces ! Ah ! comme ma lame brille aux rayons du soleil ! Hourah !

LE CAVALIER.

En avant, mes braves compagnons ! En avant, soldats d'Allemagne ! N'avez-vous pas le cœur bouillant ? Prenez aussi votre bien-aimée. Hourah !

Elle a long-temps palpité en silence à votre gauche. Prenez-la donc de la main droite. Dieu bénira vos fiançailles. Hourah !

Embrassez-la ; collez vos lèvres à sa bouche d'acier. Malédiction sur celui qui l'abandonnerait ! Hourah !

Et maintenant laissez-la chanter. Laissez l'éclair jaillir de ses yeux. Le matin des noces commence à poindre. Hourah ! Ma fiancée de fer ! Hourah !

Une autre pièce de Kœrner, qui est très aimée en Allemagne, est celle qui a pour titre, *la Prière pendant le combat.*

« Mon père, je t'invoque. Les tourbillons de poudre m'enveloppent. L'éclair reluit autour de moi. Souverain des armées, Dieu des batailles, je t'invoque. Mon père, conduis-moi.

Mon père, conduis-moi ; conduis-moi au combat, ou à la mort. Je me soumets à tes ordres. Conduis-moi selon ta volonté. Mon Dieu, je te reconnais.

Mon Dieu, je te reconnais dans le murmure des feuilles d'automne, comme dans le tumulte des combats. Source de clémence, je te reconnais. Mon père, bénis-moi.

Mon père, bénis-moi. Je remets ma vie entre tes mains. Tu peux me la reprendre, tu me l'as donnée. Bénis-moi dans cette vie, bénis-moi si je meurs. Mon père, je t'honore.

Mon père, je t'honore. Nous ne combattons point pour les biens de la terre. Nous défendons avec l'épée le plus sacré de nos droits. Mon Dieu, je m'abandonne à toi.

Mon Dieu, je m'abandonne à toi. Si les foudres de la mort m'atteignent, si mon sang doit couler, mon Dieu, je m'abandonne à toi. Mon père, je t'invoque. »

Qu'on me permette de choisir encore dans ce recueil de Kœrner deux petites pièces, deux sonnets, remarquables tous les deux, l'un par les idées gracieuses qu'il exprime, l'autre par sa résignation et sa mélancolie. Le premier est adressé au buste de la reine Louise, de cette reine dont la Prusse vénère encore le souvenir et à laquelle le génie de Rauch a élevé à Charlottenburg un si beau monument. L'autre fut composé pendant la nuit qu'il passa tout seul, blessé, sans secours, au milieu d'une forêt.

Au buste de la reine Louise.

Tu dors si doucement ! Sur ton visage tranquille on croirait voir encore les beaux rêves de la vie. Le sommeil n'a fait qu'abaisser ses ailes sur toi, et tes yeux se sont fermés en paix.

Oh ! dors jusqu'à ce que ton peuple, au signe de feu qui luira sur les montagnes, essuye la rouille de son épée et dévoue sa vie à reconquérir le plus précieux de tous ses biens.

Mais quand luira le jour de la vengeance et de la liberté, ton peuple t'appellera. Alors éveille-toi, noble femme allemande, pour être l'ange de la bonne cause.

Adieu à la vie.

Ma blessure est brûlante, mes lèvres tremblent. Je sens que les battements de mon cœur s'affaiblissent. Je touche aux termes de la vie. Mon Dieu ! que ta volonté soit faite ! je m'abandonne à toi.

J'ai vu de riantes images passer devant moi, et maintenant mes beaux rêves s'effacent à l'aspect de la mort. Mais courage ! ce que je porte si fidèlement dans le cœur doit vivre éternellement avec moi.

« La liberté que j'ai vénérée toute ma vie, la liberté sainte à laquelle je dévouais ma jeunesse avec amour, m'apparaît maintenant comme un séraphin, et à mesure que mes forces m'abandonnent, je me sens emporté vers les hauteurs célestes. »

Nous nous sommes arrêtés quelque temps sur ces chants de Kœrner, parce que c'est la partie de ses œuvres la plus intéressante, et par le mérite poétique qu'elle nous offre, et par les souvenirs historiques qui s'y rattachent. Le reste de ses poésies lyriques renferme des morceaux religieux, empreints d'un sentiment vrai ; quelques pièces assez jolies sur la vie des mineurs ; des odes, des élégies, des sonnets d'amour, souvent assez gracieux, parfois un peu fades : puis des légendes de saints naïvement racontées, et des ballades populaires dont quelques-unes présentent un grand intérêt. L'une entre autres, intitulée Kynast, est très dramatique. C'est l'histoire d'une jeune veuve, comtesse de Silésie, que ses vassaux pressent de prendre un nouvel époux, et qui exige pour condition absolue du mariage que ceux qui aspirent à sa main gravissent au-dessus d'un abîme effrayant. Cinq ou six jeunes chevaliers s'y engagent l'un après l'autre et tombent victimes de leur témérité. Pour elle rien ne l'apitoie, ni les supplications qu'on lui adresse pour révoquer son serment, ni la mort funeste de ces malheureux. Elle se rit du désespoir qu'elle cause, des larmes qu'elle fait répandre. Enfin arrive un jeune homme qu'elle aime avec ardeur, et qui veut tenter comme ses compagnons la fatale entreprise. En vain la jeune femme, effrayée de son projet, le supplie-t-elle d'y renoncer; en vain se jette-t-elle à ses genoux, en le conjurant de rester, en lui offrant de devenir son épouse : le jeune homme la quitte et s'élance sur le chemin de l'abîme. Il passe là où ses frères d'armes ont passé, il franchit l'écueil difficile où ils ont échoué. Il atteint le but, et il revient au milieu des cris de joie de la foule assemblée. La comtesse vole au-devant de lui et veut l'enlacer dans ses bras, mais lui, la repoussant avec indignation : « J'ai voulu venger, dit-il, mes amis, mes compagnons, que votre cruauté a fait périr, et maintenant je vous livre à la honte et au remords. » Puis il s'éloigne, et, dans son désespoir, la comtesse se précipite elle-même dans l'abîme où sont tombés ses amants.

Peut-être ne lira-t-on pas sans intérêt cette autre ballade, où se trouve si fortement empreint l'esprit superstitieux du Nord, et qui rappelle par sa teinte sombre la Lénore de Bürger [1].

WALLHAIDE.

Au-dessus de cette montagne couverte de forêts, là où vous voyez ces restes de murailles éclairés par le crépuscule du soir, s'élevait jadis un grand château. Le temps l'a détruit. On n'entend plus, au milieu de ces tours en ruines, que le souffle du vent; et chaque nuit on voit, à travers les portes, passer des fantômes.

Là demeurait jadis un comte qui était revenu victorieux de plus d'un combat. C'était un homme ardent et terrible dans la mêlée, dur et sévère chez lui : et il avait une fille dont le front rayonnait toujours d'une douce joie, dont le cœur était plein de bienveillance et d'amour. C'était Wallhaide.

Sa vie se passait dans son cercle intérieur, et elle sortait rarement du château. Mais il y avait un chevalier qui l'aimait, qui s'était donné à elle à tout jamais. Le chevalier ne demeurait pas loin d'elle; il monte sur son bon cheval, et il vole vers sa bien-aimée.

Et, lorsque le soleil est près de se coucher, il s'arrête dans un lieu désert et retiré; puis Wallhaide se glisse doucement, comme le zéphir, le long des galeries du château. Elle arrive auprès de lui, elle se repose sur son sein; et lui l'enlace dans ses bras, avec une ame pleine d'amour.

L'été devait bientôt finir; ils voulaient être unis. Rodolphe s'en vient un jour trouver le comte, et lui dit : « Je ne dois pas vous le cacher plus long-temps; j'aime Wallhaide, je promets de l'aimer toujours; voulez-vous me la donner pour femme? »

Le visage du comte se rembrunit. « A quoi penses-tu, dit-il, d'entretenir un tel amour? Tu n'auras pas ma fille, Rodolphe; tâche de l'oublier. Malgré ses cris, malgré ses larmes, un riche baron viendra la prendre demain pour l'épouser. »

Le désespoir s'empare de Rodolphe. Il va se réfugier au milieu des bois; il court à travers les montagnes; ses yeux n'ont point de larmes, mais une douleur froide lui déchire le cœur, et il lui semble qu'il doit y succomber.

Tout à coup un nouvel espoir surgit dans sa pensée, une nouvelle force lui revient; il songe que tout n'est pas encore perdu. « Je suis libre, se dit-il, et Wallhaide est fidèle; que Dieu m'aide à la délivrer des chaînes de son père. »

Il revient vers sa bien-aimée. « A minuit, lui dit-il, quand tout repose dans le château et que nul regard perfide ne peut trahir l'amour, je serai ici avec un bon cheval; tu t'asseoiras à côté de moi, et nous irons au loin, jouir de notre liberté. »

Wallhaide se penche en rougissant sur Rodolphe et lui répond avec de douces paroles. Puis tout d'un coup, s'arrachant à cette joie secrète : « Comment ferai-je, s'écrie-t-elle, pour franchir l'enceinte des murailles? La nuit, les portes sont si bien gardées; et il me faudrait traverser toute une haie de soldats.

« Cependant, si je ne me trompe, j'espère encore trouver un moyen; l'entreprise est bien hardie pour une jeune fille. Mais l'amour doit nous protéger; quiconque se fie à lui, fût-il dans les chaînes, doit être sauvé. Écoute donc ce que je vais te raconter :

« Quand Wunlobald, un de nos ancêtres, habitait ce château, il avait une fille charmante qui faisait l'ornement de sa demeure et qui s'appelait aussi Wallhaide; et toute jeune encore Wallhaide avait connu les joies de l'amour.

« Elle avait promis sa foi à un jeune chevalier, elle voulait l'épouser; mais le père, avec sa dureté de cœur, s'y opposa, et Wallhaide

(1) On trouvera aussi dans cette ballade une grande ressemblance avec la Nonne sanglante du Moine de Lewis. Les deux pièces sont évidemment entées sur la même croyance; elles sont le fruit d'une de ces traditions populaires qui courent l'Allemagne. Lewis et Kœrner lui ont donné chacun une forme différente, mais l'idée première du conte n'a pas été altérée, et la parenté entre l'œuvre du poète anglais et celle du poète allemand est incontestable.

ne voulait pas quitter celui qu'elle aimait. A minuit elle se prépara à fuir avec lui.

« Un misérable les trahit. Le comte s'élance furieux après les deux amants, enfonce son glaive dans le cœur du chevalier, et, se tournant ensuite vers sa fille, il la frappe d'un coup de poignard et la renverse morte à ses pieds.

« L'esprit de Wallhaïde ne repose pas dans le tombeau ; souvent on la voit passer au milieu de la nuit, elle s'en va hors des portes, comme si elle attendait son amant, et elle reste là jusqu'au lever de l'aurore.

« Sa vie dévouée à l'amour, et morte elle s'en souvient encore. Je prendrai cette nuit sa robe sanglante ; les gardes s'écarteront en me voyant venir ; je passerai librement au milieu d'eux, car personne n'ose arrêter un esprit.

« Oh! c'est bien! s'écria avec joie Rodolphe. Adieu maintenant mes souffrances et mes alarmes. A peine serons-nous hors du château que nous pourrons aimer en sûreté ; demain matin je te salue comme ma fiancée. Adieu! adieu! »

La nuit est venue ; la vallée est sombre ; quelques pâles étoiles luisent au ciel. A l'heure dite Rodolphe monte à cheval, marche à travers l'obscurité et s'avance près du château.

A minuit Wallhaïde s'approche lentement, avec son voile ensanglanté que le vent agite. Il s'élance vers elle, la prend dans ses bras, et se remet à la hâte en route.

Il marche depuis long-temps ; la jeune fille se tait ; il la tient sur ses genoux. « Ma douce fiancée, lui dit-il, pourquoi donc es-tu si légère? C'est à peine si je te sens peser sur moi. — Mon vêtement est si fin, mon vêtement est diaphane comme le nuage. »

Le chevalier la presse dans ses bras, et un froid glacial lui court par tout le corps. « Ma douce fiancée, pourquoi n'as-tu plus de chaleur? L'amour a-t-il cessé de t'animer? — Dans tes bras, je suis bien ; mais mon lit était froid, froid comme la terre. »

Ils s'avancent plus loin à travers les champs et les forêts ; la nuit est sombre, l'étoile du ciel est pâle. « Ma douce fiancée, tes membres sont comme la glace. Ton cœur aime-t-il encore? — Rodolphe, mon cher Rodolphe, tu es à moi, et je suis à toi. »

Et ils marchent sans cesse, et le matin approche. « Maintenant, dit-elle, je suis délivrée ; maintenant je pourrai me reposer, car voici mon bien-aimé. »

Les premiers rayons de l'aurore s'élèvent et commencent à éclairer la campagne. La fiancée devient de plus en plus immobile, de plus en plus froide. Soudain on entend le cri du coq ; elle s'attache à son bien-aimé, et le fait descendre de cheval.

« Arrête! arrête! La fraîcheur du matin remplace le vent de la nuit ; le jour va luire, le coq a crié. Viens, mon bien-aimé, ta fiancée veut regagner son lit ; viens donc. Nous sommes à tout jamais unis, et le ciel et l'enfer ne peuvent nous séparer. »

Elle appuie ses lèvres de glace sur celles du chevalier. Il tremble ; l'odeur des cadavres le saisit ; il se sent livré à une puissance inconnue. Il pâlit, chancelle, tombe par terre et meurt.

Kœrner a encore écrit quelques contes en prose ; l'un de ces contes, intitulé *la Harpe* est curieux par la croyance mystérieuse et la superstition d'amour qui s'y trouvent dépeintes.

Comme poète dramatique, Th. Kœrner ne peut être placé qu'à un rang secondaire. Ses tragédies portent évidemment le caractère de l'école de Schiller. Mais ce n'est encore là qu'un premier jet qui pouvait seulement faire concevoir des espérances pour l'avenir. Le poète a peut-être été plus heureux dans ses comédies. Il a du moins trouvé parfois, ce qui est assez rare en Allemagne, des scènes de bon comique, un style à saillies, vif, coupé, pittoresque, et qui est bien à lui. Le *Garde de nuit*, que nous publions, est celle de ses comédies qui a eu le plus de succès. Nous aurions d'ailleurs choisi cette pièce de préférence aux autres, parce qu'elle nous a paru renfermer une peinture assez vraie des mœurs allemandes. Le caractère de Wachtel et celui de Zeisig sont deux types bien francs de l'étudiant de Leipzig ou d'Iéna. La position de la jeune fille, qui est devenue orpheline et qui s'en va tout bonnement se réfugier chez son cousin, nous paraîtrait en France assez équivoque ; mais elle s'accorde parfaitement avec les habitudes chastes et austères de la famille allemande. Cette pièce n'est, du reste, qu'une œuvre légère, et mériterait plutôt le nom de proverbe que celui de comédie.

Le père de Kœrner publia lui-même en 1814 un choix de poésies de son fils, sous le titre de la *Lyre et l'Epée* (Leier und Schwerdt) ; et en 1815 le poète Tiedge, de Dresde, en fit paraître une seconde édition en deux volumes, en y joignant les pièces de théâtre et les poésies lyriques encore inédites. Le poète Streckfuss de Berlin vient de les publier de nouveau en un beau volume.

X. MARMIER.

LE GARDE DE NUIT

COMÉDIE.

PERSONNAGES.

TOBIE SCHWALBE, garde de nuit dans une ville de province.
ROSE, sa cousine.
ERNEST WACHTEL, étudiant.

CHARLES ZEISIG, étudiant.
LES VOISINS DE SCHWALBE.
LE BOURGUEMESTRE.

Le théâtre représente une place publique. Au milieu, une petite fontaine. A gauche, la maison de Schwalbe; à droite, celle du bourguemestre.

SCÈNE I.

SCHWALBE et ROSE *assis sur un banc devant leur porte.*

SCHWALBE.

En vérité, il y a de quoi en perdre la tête. Allons, Rose, ne sois donc pas si singulière. A quoi servent toutes ces résistances et ces petites mines?—Et là-dessus en voilà assez. Je te prends pour femme.

ROSE.

Non, monsieur mon cousin, nous n'en finirons pas ainsi. Tout cela est inutile. Je ne peux pas vous souffrir, et j'aimerais mieux rester fille toute ma vie que de prendre un homme comme vous.

SCHWALBE.

Tu me fàcheras à la fin. Regarde-moi donc, tonnerre! Que demande mademoiselle Rose que Tobie ne puisse lui donner?

ROSE.

Je demande un joli garçon, franc, spirituel, ouvert; je veux être aimée et non pas contrainte, et alors je donnerai volontiers mon cœur et ma main.

SCHWALBE.

Tout cela n'est qu'une bagatelle, et si tu ne demandes rien de plus?... Mais je le vois, méchante; tu as beau vouloir dissimuler, tu es éprise de moi à la folie.

ROSE.

Voilà ce que j'appelle un coup bien frappé. Cependant je vous le dis pour la troisième et dernière fois : Je ne veux point de vous.

SCHWALBE.

Allons, tu finiras toujours par te rendre. Ne me montre donc pas un visage si sombre. Parle; ne suis-je pas un homme connu dans la ville? Il y a treize ans, notre noble et sage sénat ne m'a-t-il pas, malgré toutes les intrigues, nommé garde de nuit? Et depuis n'ai-je pas rempli ce poste d'honneur d'une manière brillante? Qu'en penses-tu, mon trésor?

ROSE.

Que m'importe ce que vous me dites là? Vous pouvez être excellent garde de nuit, mais je ne vous trouve pas bon pour être mon mari.

SCHWALBE.

Je sais bien qui t'a perverti ainsi les idées; le vieux pasteur qui se chargea de t'élever, lorsque ton beau-père le sacristain mourut; ce vieux homme portait toujours ses vues trop haut.

ROSE.

Si mon cousin ne veut pas se brouiller complétement avec moi, je lui conseille de ne jamais prononcer un mot là-dessus.

SCHWALBE.

Eh bien! pourquoi cette chaleur? Il faut maintenant que je prie. Ah! vous vous fàchez trop vite pour une jeune fille qui a étudié, qui est instruite, qui écrit même des vers! Et moi aussi j'ai été à l'école, et je me suis exercé à lire et à écrire. J'ai connu toutes ces chimères, et en vérité cela allait mal. Mais à quoi servent ces sciences de mendiants? Je les ai abandonnées il y a long-temps.

ROSE.

Si ce n'était là pour vous qu'un jeu, pourquoi donc ne l'avez-vous pas continué?

SCHWALBE.

Je l'aurais bien pu, j'y ai souvent pensé; mais un jour je fis, à propos de la Bible, une grande sottise. Il faut vous dire que j'étais dans un temps un méchant garçon, vagabond et sauvage comme un diable; s'il se commettait quelque mauvais tour dans le village, j'en étais sans aucun doute; on m'avait vu, ou du moins on ne manquait jamais de le crier très haut. Peu importe ce qu'il en devait arriver; il fallait que le pauvre Tobie fût coupable, c'était convenu; et ensuite il fallait avouer que je l'étais, car mon père me battait jusqu'à me rendre le corps tout bleu; si j'essayais de me défendre, les coups redoublaient. Un jour le maître d'école nous faisait le catéchisme, il s'adressa à moi et me dit : Voyons, lourdaud, qui a créé le monde? En me parlant ainsi, il me regardait d'un air sévère; je me sentis comme tombé des nues et je répondis : Je ne sais pas. Je te demande qui a créé le monde? cria le maître avec colère, et si tu ne me le dis pas à l'instant, je t'accable de coups. Cette fois je crus que l'on m'accusait encore de quelque faute, et je lui répondis en sanglotant : Pardonnez, je vous avouerai que c'est moi; mais cela ne m'arrivera plus, je vous le promets. Toute l'école se mit à rire, et le maître, sans autre compliment, jeta le pauvre Tobie à la porte.

ROSE.

Malheureux cousin! vous étiez à plaindre. On vous a horriblement traité.

SCHWALBE.

Le diable peut supporter de telles choses avec calme! Je racontai à mon père ce qui s'était passé. C'était un homme de tact, un maître cordonnier qui avait confiance en son sang et qui remarqua aussitôt que, pour les beaux-esprits, son petit Tobie était d'une nature trop exquise. Je fis un pas rapide. Il m'envoya dans la capitale, et je devins garçon de cuisine chez Son Excellence le ministre.

ROSE.

Et pourquoi n'êtes-vous pas resté à la cuisine? car je sais que dans la dernière campagne vous serviez comme mousquetaire.

SCHWALBE.

C'est mon malheureux sort qui m'a fait partir, et, si tu veux je te raconterai...

ROSE.

Allons.

SCHWALBE.

Je n'étais pas seulement employé à la cuisine; je m'occupais encore d'autre chose que de la soupe et des sauces. Mon jeune maître avait des intrigues, et j'étais là comme son bon génie pour lui rendre service. Un jour, je ne puis y penser encore sans effroi, il monta à une fenêtre; moi je tenais l'échelle en dehors de la maison. Il pouvait être environ minuit. Tout à coup arrive un homme en manteau blanc; cet homme me demande qui je suis, à quelle bande de voleurs j'appartiens, et il me menace de la police. Déjà il faisait deux pas en arrière; il allait la prévenir. Je l'arrêtai et je lui dis : Mon jeune maître fait une visite là-haut, le mari n'y est pas. Alors il se mit à rire d'une façon diabolique; il me dit à voix basse, en me mettant de l'argent dans la main : Je veux lui procurer une joie inattendue; tiens-moi l'échelle pour que je monte. Je lui tins l'échelle très patiemment. Et qui était-ce? Rien moins que le mari que j'aidais ainsi à rentrer chez lui, et qui jeta sans façon mon jeune maître dehors.

ROSE.

Le grossier!

SCHWALBE.

C'est ce que je dis aussi. Mais ce ne fut pas tout; mon maître me roua de coups. J'étais si malade et si effrayé que je mis trop de sel dans un des plats qui m'étaient confiés. On saisit cette occasion de me noircir auprès de Son Excellence, et je tombai victime d'une cabale de cuisine, à moitié chemin de la route que je suivais avec bonheur.

ROSE.

Alors vous devîntes soldat?

SCHWALBE.

Oui, à ma grande terreur, je dois l'avouer. Il me fallait de sang-froid embrocher avec une lance des hommes comme du rôti d'agneau. A la première bataille j'eus la fièvre. Ce n'était pas ma faute, mais celle de ma constitution. J'aurais volontiers combattu, mais tout alla bien sans moi. Le capitaine déclara que j'étais un lâche et promit de me guérir le bâton à la main : sur quoi je pris son cheval pour traverser le gué, et je m'en revins dans mon pays. Aussi quand je me présentai pour obtenir la place de garde de nuit, le magistrat qui se souvenait des services que j'avais rendus au roi dans la dernière campagne, n'hésita pas un instant à satisfaire à ma demande. J'obtins donc cette place qui peut nous suffire à tous deux, ce que je te démontrerais facilement. Sois donc plus sage, accorde-moi le bonheur que je désire; prends Tobie Schwalbe pour mari.

ROSE.

Non, ne parlons plus de cela. (à part.) Où peut donc être Charles? pourquoi ne vient-il pas?

SCHWALBE.

Qu'as-tu donc à regarder ainsi autour de toi?

ROSE.

Que vous importe?

SCHWALBE.

C'est mon devoir. Tu es ma cousine, il faut que je te garde.

ROSE.

Et vous vous acquittez bien de ce devoir, car chacun s'en aperçoit. Je ne puis pas faire un mouvement qui vous échappe; vous ne me perdez jamais de vue; le jour vous ne me laissez pas de repos, et la nuit vous veillez à ma porte; vous gardez la ville, et moi par-dessus le marché.

SCHWALBE.

C'est bon, c'est bon. Il commence à faire sombre: tu devrais être à ton rouet il y a long-temps. Ici tu ne vois pas combien il y a de loups pour des agneaux de ton espèce. Il est tard; marche, marche, rentrons.

ROSE.

Je vais. (à part.) Il vaut mieux lui obéir, car il est si défiant! Mais la ruse achèvera ce que l'amour a commencé.

SCÈNE II.

SCHWALBE, seul.

Une jolie fille à garder, quand la lune d'été arrive, c'est bien de toutes les commissions que je connais la plus fâcheuse, mais on ne me trompera pas: je suis pour cela un peu trop fin. Je flaire de loin les amoureux, et ce n'est pas auprès de moi qu'on fera passer si facilement un X pour un U.

(Il rentre.)

SCÈNE III.

ZEISIG, seul.

Maudit soit ce vieux dragon! Le voilà déjà placé devant cette porte qui est pour moi la porte du ciel; cela dérange tous mes projets. Que faire? comment sortir de là? Rose m'a sans doute écrit: si seulement je pouvais avoir sa lettre! Quelquefois il est si aisé de jouer le rôle d'amoureux, et moi pourquoi y trouvé-je tant de difficultés? Le vieux philistre [1] la tourmente sans cesse: elle n'a de repos ni le jour ni la nuit. Pour la première fois, peut-être, voici qu'un étu-

[1. Ce mot de philistre ne peut mieux se traduire que par l'idée que nous attachons quelquefois au mot d'épicier.]

diant se présente avec de bonnes intentions; pour la première fois il ne trouve que des entraves. Oh! il y a de quoi en perdre la tête. A quoi me servent maintenant ces études que j'ai poursuivies avec tant de zèle? Je connais le nom de tous les juristes, je puis disputer à mort contre trois adversaires, je sors avec honneur de l'examen, j'aurai une place, j'aurai une existence assurée avec toutes les ruses que je mettrai en œuvre, et chaque juge de s'écrier: *Miracula!* et cependant me voilà devant cette porte comme un vrai nigaud. Je me moquais autrefois de tous les étudiants qui ne se plongeaient pas comme moi dans les livres, qui menaient une vie insoucieuse et consacraient gaîment leurs journées au plaisir et à l'amour. Je me rappelle surtout comme le joyeux Wachtel, mon compagnon de chambre, était pour moi un sujet d'effroi, et maintenant je donnerais beaucoup pour avoir un peu de son esprit. C'est là ce que l'on ne trouve ni dans les livres, ni derrière le poêle. Mais silence! voici un étranger qui s'approche; il ne faut pas que l'on me voie rôder.

(Il se retire à l'écart.)

SCÈNE IV.

WACHTEL et ZEISIG.

WACHTEL.

Me voici donc de nouveau dans le vieux nid que je n'ai pas vu depuis sept ans. Comme le désir de le revoir me tourmentait le cœur! et maintenant je reste là froid et indifférent. Je n'ai pu me remettre au niveau du temps qui me donnait mes anciennes idées. Je vois toutes les maisons nouvellement peintes. — Là est le tombeau de ma mère. — Comment, je pleure? Allons, Wachtel, il y a encore pour toi un bonheur paisible. De même que l'espérance resta dans la boîte de Pandore, le souvenir reste au fond du cœur. Je ne me suis jamais donné de soucis; je n'ai désiré que ce qui était possible, et j'ai trouvé partout le soleil pour me réchauffer. Il arrive pourtant des jours sombres dans la vie; mais, si le cœur reste calme, il fera bientôt clair autour de vous, et quiconque s'abandonne sans crainte aux heures de la joie est le compagnon chéri du bonheur.

ZEISIG, s'avançant.

Comment? Wachtel?

WACHTEL.

Que vois-je?

ZEISIG.

Oh! laisse-moi t'embrasser.

2

WACHTEL.

Que Dieu te bénisse!

ZEISIG.

Quelle joie de te revoir!

WACHTEL.

Mais, mon cher ami, tu as l'air bien malheureux! que diable te manque-t-il donc?

ZEISIG.

Je suis amoureux.

WACHTEL.

Amoureux! amoureux! Ô vulgaire philistre! Et qui est donc ta divinité?

ZEISIG.

Son père était sacristain. Quand il mourut, le mien eut pitié de cette pauvre orpheline; il la prit chez lui et l'éleva avec moi. Naturellement nos cœurs parlèrent d'abord très bas, puis enfin tout haut. Je te raconterai plus tard les détails. — Dis-moi maintenant, mon cher, quel bon génie te ramène auprès de nous. (*La nuit devient de plus en plus sombre.*) Quel motif t'a détourné de ta route pour te conduire ici? Il y a bien long-temps que je n'avais plus de nouvelles de toi.

WACHTEL.

Tu te souviens encore, frère, quelle joyeuse vie je menais. Tu me donnais souvent de bons conseils, mais cela ne me servait à rien. Tu le sais; je ne pouvais pas étudier beaucoup, parce que j'étais régulièrement toutes les semaines en prison. Le moyen avec cela de fréquenter les cours? Ainsi passèrent la première, la seconde et la troisième année. Notre doyen mourut: on me nomma *Chapeau d'honneur.* Nous étions tous noirs comme des corbeaux: moi je marchais gravement derrière le recteur. Le cercueil était devant nous, et nous venions de nous arrêter auprès de la tombe, quand je ne sais quel mauvais diable me poussa la main, je coupai la bourse à cheveux du recteur. L'affaire causa un grand scandale; j'étais d'ailleurs une malheureuse pâte à laquelle on avait depuis long-temps envie de mordre, et après avoir passé six mois en prison je fus relégué à perpétuité.

ZEISIG.

Comment relégué? Pauvre garçon!

WACHTEL.

Pourquoi me plaindre? ma situation était charmante. Je m'élançai gaîment hors de la prison et je pris le bâton de voyage. Il y avait long-temps qu'il ne me restait pas un brin de patrimoine; quant à mon bagage, il n'était pas lourd et je pouvais m'en aller léger comme une plume. Avant tout cependant il arriva une scène fort plaisante; mon créancier s'en vint avec deux sergents et prétendit que je devais le payer, mais je me moquai hardiment de lui.

ZEISIG.

Ce n'était pas bien.

WACHTEL.

Méchant philistre! tu parles déjà comme un syndic. Quand on ne possède pas un liard, je te demande comment on peut payer. Je n'avais pourtant guère envie de rentrer en prison; mais bref, je rossai le juif, et je m'en réjouis encore aujourd'hui. Après cela je m'en allai bien loin de par le monde, chantant, jouant, riant. Je plus à un riche fermier qui me prit chez lui pour tenir ses comptes. Bientôt je plus aussi à sa fille; je menai cette affaire avec tact et finesse, et dans l'espace de quatre semaines, mademoiselle Catherine est devenue la femme de l'heureux Wachtel.

Ainsi je peux te faire mon compliment. J'espère que te voilà devenu raisonnable.

WACHTEL.

Dieu le veuille! Mais, pour ne point perdre de temps, dis-moi: comment as-tu mené la vie?

ZEISIG.

Tu le sais, je n'étais pas étourdi de ma nature; pendant que tu allais t'amuser, moi je travaillais. J'ai passé avec succès mes examens; j'ai obtenu une place, et ce que je n'aurais encore vu qu'en rêve se réalisera peut-être aujourd'hui. J'aime Rose sincèrement, nous nous écrivions autrefois des lettres fort tendres; mais quand mon père mourut, un vieux cousin la fit venir auprès de lui. Il s'appelle Schwalbe; c'est le garde de nuit, et il demeure ici dans cette maison. Le drôle ne quitte pas une minute la pauvre petite Rose, et il ne lui permet pas de sortir un instant seule. Elle est à présent majeure et libre de faire un choix, mais son cousin veut l'épouser; ainsi il ne me reste plus d'autre moyen que de l'enlever, et je compte sur toi pour me prêter secours.

WACHTEL.

De tout mon cœur; ces aventures-là me plaisent beaucoup, et rien ne m'ennuie comme les tentatives timides et sans résultat; il faut toujours extorquer le bonheur, et ce n'est que par un chemin difficile et tortueux qu'on arrive à la fortune.

ZEISIG.

Un ami que j'ai dans le voisinage nous mariera lui-même; après cela il n'y a plus aucune difficulté; mais il ne faut pas perdre un moment, car nous perdrions tout avec le temps.

WACHTEL.

La jeune fille connaît-elle tes plans?

ZEISIG.

Je lui ai jeté aujourd'hui un billet, et quand

elle m'a vu elle s'est mise à fondre en larmes.

WACHTEL.

C'est bon, elle les essuiera. Fie-toi à moi. L'essentiel est maintenant de savoir sa réponse.

ZEISIG.

C'est juste.

WACHTEL.

Alors nous irons examiner les lieux, et je m'y entends assez bien. Je connais M. Schwalbe. Allons, leste, à la fenêtre. Les jeunes filles ont le talent de voir dans la nuit et elles distinguent bientôt certains revenants. Je parie qu'elle a déjà imaginé quelque moyen de nous transmettre sa réponse.

(Ils s'approchent de la fenêtre où l'on voit de la lumière.)

ZEISIG.

Voilà ma petite Rose.

WACHTEL.

Ah! mon ami, quelle charmante figure!

ZEISIG.

Tobie Schwalbe nous tourne le dos.

WACHTEL.

Dieu soit loué! Il ne nous verra pas.

ZEISIG.

Maintenant la voilà qui regarde. Elle a eu l'air d'avoir peur.

WACHTEL.

Tant mieux, c'est qu'elle t'a reconnu.

ZEISIG.

Je crois qu'il vaudrait mieux nous cacher.

WACHTEL.

Es-tu fou? Cela va à merveille.

ZEISIG.

Je le vois bien ; la routine me manque.

WACHTEL.

Allons, je veux t'aider; mais reste tranquille. Ta petite Rose fait une drôle de mine. Sur ma foi! je devine ce qu'elle veut.

ZEISIG.

Quoi donc?

WACHTEL.

Ah! comme elle le caresse! Le vieux fou se laisse aller. Regarde, la voilà qui lui glisse sans qu'il s'en aperçoive son billet dans la queue de sa perruque.

ZEISIG.

Son billet?

WACHTEL.

Oui. O femmes! femmes! que ne feriez-vous pas avec vos ruses? Trois écrivains habiles n'écriraient pas dans une année toutes les finesses, tous les sortilèges que vous avez à votre service.

ZEISIG.

Elle nous fait signe.

WACHTEL.

C'est bon : nous allons rire. *Il frappe à la*

porte de *Schwalbe.*) Monsieur Schwalbe, un mot, s'il vous plaît.

ZEISIG.

Quelle idée te vient?

WACHTEL.

Laisse-moi faire. Le jeu est en train. il faut le continuer.

SCÈNE V

LES PRÉCÉDENTS, SCHWALBE, *avec la lettre dans sa queue.*

WACHTEL , *à voix basse.*

Maintenant, Zeisig, profitons de l'avantage.

SCHWALBE.

Qu'y a-t-il pour votre service , messieurs?

WACHTEL, *lui prenant dans la queue la lettre qui y est cachée.*

Nous venons de recevoir une lettre d'une main chérie, et nous aurions grand plaisir à la lire. Moi, qui connais depuis long-temps monsieur Schwalbe pour un homme discret, j'ai pensé qu'il nous rendrait service (*Il lui donne de l'argent.*), et qu'il saurait se taire.

SCHWALBE.

Je suis muet comme le tombeau. Des affaires de ce genre sont juste mon élément.

WACHTEL.

C'est bon: vous saurez le reste, si vous allumez votre lanterne.

SCHWALBE.

A l'instant.

(*Il rentre.*)

WACHTEL.

Qu'en penses-tu, frère? crois-tu que je connaisse les cartes? Le premier point a réussi. Nous avons la lettre.

ZEISIG.

Ah! Wachtel, je puis à peine attendre. Mais prends garde, autrement cela ira mal.

WACHTEL.

Sois tranquille. Que peux-tu désirer de plus? Je me réjouis de tout ceci comme d'un repas de docteur [1]. Le voilà tombé dans le filet; je parie qu'il n'en sortira pas.

SCHWALBE, *avec une lanterne allumée.*

Me voici, messieurs.

WACHTEL.

Laissez-moi lire.

ZEISIG, *à voix basse.*

Au nom de Dieu!...

[1] *Doctorschmaus.* C'est le repas que l'étudiant donne à ses amis quand il a subi ses examens et reçu le grade de docteur. L'expression en Allemagne est devenue proverbiale ; on dit : C'est un repas de docteur, pour dire que c'est tout ce qu'il y a au monde de plus bruyant, de plus étourdi, de plus joyeux.

WACHTEL.

Qu'as-tu donc? Monsieur Schwalbe a souvent été mon confident; il peut bien l'être encore ce soir.

SCHWALBE.

Oh! soyez sans soucis. N'est-ce pas, monsieur Wachtel, il y a long-temps que nous nous connaissons, nous?

WACHTEL.

Voyons donc ce qu'écrit cette petite folle. Eclairez-moi, monsieur Schwalbe.

ZEISIG, à voix basse.

Es-tu fou?

WACHTEL, à voix basse.

Ne me refuse pas ce plaisir. (haut.) « Mon bon ami Charles, je suis décidée à tout. J'implore le ciel pour qu'il te conduise. »

ZEISIG.

O excellente fille !

WACHTEL.

Paix! « Mon cousin, le vieux dragon... »

SCHWALBE.

Je pense que c'est là le trouble-fête.

WACHTEL.

C'est juste. On voit que vous vous y entendez : « N'est pas encore las de me persécuter pour le mariage. »

SCHWALBE.

Le vieux niais !

WACHTEL.

Très bien. « Mais j'aimerais mieux mourir. L'amour a fortifié mon courage, et je te suivrai, Charles. A jamais, tout à toi! » Eh bien! que dites-vous de cela, monsieur Schwalbe?

SCHWALBE.

Ah! ce que je dis, monsieur Wachtel; je dis que c'est une plaisanterie du diable. Il n'y a pas de plus grande joie sous le ciel, et moi je le sais par expérience, que de berner un de ces vieux amoureux. Le cousin est sans doute un de ces hommes avec lesquels on ne prend pas grande précaution?

WACHTEL.

Naturellement, c'est un imbécile. Il connaît toute l'histoire et ne s'aperçoit de rien.

SCHWALBE.

Et ne s'aperçoit de rien?

WACHTEL.

Non.

SCHWALBE.

Ce doit être une vraie merluche !

WACHTEL.

Vieux bouquet et jeune fleur.

SCHWALBE.

Il faut s'interposer là-dedans.

WACHTEL.

C'est bien ce que nous voulons faire.

SCHWALBE.

Allons, à l'œuvre! Et si je peux vous être utile, je suis à vous de grand cœur.

WACHTEL.

Nous acceptons.

SCHWALBE.

Un homme n'a que sa parole.

WACHTEL, à Zeisig.

Avant tout il faut que tu lui écrives que tu n'entrevois plus aucun obstacle, que tout ira pour le mieux, et ne manque pas de lui indiquer l'heure. Voici du papier; monsieur Schwalbe t'éclairera, et la lettre s'en ira par la voie accoutumée. Tu n'as pas besoin d'une demi-page pour tout dire; quatre lignes c'est déjà trop. (Zeisig écrit sur l'épaule de Schwalbe et lui met la lettre dans la queue.) Ecoutez, Schwalbe, encore un mot en confidence. Il y a là une jolie jeune fille, (montrant la maison du bourgmestre.) je l'ai vue aujourd'hui à la fenêtre. Elle est telle qu'on nous dépeint les Graces. Je le sais, c'est demain qu'on célèbre sa fête. Cela me va à merveille. Je me procurerai de belles fleurs et j'irai les poser sur sa fenêtre: m'aiderez-vous, Schwalbe?

SCHWALBE.

Certainement; avec le plus grand plaisir! Je vais poser l'échelle.

WACHTEL.

Pendant ce temps je préparerai les fleurs. Je crois que cette aventure n'est pas mauvaise ?

SCHWALBE.

Oh! excellente!

WACHTEL.

C'est bon. Il est déjà tout-à-fait nuit. Je reviens à l'instant, et quand cette fenêtre serait aussi haute que la cathédrale de Strasbourg, quand je devrais au premier échelon me casser le cou... (à Zeisig, à voix basse.) As-tu placé la lettre?

ZEISIG, à voix basse.

Oui, il l'emporte.

WACHTEL.

Bien. Au revoir, monsieur Schwalbe. Je confie notre bonheur à votre fine tête.

SCHWALBE.

Soyez sans inquiétude. Tout ira comme il faut.

(Il rentre.)

SCÈNE VI.

WACHTEL et ZEISIG.

WACHTEL.

C'est admirable, mon cher; le voilà qui donne dans le piège. Ce soir encore la jeune fille est à toi. Je m'invite à la noce et au baptême du premier-né.

ZEISIG.

Soit! Mon ami, comment puis-je te remercier? J'aurais à peine osé rêver un tel bonheur. Ma joie ne connaît plus de bornes. Oh! tu auras rendu deux êtres heureux.

WACHTEL.

C'est là une récompense de la peine que l'on se donne. Maintenant, viens avec moi à l'auberge du Cygne : je te dirai en deux mots tout mon plan. Pendant ce temps le domestique attellera le bon petit cheval de mon beau-père, et ta bien-aimée à ton bras et le ciel dans le cœur, tu t'en iras rejoindre en toute hâte ton ami le pasteur. Tu donneras à Rose la main devant l'autel : le ministre appellera la bénédiction du ciel sur vous, et j'espère qu'avant un an il y aura quelqu'un de plus dans votre maison.

ZEISIG.

Que Dieu te récompense de ton amitié! Pour moi je ne puis rien t'offrir qu'un cœur reconnaissant ; mais il sera à toi jusqu'au tombeau.

WACHTEL.

N'attache donc pas tant d'importance à une simple plaisanterie.

ZEISIG.

Je puis à peine supporter mon ravissement, quand je songe que Rose sera libre, qu'elle sera à moi.

WACHTEL.

Maintenant, courage et gaîté! Notre entreprise doit réussir, ou je veux moi-même être garde de nuit.

ZEISIG.

Hâtons-nous. Je n'ose attendre. Il y va de tout ce que j'ai de plus précieux dans la vie.

WACHTEL.

Ne crains rien : c'est l'amour qui mêle les cartes. Tu as le cœur, et le cœur est l'atout.

SCÈNE VII.

SCHWALBE, avec son habit de garde de nuit sort de sa maison et ferme la porte derrière lui.

Voici pour ce soir une délicieuse petite aventure, d'autant plus que j'ai déjà reçu un bon pour-boire, et je m'en servirai pour porter à ma cousine tout ce qu'il y a de meilleur en fait de gâteaux. La petite demoiselle là-haut sera bien étonnée demain. J'ai déjà posé l'échelle. Voilà comme il faut amuser les jeunes gens, pourvu toutefois que nous ne compromettions ni notre place ni notre conscience. Dix heures sonnent. Il est temps que je me mette en route pour remplir mes fonctions. Mais j'aurai bientôt fini ma tournée; je sonnerai de la trompette le plus gracieusement possible, et je chanterai ma chanson en mesure, ce qui ne pourra manquer de plaire à Rose. Demain matin, quand je rentrerai à la maison, je la verrai se jeter en silence à mon cou et n'interrompre ce doux repos que par un torrent de larmes. (Il sonne de la trompette et crie.) Ecoutez : dix heures ont sonné. Prenez garde au feu et à la lumière, afin qu'il ne vous arrive aucun malheur. Jeune fille, écoutez ; que le seigneur vous garde de tout chagrin, de la guerre et de la contagion ! Prenez garde de tomber dans le péché, et veillez également sur votre corps et sur votre ame !

(Il sonne et chante. On l'entend qui s'éloigne de plus en plus.)

SCÈNE VIII.

WACHTEL et ZEISIG, avec des pots de fleurs.

WACHTEL.

Entends-tu Schwalbe chanter? Cela t'annonce l'aurore de ton bonheur. La voiture est prête, tout ira bien. Ne viens pas me faire quelque gaucherie.

ZEISIG.

N'aie pas peur ; et cependant ma conscience me dit que je marche aujourd'hui par un chemin tortueux.

WACHTEL.

Bah! bah! ses baisers t'auront bientôt fait oublier ce scrupule.

ZEISIG.

Je le crois, et je vais comme tu me guides. On ne se laisse pas donner ce qui nous appartient; on le prend où on le trouve.

WACHTEL.

Prends-la donc, frère, emmène-la le plus vite que tu pourras dans la chambre des fiançailles. Le bonheur ne s'accorde pas avec le retard ; il faut qu'il nous arrive tout d'un coup.

ZEISIG.

Voici Schwalbe.

WACHTEL.

Laisse-moi faire ; je vais lui montrer une mine d'amoureux transi, et si je n'étouffe pas de rire aujourd'hui, je n'étoufferai de ma vie.

SCÈNE IX.

LES PRÉCÉDENTS, SCHWALBE.

SCHWALBE, après avoir sonné de nouveau de la trompette.

Je recommencerais bien encore une fois ;

j'ai chanté comme un rossignol, et Rose a dû entendre les soupirs harmonieux que je lui adressais. Ah! vous voilà, messieurs.

WACHTEL.

Nous ne faisons pas attendre. Nos fleurs sont prêtes; elles sortent d'un jardin de comte. N'est-ce pas qu'elles feront sensation?

SCHWALBE.

Oh! elles sont charmantes. Ce sera une joie!... Et votre petite demoiselle ne peut manquer d'en être reconnaissante.

WACHTEL.

Croyez-vous?

SCHWALBE.

Certainement... une telle galanterie! Les jeunes filles sont toujours fines et adroites.

WACHTEL.

Mais que dira le papa s'il voit demain ce jardin sur la fenêtre?

SCHWALBE.

Eh! qu'a-t-on besoin de savoir ce qu'il dira? On lui tire un pied de nez.

WACHTEL.

Mais que diriez-vous de la plaisanterie si vous étiez le bonhomme de père?

SCHWALBE.

En vérité cela me ferait de la peine; mais je ne pourrais pas m'empêcher de pardonner bientôt à des gens comme vous.

WACHTEL.

Vous nous soulagez la conscience, et nous nous rangeons avec plaisir à votre opinion. Maintenant, leste, à l'œuvre!... Mais silence! j'aperçois encore de la lumière dans la chambre, et des revenants comme nous pourraient y être pris. Si c'était le papa, je suppose, il crierait tout de suite à la garde.

SCHWALBE.

Soyez sans crainte: ce que vous voyez n'est, je crois, que la pâle lueur d'une lampe de nuit.

WACHTEL.

Cependant il faut toujours agir avec précaution. Vous devriez prendre l'échelle et monter au-dessus de la fontaine; de là vous verriez facilement ce qui se passe dans la chambre.

SCHWALBE.

C'est juste; je vais y monter à l'instant. L'échelle est là contre la muraille.

WACHTEL, *à Zeisig.*

Mon ami, il vaudrait mieux que tu fusses caché; autrement nous courons risque d'attirer l'attention. Entre dans la maison de Schwalbe, et si les choses vont comme je l'espère, tu sortiras au signe que je ferai.

SCHWALBE.

Dans ma maison, dites-vous? Je ne l'ouvre pas volontiers; il peut si facilement s'y glisser un voleur.

WACHTEL.

Mais si nous restons ici? J'espère que monsieur Schwalbe ne voudrait pas se montrer déraisonnable. (*Il lui donne de l'argent.*) N'est-ce pas qu'il me fera bien ce plaisir?

SCHWALBE, *à voix basse.*

Deux gros écus! (*haut.*) Allons, à cause de vous, je laisserai monsieur se mettre derrière la porte.

(*Il ouvre, Zeisig entre.*)

SCÈNE X.

WACHTEL, *ensuite* SCHWALBE, *avec l'échelle.*

WACHTEL.

L'aventure se paierait mille florins que ce ne serait pas trop cher. Mon beau-père en mourra de rire quand je la lui raconterai en l'assaisonnant de quelques bons mots et en buvant une bouteille de Tokay.

SCHWALBE.

Voici l'échelle.

WACHTEL.

Allons, tout est tranquille sur la place, l'amour nous soutient. Voulez-vous gagner quelque chose? avez-vous du courage?

SCHWALBE.

J'en ai donné des preuves.

WACHTEL.

Eh bien! montez là-haut et regardez; je tiendrai l'échelle.

SCHWALBE, *monte sur le toit de la fontaine et s'asseoit.*

Me voilà en haut, mais il n'y a pas moyen de se tenir long-temps debout.

(*Wachtel frappe dans ses mains.*)

SCHWALBE.

Que signifie cela?

WACHTEL.

J'ai grand froid aux mains.

SCHWALBE.

Un amoureux ne doit pas être si frileux... Paix!

WACHTEL.

O cher Tobie! regarde dans la chambre de ma bien-aimée; que voyez-vous?

SCÈNE XI.

LES PRÉCÉDENTS, ZEISIG et ROSE *qui sortent de la maison.*

ZEISIG, *à voix basse.*

Viens, mon amour.

ROSE, *à voix basse.*

Mon Dieu! protége-nous!

ZEISIG.

Aie confiance en moi, l'amour ne nous abandonnera pas.

SCHWALBE.

Le papa peut bien aller se coucher ; il fait une bonne figure de niais.

WACHTEL, *à Zeisig, à voix basse.*

Adieu, que le ciel vous conduise! *(haut.)* Le vieux père! Il est niais le jour et la nuit. *(à voix basse.)* La voiture vous attend à la porte ; je vous rejoindrai tout à l'heure, à cheval.

ZEISIG, *à voix basse.*

Que Dieu te récompense!

ROSE, *à voix basse.*

Que Dieu vous bénisse pour vous être fait ainsi notre protecteur !

WACHTEL.

Partez, partez: c'est le plus sûr.

ROSE *et* ZEISIG.

Adieu.

WACHTEL.

Au revoir.

(Rose et Zeisig s'éloignent.)

WACHTEL, *à haute voix.*

N'apercevez-vous point la dame de mes pensées? *à voix basse.* Dieu! si cela était fini !

SCHWALBE.

Elle est assise devant la table, avec un air de tristesse; je crois qu'elle pense à vous.

WACHTEL.

Ce serait délicieux !

SCHWALBE.

Mais il faut attendre que le papa soit couché.

WACHTEL.

Que nous importe maintenant le vieux fou? la farce est jouée.

(Il tire l'échelle.)

SCHWALBE.

Que faites-vous donc ! mille diables ! Il faut que je descende.

WACHTEL.

Aujourd'hui non, mais demain peut-être. Restez là tranquillement, monsieur Schwalbe, pendant la nuit.

SCHWALBE.

Êtes-vous fou, monsieur?

WACHTEL.

Je crois que c'est vous qui le deviendrez. On vous a enlevé votre petite Rose, et la voilà qui galope maintenant en voiture dans les bras de son fiancé.

SCHWALBE.

Que me dites-vous là? Tonnerre !

WACHTEL.

Il est inutile de vous mettre en colère.

SCHWALBE.

L'échelle, je vous en prie.

WACHTEL.

Non, pour le moment ; vous êtes bien là-haut; tâchez de vous amuser.

(Il s'en va.)

SCÈNE XII.

SCHWALBE, *seul, au-dessus de la fontaine,* LES VOISINS *à la fenêtre.*

SCHWALBE.

Je suis perdu ! je suis trahi ! O malheureux garde de nuit! Le cœur me brûle, ma poitrine s'oppresse. Dieu du ciel, aie pitié de moi! Je pourrais étouffer de rage: mais il n'y a là au pied de cette fontaine point de gazon ; je courrais risque de me casser le cou. Ma cousine court les champs avec ce mauvais sujet de Zeisig, et moi je suis perché au-dessus de cette fontaine, dans la plus triste de toutes les situations. O misérable que je suis! Si cela pouvait me servir à quelque chose, je me dévouerais à l'enfer. Dans quelques minutes onze heures vont sonner, et si je ne vais pas crier dans la ville, je perds ma place. N'y a-t-il donc là personne, personne qui veuille venir à mon secours? Faut-il rester ici jusqu'au jugement dernier? Tout le monde est déjà couché. Je crie, j'appelle, on ne m'entend pas. Eh bien! je vais sonner de la trompette ; je sonnerai si fort qu'on croira que c'est celle qui doit réveiller les morts; je sonnerai jusqu'à ce que toute la ville entre en rumeur et que les cheminées tombent sur les toits.

(Il sonne.)

PREMIER VOISIN.

Quel diable a-t-il donc, notre garde? Voit-il des esprits ?

DEUXIÈME VOISIN.

Que signifie ce tumulte, père Tobie?

LE BOURGMESTRE.

Pourquoi troublez-vous le bourgmestre?

TROISIÈME VOISIN.

Que vous manque-t-il, voisin Schwalbe?

QUATRIÈME VOISIN.

Sonne-t-il le jugement dernier ?

CINQUIÈME VOISIN.

Quelle idée de venir nous réveiller ainsi, mauvais drôle !

SIXIÈME VOISIN.

Au nom de Dieu, que se passe-t-il?

SEPTIÈME VOISIN.

Sont-ce des meurtriers ?

HUITIÈME VOISIN.

Le feu est-il quelque part ?

NEUVIÈME VOISIN.

Y a-t-il une révolution?

SCHWALBE.

J'irais me noyer dans la rivière, si je n'étais pas sur cette maudite fontaine. On m'a enlevé Rose, et je perdrai ma place.

(*Il sonne.*)

LE BOURGMESTRE.

Cesse donc de sonner.

PREMIER VOISIN.

Il faudra le mettre demain en prison.

DEUXIÈME VOISIN.

Ne hurle donc pas ainsi, Tobie.

TROISIÈME VOISIN.

Cet être-là est devenu fou.

QUATRIÈME VOISIN.

Que me fait à moi sa cousine et son enlèvement ?

CINQUIÈME VOISIN.

Si tu ne cesses pas, demain je t'accable de coups.

SIXIÈME VOISIN.

Quelle maudite plaisanterie !

SEPTIÈME VOISIN.

Allons, finira-t-il bientôt ce spectacle ?

HUITIÈME VOISIN.

Je crois qu'il est furieux.

NEUVIÈME VOISIN.

Il est complètement ivre.

SCHWALBE.

Que Rose s'en aille au diable ! j'enrage. Et me trouver ici encore ! Moi qui parlais toujours de ma finesse, je me suis conduit en âne.

FIN DU GARDE DE NUIT.

L'AÏEULE

(Die Ahnfrau)

TRAGÉDIE EN CINQ ACTES,

PAR FRANZ GRILLPARZER.

NOTICE

SUR FRANZ GRILLPARZER ET SUR L'AIEULE.

S'il est de certains noms privilégiés, qui font tant de bruit dans leur pays qu'ils s'établissent de force et de droit dans tous les autres, qui naissent dans leur village concitoyens de tous les peuples, il y en a bien davantage, en Allemagne surtout, qui ne peuvent pas seulement franchir la frontière ; leur éclat se perd en route, leur gloire se noie en passant le Rhin. Mais, il est juste de le dire, c'est rarement leur faute, c'est presque toujours celle de notre paresse, celle de notre dédaigneuse ignorance. On serait souvent tenté de croire qu'il existe tout autour de la France un cordon de salubrité littéraire, qui repousse le génie exotique comme une contagion. On a bien du mal à passer quand on n'est pas mort. Qu'une lueur de renommée étrangère vienne éblouir un instant notre fatuité d'indifférence ! c'est à qui s'essoufflera pour l'éteindre, à qui la laissera expirer le plus vite dans ce brouillard d'apathie, que l'orgueil appelle si ingénieusement de l'esprit national. On nous dispensera sans doute d'en citer plus d'un exemple. Il serait aussi long de les compter tous que d'apprendre l'allemand, aussi long, beaucoup moins facile et vingt fois plus ennuyeux. Ce n'est pas la peine d'essayer.

On se souvient probablement dans le monde qu'il y a dix-sept ou dix-huit ans ce fut tel ou tel coursier, noir ou blanc, qui remporta le grand prix aux courses du Champ-de-Mars : cela intéresse trop les chevaux, pour que les hommes l'oublient ; peut-être qu'en revanche les chevaux seuls se rappellent que

le même journal, qui avait longuement célébré la victoire à tout-crin de leur ancêtre, parla, deux lignes plus bas et en deux mots, du succès inouï que venait d'obtenir sur le théâtre de Vienne une tragédie de *Sapho*. « Le public enthousiasmé avait voulu connaître l'auteur au second acte, on l'avait nommé au troisième, couronné au quatrième, porté en triomphe au dénouement. » Ce jeune lauréat était Franz Grillparzer. On eut beau se cotiser, personne parmi nous ne put parvenir à épeler un mot si économe de voyelles, et il n'en fut plus question. Il est de fait que lord Byron n'a pas tort ; c'est un diable de nom pour la postérité, qui ne peut pas retenir plus de deux syllabes ! certainement, et pour ce siècle aussi, qui n'en retient pas une. Mais, ajoute-t-il, il faudra bien que nos derniers neveux s'accoutument à le prononcer. Nous voulons le croire pour leur honneur. Espérons même que le poète va nous arracher, grâce à son traducteur, la moitié de l'admiration que lui réserve l'avenir. C'est le moins que nous lui devions pour réparer l'avarice et la lenteur de nos applaudissements.

Lord Byron, qui n'avait entrevu Grillparzer que dans une de ces déplorables versions, dont fourmille l'Italie, le jugeait cependant avec une rare complaisance.

« Je ne le connais pas, écrit-il, mais les âges futurs le connaîtront. Sans être aussi simple que les anciens, il l'est beaucoup pour un moderne. Sa pièce de *Sapho* est magnifique et sublime, l'œuvre d'une haute intelligence. »

Cet éloge touche un peu à l'hyperbole, et il est présumable que Byron, encore tout irrité contre les bourreaux qui avaient estropié *Childe Harold*, mutilé *Manfred* ou défiguré *Lara*, exagérait sa justice dans la crainte d'en manquer. Le drame de *Sapho* n'est point sublime. Adroit dans ses combinaisons, mais faiblement conçu, l'action en est molle et indécise ; les ressorts manquent de puissance, les situations ne sont pas assez creusées. Quant au style, il a plus d'éclat que de profondeur, plus d'élégance et de recherche que de franchise et d'énergie. Ces défauts sont rachetés par quelques traits de passion bien sentie, par des morceaux pleins de sève lyrique et de véritable poésie. L'Allemagne, en l'écoutant, devait se promettre un noble talent de plus, et l'auteur lui a tenu parole.

Quoique cet ouvrage soit le premier dont nous parlions, il n'est que le second de Grillparzer. Il débuta dans les lettres par la tragédie que nous publions, production essentiellement germanique, inférieure peut-être à *Sapho* sous le rapport de l'exécution, supérieure par l'intérêt. Il y a là, surtout dans les deux premiers actes, une odeur de vieux château, un parfum de vieille crédulité qui enchantent. C'est une antique légende artistement dramatisée, et dont le merveilleux agace malgré nous dans notre âme cette corde cachée de la superstition qui se renoue toujours, à mesure qu'on la brise. Écrite à une époque encore toute palpitante des inspirations de Werner et de Müllner, *l'Aïeule* est largement empreinte de cette espèce de fatalisme qui a dicté *le Vingt-quatre* et le *vingt-neuf février*, *les Fils de la vallée* et le *Crime*. Ce fatalisme, éclos des vapeurs du moyen-âge, ne ressemble nullement à celui des anciens. C'est, au lieu du destin, un oracle de malédiction qui gouverne les hommes, et leurs actions s'agitent et se succèdent sous l'influence inévitable de quelques paroles mystérieuses, de quelques prophéties vindicatives. Ce dogme de nécessité expiatoire, refondu dans le creuset des alchimistes, mêlé de toutes les erreurs que l'imagination de la crainte a su extraire du catholicisme, mêlé aux rêveries de la Kabbale et des Rosecroix, a exercé trop d'empire sur la littérature allemande de ce siècle pour que nous n'y revenions pas avec plus de développement lorsque nous parlerons de ses principaux adeptes ; mais le peu que nous venons d'en dire suffit pour faire comprendre aux curieux (s'il s'en trouve) la partie mystique de *l'Aïeule*. Le plus grand défaut de cet ouvrage, qui ne paraîtra extraordinaire

qu'à ces esprits encapuchonnés dans leurs habitudes, qui ne veulent pas savoir ce qu'on fait à côté d'eux, est le manque d'originalité. L'auteur compose trop sous l'invocation de ses souvenirs. Soit dans le caractère de ses personnages, soit dans les pensées qu'il leur prête, il ne se défend pas assez de l'imitation de ses devanciers. Bertha ressemble à la fois à l'Amélia et à la Thecla de Schiller ; on reconnaît trop aisément dans Jaromir un de ces héros bizarres qui, depuis Charles Moor jusqu'à Conrad, et depuis Conrad jusqu'à Jean Sbogar, se pavanent sur les mers de tous les théâtres et les grands chemins de tous les romans. La fable, en somme, est peu de chose, mais elle attache, et le style la soutient. La couleur locale est saisissante, et peu d'ouvrages sont plus susceptibles de nous arracher à nous-mêmes pour nous transporter dans une autre région, un autre âge, une autre sphère.

Un mérite rare chez les poètes, parce qu'il n'appartient guère qu'aux gens d'élite, est de faire incessamment passer le lecteur de l'intérêt qu'inspire une création au sentiment de curiosité sur le créateur. Grillparzer le possède à un haut degré. Nous nous le sommes souvent représenté, en lisant *l'Aïeule*, enfermé, comme son comte de Borotin, dans quelque manoir féodal de la Bohême, non pas se lamentant comme lui sur l'arbre de sa famille, qu'il voit tomber branche à branche, mais répondant par des vers aux grincements de la bise, pleurant sous les arceaux. Pure illusion ! les poètes ont rarement des châteaux, même en ruines, à moins que ce ne soit en Espagne, et ceux-là ne comptent pas. Aussi serait-ce un tort de supposer à Grillparzer une existence qui s'accorde avec le romanesque de ses écrits ; rien de plus simple, de plus humblement positif que la sienne. Je ne sais si l'on peut citer des pays où la poésie mène à une haute et brillante destinée ; mais, s'il y en a, il est certain qu'ils ne sont pas marqués sur la carte.

Franz Grillparzer est né à Vienne en 1790 et n'a commencé sa carrière dramatique qu'en 1816. À l'époque où il fit représenter *Sapho*, il n'avait, assure-t-on, pour toute fortune qu'une modeste place dans les finances, d'un millier de florins d'appointements. Le succès de l'ouvrage engagea quelques personnes à solliciter de l'avancement pour lui, et l'on rapporte que le ministre, à qui l'on s'était adressé, répondit brusquement : « Eh ! que voulez-vous que je donne à un faiseur de vers ? » On ne dirait pas mieux en France, où Corneille est mort de faim. Il est bien naturel, au reste, quand Dieu se permet de

signer un brevet de génie, que les hommes
en décernent un d'incapacité. La justice du
monde a besoin de compensation. Cela signifie que l'auteur resta pauvre et ne fit rien
pendant quatre ans... qu'un voyage en Italie, à la suite du souverain. Il est probable
qu'on avait besoin de lui, car il arrive fré-
quemment qu'on ne peut se passer de ces
misérables, qui ne sont bons à rien, et qui se
trouvent être plus habiles, les insolents!
que ces coryphées d'antichambre, qui sont
bons à tout... tant qu'ils n'ont rien à faire.

Peu de temps après son retour il publia
un nouvel ouvrage, dont la naissance fit peu
de bruit. Un premier succès l'avait sans
doute encouragé à recourir aux sources de
l'antiquité; mais, malgré de grandes beautés
et une couleur grecque plus sévère, plus
prononcée que dans *Sapho*, *la Toison d'Or*
(das Goldene Vliess) ne fut point accueillie
avec la même faveur, ce qu'il faut attribuer
avant tout à des dimensions peu communes
et capables d'effaroucher même les Allemands. Ce poëme scénique est une trilogie
dans le genre du *Wallenstein* de Schiller, qui
n'effaroucha cependant personne. Il se compose de trois tragédies d'inégale longueur,
Phryxus, *les Argonautes*, et *Médée*. L'ayant
lu immédiatement après *l'Aïeule*, peut-être
l'avons-nous jugé avec le reste de nos im-
pressions, avec l'idée d'y retrouver le re-
tentissement des principes de Werner; mais
nous avons cru y reconnaître la même pensée fataliste, un nouveau remaniement du
dogme de l'expiation. Bien qu'il semble permis, au premier coup d'œil, de traiter le
faux avec autant de licence que nous traitons
aujourd'hui le vrai, on a reproché à Grillparzer de trop plier à ses inventions des
fables qui ont maintenant force d'histoire.
La sévérité du reproche n'en exclut pas la
justesse. Si la mythologie n'est qu'un dégui-
sement allégorique de la vérité, on peut
supposer tout ce qu'on veut derrière ce voile,
mais il ne faut pas le changer; autrement
c'est greffer les énigmes les unes sur les
autres, et il n'y a plus moyen de deviner.
Après tout, l'ouvrage mérita plus d'attention qu'il n'en excita. Le fait ne vaut pas
qu'on s'en étonne. L'auteur prit sa revanche
en 1825, et la tragédie d'*Ottokar*, dont la
censure retarda long-temps la représentation, fut unanimement applaudie. Ce n'est
remarquable que parce qu'elle méritait de
l'être.

Ottokar eut un autre genre de succès,
qu'on peut considérer comme une disgrâce
du moins pour l'avenir; ce fut d'attirer des
regards de protection sur un homme qui ne
demandait rien, et de lui faire obtenir une
place moins mesquine que celle qu'il oc-
cupait. Elle est malheureusement tout aussi
peu littéraire, et elle a de plus l'inconvé-
nient d'absorber toutes ses heures. Les mal-
veillants, qui cherchent toujours une mauvaise interprétation aux actes du pouvoir,
disent tout bas que ce bon office n'a été
rendu au poëte que pour l'empêcher de l'être.

Depuis lors Grillparzer vit extrêmement
retiré, estimé de tout le monde, et d'autant
plus connu qu'il ne va nulle part, rentrant
chez lui le soir, las de ses travaux adminis-
tratifs, heureux de revoir son intérieur, et
se consolant avec des livres, de ceux qu'il ne
fait pas. Il est d'ailleurs aujourd'hui d'un
âge où l'on apprécie ce que vaut la gloire,
où l'on sait par expérience que le génie n'est
bon que quand on a la force de le cacher.
Tout éclat est fatal à celui qui le porte. Si
les hommes ne brisent pas le diamant, c'est
parce qu'ils le vendent; et si le soleil n'était
pas si loin, on lui jetterait de la boue.

Pour ceux qui croient que la beauté de
l'âme se révèle en partie dans la beauté du
corps, que la physionomie est comme le
prospectus du talent, nous dirons que Grillparzer est d'une taille élevée, que ses traits
sont nobles et fièrement dessinés. Son regard, ordinairement triste et voilé, est quelquefois étincelant. Ce que j'ai cru remarquer
en lui, dit son traducteur, qui a eu l'occasion de le voir plusieurs fois à Vienne, c'est
un génie mis à l'étroit, comprimé par la
crainte de la censure qui le surveille, et dont
les ciseaux béants sont toujours suspendus sur
ses idées. Cette peur suffit pour glacer ses
élans, pour étouffer ses émotions. On conçoit
cette susceptibilité dans un poëte dramatique;
mais pourquoi s'obstiner à suivre une route
qu'on s'amuse à vous paver d'obstacles? Le
génie est plus souple qu'on ne pense. Schiller
eût fait un poëme épique, si la police eût
fait donner la question à Guillaume Tell. On
répondra qu'on ne l'eût pas lu! Eh! mon
Dieu! si; on finit toujours par lire ce qu'on
doit admirer. On fait moins de fracas dans
le moment; mais qu'est-ce que le murmure
d'un jour pour qui entend dans sa conscience
tous les siècles l'applaudir? Eh! pourquoi,
demandait-on à Grillparzer qui gémissait
devant un ami du mutisme qu'il s'inflige,
pourquoi ne pas quitter l'Autriche? Ailleurs
vous seriez libre, vous pourriez écouter vos
inspirations, les léguer au monde tout entières. Que voulez-vous? dit-il, j'aime mon
pays; je l'aime avec tous ses défauts, avec
tout ce qu'on y souffre; je l'aime tant que je
ne saurais vivre ni penser dans un autre.

Qu'importe que ce soit l'exil, ou la censure qui tue mes vers! — Ce serait faire injure à cette délicatesse de patriotisme que d'en relever la pureté. C'est sans doute pour cette raison que les peuples, qui l'apprécient, se gardent bien d'en parler.

Emprisonné dans ses fonctions, Grillparzer est demeuré près de dix ans sans rien produire, si ce n'est quelques petites pièces lyriques, moins fugitives peut-être que les recueils où il les a jetées, mais nulles pour sa réputation. Enseveli dans ce silence, il en est victorieusement sorti en 1834 par un drame en cinq actes, *la Vie en Rêve* (das Leben in Traum), qui a été reçu du public aussi bien qu'*Ottokar*. Ballotté depuis si long-temps entre l'existence matérielle qui le captive et ce monde idéal où le génie est toujours obligé de se réfugier, même alors qu'il n'est point esclave, il se peut que sa situation lui ait dicté le choix de ce sujet. Quoiqu'il exprime assez volontiers dans ses œuvres le malaise douloureux d'une ame qui ne trouve pas où s'étendre, quoiqu'on y puisse rencontrer des allusions assez fréquentes à ses ennuis intimes, c'est peut-être dans cette dernière pièce, que nous n'avons pu nous procurer encore, qu'il faudrait chercher le vrai secret du poète. Le titre seul semble un aveu.

Malgré le petit nombre de ses écrits, Grillparzer jouit en Allemagne d'une grande réputation, et l'on n'hésite pas à le mettre au premier rang des poètes de l'époque. Sa place dans l'avenir sera sans doute marquée fort loin de Goethe et de Schiller, mais à côté peut-être d'Houwald, d'Uhland et d'Immermann. C'est assez pour n'avoir pas à se plaindre de la postérité, si par hasard on se plaint encore de ce monde, quand on en est sorti; ce qui n'est pas supposable, car ce serait bien dur.

Ici se termine tout ce que nous avions à dire sur l'auteur de *l'Aïeule*. On suit la vie d'un poète à la trace de ses ouvrages, comme celle des autres hommes à la piste de leurs actions. Ses œuvres sont des faits, ses vers des événements; mais on le voit, l'histoire de Grillparzer est peu compliquée, et riche d'inductions, assez pauvre de détails. Heureux peut-être ceux dont l'existence n'est, comme la sienne, un roman, qu'en rêve! Jeune encore, il pourra fournir un jour quelques lignes de plus à ses biographes: nous l'espérons pour nous, sans le souhaiter pour lui. Il y a si peu de bonheur dans le talent qu'on n'en peut pas, sans égoïsme, désirer de nouvelles preuves. Cela n'empêche pas que, s'il les donne, nous ne soyons des premiers à en profiter, et nous ne serons pas les seuls pressés, quand on aura lu *l'Aïeule*.

Jules LE FÈVRE.

L'AÏEULE

TRAGÉDIE.

———— ✦✦✦ ————

PERSONNAGES.

LE COMTE ZDENKO DE BOROTIN.
BERTHA, sa fille.
JAROMIR.
BOLESLAS.
GUNTHER, gardien du château.

UN CAPITAINE.
UN SOLDAT.
PLUSIEURS SOLDATS et DOMESTIQUES.
L'AÏEULE de la maison Borotin.

ACTE PREMIER.

Une salle gothique. Deux portes au fond et une de chaque côté. À l'une des coulisses pend un poignard rouillé. — C'est un soir d'hiver. Il y a de la lumière sur la table.

LE COMTE BOROTIN, BERTHA.

LE COMTE, *assis devant la table, l'œil fixé sur une lettre qu'il tient à la main.*

Eh bien ! soit ! que le sort s'accomplisse.
L'une après l'autre je vois tomber toutes les
branches. C'est à peine si le vieux tronc tient
encore ; un coup de plus et il tombe, et l'on
trouvera couché dans la poussière le chêne
vénérable qui étendait au loin ses larges rameaux. Les siècles ont passé et nous passerons comme eux. Bientôt il n'y aura plus de
trace de la longue carrière, des courageux
efforts de mes pères. Dans cinquante ans
d'ici personne ne saura qu'il y a eu des Borotin.

BERTHA, *à la fenêtre.*

Une terrible nuit, mon père, une nuit
froide et sombre comme le tombeau ! Les
vents déchaînés gémissent ; la neige recouvre les montagnes, les champs, les forêts.
La terre repose comme un mort sous ce lin-
ceul de l'hiver, et le ciel sans étoiles regarde avec tristesse ce sinistre tombeau.

LE COMTE.

Comme le temps est long ! Quelle heure
est-il, Bertha ?

BERTHA.

Il vient de sonner sept heures.

LE COMTE.

Sept heures ! Et nous avons déjà une nuit
si sombre ! Oh ! oui, l'année est devenue
vieille, les jours sont raccourcis, ses forces
sont épuisées, elle est près de finir.

BERTHA.

Qu'il me tarde de voir revenir ce mois de
mai, où la terre prend un nouveau vêtement,
où les fleurs éclosent dans une atmosphère
plus douce !

LE COMTE.

L'année se renouvellera, les ruisseaux re-
prendront leur cours, ces campagnes deviendront vertes, et les fleurs qui sont maintenant flétries et cachées sous la neige relè-
veront leur jolie tête et nous regarderont
en souriant. Tout ce qui vit, tout ce qui appartient au règne de la nature, nous le verrons se renouveler au printemps ; mais la
maison des Borotin ne se renouvellera pas.

BERTHA.

Vous êtes triste, mon père ?

LE COMTE.

Heureux, heureux celui que la mort frappe

au milieu de ses enfants ! Mourir ainsi ce n'est pas mourir, car on revit dans le souvenir de ses proches, dans le fruit de ses œuvres, dans les actions de ses fils et les récits de ses petits-fils. Oh ! il est beau, en quittant ce monde, de confier à des mains chéries les germes que l'on a semés et de penser qu'ils fructifieront un jour. Il est doux de remettre à ses enfants les dons que l'on a reçus de ses ancêtres et de penser qu'on se survit à soi-même.

BERTHA.

Cette méchante lettre ! j'étais d'abord si contente de la recevoir ; je croyais qu'elle vous ferait plaisir et maintenant que vous l'avez lue vous voilà tout autre.

LE COMTE.

Ce n'est pas cette lettre qui m'afflige ; je pouvais prévoir ce qu'elle m'annoncerait. Non, c'est la persuasion toujours plus intime que le sort a résolu de briser jusqu'aux derniers rejetons de notre famille. Regarde; cette lettre m'apprend qu'un de mes voisins, le seul qui portât le nom de notre maison, vient de mourir à un âge très avancé sans laisser d'enfants. Je suis donc le dernier homme de cette antique famille et elle s'éteindra avec moi. Hélas ! aucun fils ne suivra mon cercueil. Le guide du convoi mortuaire enterrera avec moi mon blason et ma vieille épée, qui a souvent relui sur les champs de bataille. Une ancienne tradition, qui s'est transmise de bouche en bouche jusqu'à nous, rapporte que l'aïeule de notre maison doit errer sans cesse, sans trouver de repos, jusqu'à ce que le dernier germe de sa race soit anéanti. Eh bien ! maintenant elle doit se réjouir ; dans peu de temps elle sera au but. Pour moi, je croirais volontiers à cette tradition, car il me semble qu'une main puissante a préparé notre chute. J'étais jeune et plein de force, au milieu de trois frères ; la mort les a enlevés. J'épousai une femme douce et belle comme toi, et une fille et un garçon furent le fruit de cet heureux mariage. Bientôt ils devinrent la consolation, l'unique joie de ma vie, car leur mère mourut. Je les gardai comme la prunelle de mes yeux ; mais en vain ! Quelle prudence, quelle force humaine pourraient conserver l'holocauste que les divinités fatales veulent attirer à elles ! Mon fils avait à peine trois ans, lorsqu'un jour, en jouant dans le jardin, il échappa aux regards de sa gouvernante. La porte qui conduit à l'étang était ouverte, et les autres fois elle était toujours fermée... Hélas ! je vois tes larmes, je vois ta douleur répondre à la mienne. Ce qui arriva? je te l'ai souvent dit. Mon fils se noya ! mon fils ! ma seule espé-

rance ! le dernier appui de ma vieillesse ! — Que faire ? Il n'est plus. Et je mourrai sans enfant !

BERTHA.

Mon père !

LE COMTE.

Je comprends ton doux reproche. Je ne puis pas me plaindre de n'avoir point d'enfant puisque je te possède encore. Pardonne. Je ressemble à l'homme riche qui, ayant perdu la moitié de sa fortune et ne retrouvant plus les jouissances qu'elle lui procurait, se regarde avec l'autre moitié comme un mendiant. Pardonne. Je sens que je suis injuste. Mon nom est-il donc si précieux? ne dois-je vivre que pour le conserver? Puis-je accepter froidement le sacrifice que tu me fais des joies de la jeunesse, du bonheur de la vie? Non ; que mes derniers jours te soient consacrés ! Que je te voie unie à un homme digne de toi, adopter un autre nom, jouir d'une autre existence. Prends qui tu voudras parmi les jeunes nobles du pays; je m'en rapporte à ton choix. — Comment ! tu soupires? — Sais-tu déjà?... Peut-être ce jeune homme, Jaromir d'Eschen?... Est-ce vrai?

BERTHA.

M'est-il permis?...

LE COMTE.

Crois-tu donc que le moindre petit nuage qui apparaît sur ton ciel bleu puisse rester caché à l'œil de ton père? Dois-je me plaindre d'avoir deviné moi-même ce que j'aurais dû savoir depuis long-temps? M'as-tu jamais trouvé si dur et n'es-tu pas mon enfant bien-aimé? Tu dis que ce jeune homme est noble de naissance et que son caractère est noble; amène-le ici; je veux le connaître, et s'il répond à mon attente, on ne sait ce qui peut arriver. Si nos vastes fiefs retombent à la couronne, n'importe ; il reste encore à la maison Borotin de quoi vivre honorablement.

BERTHA.

Oh! comment dois-je?...

LE COMTE.

Ne me remercie pas ; je ne fais que payer une vieille dette. N'ai-je pas contracté de grandes obligations envers toi et envers ce jeune homme? car c'est lui qui te sauva la vie dans la forêt, n'est-ce pas, ma chère fille?

BERTHA.

Oui, et il y allait cependant d'un danger visible. Je vous ai raconté comment, un soir d'été, en me promenant dans la forêt voisine, je me laissai entraîner par je ne sais quelle rêverie plus loin que d'habitude. Tout à coup j'entendis retentir le son d'un luth qui

tour à tour, avec un art infini, semblait im-
plorer la pitié, gémir comme la colombe,
chanter comme le rossignol. Ses sons harmonieux m'arrivaient doucement à travers les
branches d'arbres, et tandis que je l'écoutais,
plongée dans une vague mélancolie, j'aperçois auprès de moi deux hommes d'un aspect
sinistre, l'œil enflammé et le poignard à la
main. Déjà ce poignard se lève sur ma tête,
déjà je crois sentir le coup mortel, lorsque
soudain, du milieu des arbres, un jeune
homme, portant à sa main gauche un luth,
à sa main droite une épée, s'élance sur ces
meurtriers. Comment il les a vaincus, comment il m'a sauvée, c'est ce que je ne puis
vous dire, car je tombai privée de connaissance. Quand je revins à moi j'étais dans ses
bras; j'attachais mes lèvres aux siennes,
comme un enfant s'attache à sa mère, et j'as-
pirais ses ardents baisers. Après le danger
auquel il s'était exposé pour moi, ne devais-
je pas l'aimer?

LE COMTE.

Vous êtes-vous vus souvent?

BERTHA.

Je l'ai rencontré quelquefois par hasard,
puis ensuite ce n'était plus par hasard.

LE COMTE.

Mais pourquoi donc évite-t-il de paraître
devant moi?

BERTHA.

Issu d'une noble famille, il a reçu pour
héritage un beau nom, mais point de fortune. Pauvre comme il est, il craint d'exprimer ses prétentions au riche Borotin.

LE COMTE.

Je respecte ce généreux orgueil. Amène-le
ici: il apprendra qu'il m'a conservé ce que
j'ai de plus précieux au monde, et que tout
l'or de la terre ne vaudrait pas à mes yeux ce
que tu vaux. — Et maintenant, Bertha,
prends ta harpe: peut-être en t'écoutant
oublierai-je mon chagrin?

Bertha commence à jouer de la harpe; dès les
premiers accords son père penche la tête,
ferme les yeux, et en le voyant endormi elle
cesse de jouer.)

BERTHA.

Dors bien, ô mon bon père! Que ne puis-je
recueillir toutes les fleurs que tu as semées sur
ma route et en faire pour ta tête lourde d'ennuis une couronne!... Ainsi je pourrai lui
appartenir, je pourrai l'appeler mon bien-
aimé! Le bonheur qui me ravissait quand je
ne faisais encore que l'entrevoir dans mes
rêves, ce bonheur va se réaliser. Je ne sais
comment le contenir; je suis à peine maîtresse de moi. Tout me parle de Jaromir,
tout me le représente. Je voudrais confier ma

joie au nuage, au vent, pour qu'ils la répan-
dent au loin. Je me sens mal ici, cette maison
me pèse; je veux sortir, m'en aller sur la
terrasse, appeler au milieu de la nuit mon
bien-aimé; alors il viendra et je lui annon-
cerai ma joyeuse nouvelle. Auprès de lui je
sais ce que c'est que la vie, l'amour le bonheur!

(Elle sort. — L'horloge sonne huit heures. Au
dernier coup les lumières s'éteignent, l'orage
gronde au dehors, et l'on voit apparaître
l'aïeule, qui ressemble à Bertha par la taille,
par le visage, par les habits. Elle est enve-
loppée d'un long voile flottant; elle s'approche
du fauteuil du comte et se penche avec tris-
tesse sur lui.)

LE COMTE, *encore endormi, mais inquiet.*

Loin d'ici! loin d'ici! (*se réveillant.*) Ah! te
voilà, Bertha. J'ai fait un mauvais rêve, et
j'en suis encore tout troublé. Prends donc ta
harpe, je voudrais entendre de la musique.

(La figure se tient debout et le regarde avec de
grands yeux de mort, creux et ouverts.)

LE COMTE, *effrayé.*

Pourquoi me regardes-tu donc d'une manière si étrange que je me sens le cœur saisi
d'effroi? Adoucis ce regard ou détourne les
yeux. C'est ainsi que je t'ai vue en rêve; et
ma tête est brûlante. Veux-tu donc tuer ton
père?

(La figure se détourne et fait quelques pas du
côté de la porte.)

LE COMTE.

Bien! maintenant je me reconnais. Où
vas-tu, mon enfant?

LA FIGURE, *d'une voix sourde.*

Dans ma demeure.

(Elle sort.)

LE COMTE, *retombant dans son fauteuil comme*
pétrifié.

Qu'était-ce donc? — Ai-je rêvé? — Ne
l'ai-je pas vue debout devant moi? N'ai-je pas
entendu ces paroles de mort? Mon sang se
glace encore dans mes veines. — Et cependant c'est ma douce fille! — Bertha! écoute,
Bertha!

(Bertha et Gunther, le gardien du château, arri-
vent.)

BERTHA.

Que voulez-vous, mon père?

LE COMTE.

Es-tu là? Quelle idée t'est venue? Dis-moi,
rôdes-tu ainsi à travers les salles du château
comme un revenant? Pourquoi viens-tu effrayer ceux qui dorment?

BERTHA.

Moi, mon père?

LE COMTE.

Toi, oui, toi! Tu ne sais pas que ces re-

gards de cadavre que tu me jetais ont pénétré dans mon sein comme un poignard.

BERTHA.

Ces regards !...

LE COMTE.

Oui. Je ne saurais rendre l'expression de
ces yeux fixes et terribles. Montre-moi un
de tes regards d'amour pour effacer de mon
esprit ce triste souvenir. Mais non, c'est inutile ; tant que je vivrai, cette image me restera dans la pensée ; je la reverrai sur mon
lit de mort, car c'est un regard qui ressemble à une lueur d'orage dans le crépuscule
du soir, un regard qui peut tuer.

BERTHA.

Qu'ai-je donc fait pour vous causer une
telle émotion ? pour vous rendre si effrayants
ces yeux qui, en rencontrant les vôtres, se
remplissent de larmes de tristesse ? Est-ce
parce que je vous ai abandonné dans votre
sommeil ? parce que je suis sortie ?

LE COMTE.

C'est parce que tu étais ici ?

BERTHA.

Ici ?

LE COMTE.

Oui. Ne t'ai-je pas vu là en face me jeter
comme des flèches tes regards glacés ?

BERTHA.

Pendant que vous dormiez ?

LE COMTE.

A l'instant même.

BERTHA.

Je viens de la terrasse. Quand je vous ai
vu endormi je suis sortie pour regarder si je
n'apercevais pas Jaromir.

LE COMTE.

C'est mal, Bertha. Tu te moques de moi.

BERTHA.

O mon père, quel reproche ? (à Gunther.)
Parle toi-même ; moi je ne sais plus que penser.

GUNTHER.

Ce que mademoiselle Bertha vous dit est
vrai, mon digne seigneur. Elle vient de la
terrasse ; j'étais près d'elle, et nous regardions
à travers la campagne s'il ne venait point
de voyageurs. C'est quand vous avez appelé
que nous sommes accourus.

LE COMTE.

Et j'ai vu...

GUNTHER.

Vous avez vu...

LE COMTE.

Rien.

GUNTHER.

Vous avez vu quelque chose ?

LE COMTE.

Rien, rien, vous dis-je. Il n'y a pas de

doute ; j'ai rêvé. Quoique mes sens et ma
mémoire doivent me faire croire le contraire,
j'ai rêvé. Et cependant, aussi vrai que je vois
ma main, j'ai vu cette effroyable image. Mais
quand je pense à ma douce Bertha... Non, j'ai
rêvé... Pourquoi t'éloignes-tu, mon enfant ?
N'as-tu aucun reproche à faire à ton père
qui t'a affligée ? Ah ! tu as toujours été ainsi, toujours soumise à la douleur, résignée
à l'injustice ; toujours bonne et innocente,
on eût dit, à te voir supporter les reproches,
que tu étais coupable.

BERTHA en l'embrassant.

Et ne suis-je pas coupable, si ce n'est
d'avoir causé votre colère, du moins d'en
être l'objet ?

LE COMTE.

Ainsi tu me pardonnes ?

BERTHA.

C'est sans doute un rêve, mon père. Il y
a des rêves vivants ; ou bien vos yeux à moitié endormis auront été trompés par l'obscurité de cette salle et la lueur douteuse
de ces bougies. J'ai souvent éprouvé combien les sens peuvent facilement nous représenter, sous une forme vivante, les images
fantastiques créées par notre esprit. Hier encore je passais le soir, avec une lumière, dans
la vieille salle de nos aïeux. Il y a là un miroir très ancien et couvert de taches : je
m'arrête là devant, pour jeter un coup d'œil
sur ma toilette ; je porte les mains à ma
ceinture, et alors... Mais vous allez rire, mon
père, et moi-même je dois rire de ma frayeur
d'enfant. Au moment où je relevais ma ceinture, je vois dans le miroir mon image porter ses mains à sa tête, je vois mes traits se
décomposer ; ce sont encore les mêmes, et
cependant ils sont tout autre ; ils me ressemblent comme un mort ressemble à un vivant. Cette image me regarde fixement, me
fait signe et me menace avec le doigt.

GUNTHER.

Malheur ! c'est l'aïeule !

LE COMTE, saisi d'une idée terrible.

L'aïeule !

BERTHA, avec surprise.

L'aïeule !

GUNTHER.

N'avez-vous jamais vu, mademoiselle, son
portrait dans la salle ? Il vous ressemble comme
si vous aviez posé vous-même devant le peintre pour le faire faire.

BERTHA.

Je l'ai souvent regardé avec étonnement, et
il me plaisait à cause de cette ressemblance.

GUNTHER.

Et connaissez-vous la tradition qui s'y rapporte.

BERTHA.

Quand j'étais enfant on me l'a racontée; mais mon père dit que c'est une fable.

GUNTHER.

Ah! il doit sentir au fond de son âme que ce n'est pas tout-à-fait une fable. L'aïeule de votre maison était jeune et belle comme vous, elle s'appelait aussi Bertha comme vous; on la força d'épouser un homme qu'elle haïssait. Elle oublia ses nouveaux devoirs, pour rester fidèle à un amour auquel elle s'était vouée depuis long-temps. Un jour son époux la surprit dans les bras de celui qu'elle aimait, et, dans sa soif de vengeance, il lui enfonça son poignard dans le cœur. C'est ce poignard que l'on a suspendu à la muraille pour garder le souvenir de cet événement. Le repos de la tombe ne lui a pas été accordé. Il faut qu'elle erre sans cesse, jusqu'à ce qu'il ne reste plus aucun membre de sa famille, jusqu'à ce que la race des Borotin soit entièrement éteinte. Si un malheur menace votre maison, si un orage se forme, elle sort du cercueil, elle reparaît dans ce monde. On la voit passer avec des gémissements le long des salles du château; car elle connaît d'avance les désastres, mais elle ne peut les prévenir.

BERTHA.

Et c'est?...

GUNTHER.

C'est tout ce que je puis dire, mais ce n'est pas tout ce que je sais. Il y a encore une circonstance que les anciens serviteurs de la maison et les vieillards du pays se murmurent à l'oreille, une circonstance que la tradition a conservée depuis l'époque de nos ancêtres jusqu'à celle-ci. C'est là le secret de l'énigme qui enveloppe l'histoire de cette maison. Mais je n'ose pas le dire ici, à l'endroit même où l'ombre fatale vient de reparaître. (Il regarde autour de lui avec frayeur. Bertha suit la direction de son regard.) Ne froncez pas le sourcil, mon maître; je ne puis faire autrement. Le secret me déchire le cœur; je suis obligé de parler; approchez-vous, mademoiselle, écoutez et tremblez. Avec le cadavre sanglant de l'aïeule on enterra le germe, mais non pas le fruit du crime. L'infidélité, que son mari venait de punir par ce coup de poignard, n'était pas la première qu'elle eût commise, s'il faut en croire la tradition. L'unique fils qu'elle mit au monde devint l'héritier du nom et des fiefs des Borotin, mais il était...

LE COMTE.

Paix!

GUNTHER.

C'est fini. Il était, sans que son père en sût

rien, l'enfant du crime et de la trahison. Voilà pourquoi elle doit errer en pleurant le long de ces salles désertes, où elle a apporté le fruit illicite d'une race étrangère. Chacun de ses descendants lui rappelle l'infidélité qu'elle a commise et l'amour qui la lui a fait commettre. Ainsi elle attend depuis des siècles et elle attendra encore long-temps la chute de votre maison; mais elle n'ose rien faire pour la hâter, car elle la désire et la redoute en même temps. De là ses plaintes quand un des membres de la famille meurt; de là ses apparitions qui sont autant d'avertissements.

(On entend un bruit éloigné.)

BERTHA.

Grand Dieu!

GUNTHER.

Malheur à nous!

LE COMTE.

Qu'y a-t-il? (Le bruit recommence.) Ta folie devient contagieuse; elle gagne ceux qui se portent bien. On frappe à la porte; quelqu'un veut entrer. Va voir ce qu'il demande.

(Gunther sort.)

BERTHA.

Mon père, tu es pâle; ce que ce vieillard m'a dit est-il vrai?

LE COMTE.

Qui sait ce qui est vrai ou ce qui ne l'est pas? Conservons de l'amour pour certaines vertus, de l'éloignement pour certaines fautes. Si dans la longue succession de nos ancêtres tu en trouves un coupable, ne t'abandonne à aucune autre crainte qu'à celle de lui ressembler. Et maintenant viens, mon cher enfant, conduis-moi dans ma chambre. Quoiqu'il ne soit pas encore temps de me coucher, mon corps est las; j'ai besoin de repos, car j'ai vécu tout à l'heure plusieurs jours en un jour.

(Il sort avec Bertha. — Jaromir se précipite dans la chambre, les cheveux hérissés et une épée rompue à la main.)

JAROMIR, hors d'haleine.

C'est bien; je ne puis pas aller plus loin. Mes genoux ploient sous moi; mes forces sont épuisées. Je n'irai pas plus loin.

(Il tombe sur une chaise.)

GUNTHER arrivant après lui.

Dites-moi, monsieur, croyez-vous que ce soit l'usage d'entrer ainsi dans cette maison, sans rien dire, sans avoir égard à mes questions? que venez-vous chercher? Que demandez-vous?

JAROMIR.

Du repos! seulement une heure, une seule heure de repos.

GÜNTHER.

Que vous est-il donc arrivé? d'où venez-vous?

JAROMIR.

Là... de la forêt... ils sont tombés sur moi.

GÜNTHER.

Ah! l'on raconte tant d'histoires terribles sur les voleurs de cette forêt. Combien je regrette, monsieur !... pardonnez-moi si j'ai d'abord mal interprété votre précipitation et si je vous ai parlé autrement que je ne le devais. Suivez-moi, s'il vous plaît, dans une autre chambre; on vous servira à souper et l'on vous donnera un lit.

JAROMIR.

Non, je ne puis... je ne puis dormir. Laissez-moi sur cette chaise jusqu'à ce que j'aie eu le temps de me remettre.

GÜNTHER.

Que dois-je faire? L'effroi l'a bouleversé. Faut-il rester ici? faut-il le quitter? Je vais en parler au comte; il me dira lui-même comment il faut le recevoir.

(Il sort.)

JAROMIR.

Il est allé lui parler...Eh bien! soit!... Courage! courage!

(Le comte et Gunther entrent. — Jaromir se lève.)

GÜNTHER.

Mon noble Seigneur, voici l'étranger.

LE COMTE.

Ne vous dérangez pas , monsieur ; prenez le repos dont vous avez besoin. Vous êtes pour moi le bienvenu. Vous vous recommandez par vous-même et par votre danger.

JAROMIR.

La circonstance où je viens de me trouver doit me servir d'excuse. J'ai été attaqué dans cette forêt par des voleurs ; j'avais deux de mes domestiques avec moi, et nous nous sommes tous trois défendus courageusement. Mais le nombre de nos adversaires augmentait sans cesse. Mes domestiques sont tombés baignés dans leur sang ; alors j'ai pris la fuite, je me suis élancé dans le taillis épais; la crainte me donnait des ailes. Bientôt, du haut d'une colline, j'ai aperçu votre château; je suis entré, et me voici.

LE COMTE.

Le propriétaire de ce château ne trompera pas votre confiance. Ce qui est ici est à votre service.

BERTHA , arrivant.

N'ai-je pas entendu sa voix? Oui, c'est lui, c'est mon Jaromir.

JAROMIR.

Bertha !

(Il s'élance au-devant d'elle , puis s'arrête tout à coup et lui fait une respectueuse inclination.)

LE COMTE.

C'est lui!

BERTHA.

Oui, mon père , c'est celui qui m'a sauvé , c'est celui que j'aime.

LE COMTE , à Jaromir.

Ne vous retirez pas en arrière ; vous n'êtes pas ici chez des étrangers. Embrassez ma fille , je vous le permets. Si elle vit encore , c'est à vous qu'elle le doit ; je suis heureux de voir et de remercier celui qui m'a conservé le trésor de mes derniers jours. Viens dans mes bras , sauveur de ma fille , ange de bénédiction ; je donnerais volontiers ma vie pour te remercier d'avoir hasardé la tienne.

JAROMIR.

Vous me rendez vraiment confus...

LE COMTE.

C'est à nous de l'être ; car nos remercîments sont si peu de chose à côté de ce que tu as fait.

JAROMIR.

Oh ! pourquoi n'ai-je pu faire davantage? pourquoi n'ai-je pas reçu une blessure, une cicatrice comme souvenir de cette rencontre? Je regrette d'avoir obtenu si facilement une telle victoire.

LE COMTE.

La modestie va bien au jeune homme, mais il ne faut pas qu'elle lui fasse méconnaître son mérite.

BERTHA.

Oui, croyez-moi, mon père , il cherche toujours à se rabaisser à ses propres yeux. Je le sais depuis long-temps. Combien de fois ne l'ai-je pas vu se jeter à mes genoux, et me dire d'une voix étouffée par le chagrin: Non, Bertha, je ne suis pas digne de toi.

JAROMIR.

Bertha!

LE COMTE.

Voulez-vous qu'elle n'apprécie pas comme elle doit le faire le service que vous lui avez rendu? Si vous n'avez été poussé à cette généreuse action que par un noble mouvement de votre cœur, laissez-nous croire aussi que vous ne songiez pas seulement à remplir un devoir, mais que vous songiez à nous rendre heureux, nous. Celui qui repousse les témoignages de reconnaissance rabaisse par-là même l'homme qui les lui offre.

JAROMIR.

Que puis-je vous répondre? Fatigué de la lutte que je viens de soutenir, de mon effroi, de ma fuite, je ne me sens guère capable

d'entreprendre avec vous ce combat de générosité.

LE COMTE.

Était-ce à vous à me rappeler que vous
aviez besoin de repos?

BERTHA.

Qu'est-il donc arrivé?

LE COMTE.

On te le dira demain. Viens, mon enfant,
laissons-le. Que Gunther le conduise dans
une de nos plus belles chambres et qu'il repose en paix jusqu'à demain. Il a pour bien
reposer le moyen le plus efficace, une conscience honnête et le souvenir d'une bonne
action. Adieu, mon fils; encore ce serrement
de main! encore ce baiser de paix! Va et
qu'un ange te ferme les yeux.

BERTHA.

Dors tranquille.

JAROMIR.

Adieu.

BERTHA.

Adieu.

JAROMIR.

Bonne nuit.

(Le comte et Bertha sortent.)

GUNTHER.

Eh bien! venez, mon digne monsieur; je
veux vous conduire dans votre chambre.

JAROMIR, s'avançant au fond du théâtre.

Recevez-moi, dieux protecteurs de cette
maison; reçois-moi, lieu sacré que l'innocence
habite, que le crime n'a jamais souillé. C'est
la demeure de la vertu qui devient mon asile!
Implacables puissances, accordez-moi cette
nuit, seulement cette nuit, et alors je suis à
vous.

(Il sort avec Gunther.)

ACTE DEUXIÈME.

La grande salle, comme dans le premier acte. Il fait sombre.

JAROMIR, entrant à la hâte.

L'enfer est-il donc déchaîné pour me poursuivre? Auprès de moi, devant moi, je n'a-
perçois que des spectres et la frayeur me
glace le sang dans les veines. Pourquoi suis-
je venu ici? Je voyais un ange sur le seuil et
je trouve l'enfer au dedans... Mais où donc
la terreur m'a-t-elle conduit? N'est-ce pas ici
la salle où j'ai été reçu? Paix! il ne faut pas
troubler ceux qui dorment; ils ne doivent pas
savoir ce qui m'arrive d'étrange! (Il écoute à
la porte du comte.) Tout est tranquille. (Il s'approche de la porte à gauche.) J'entends la voix
douce que je connais... elle prie...Ecoutons...
Elle prie pour moi. Oh! graces te soient ren-
dues, ame pure de Bertha! (Il écoute.) « Mon
bon ange, reste auprès de nous, auprès de
moi; mon bon ange, protége-nous.» Oui, protége-nous, protége-moi contre moi-même...
Je ne peux pas y tenir plus long-temps, je
veux aller à elle, c'est auprès de cette douce
fille que je retrouverai le calme et le repos.
Ce sera ma sainte; elle priera à côté de moi
comme à côté d'un cadavre, et je me relève-
rai purifié. (Il s'approche de la porte. L'aïeule,
sous la forme de Bertha, s'avance et lui fait signe de
s'éloigner.) Ah! c'est toi, ma bien-aimée. Pardonne; ne me repousse pas avec tant de froideur. Laisse-moi trouver le repos auprès de
toi; laisse-moi puiser la consolation dans ton
regard. (La figure s'éloigne et fait signe encore à

Jaromir de se retirer.) Tu veux que je m'en aille?
Mais je ne le puis, je ne le puis; quand je te
vois si belle, si ravissante, comment pourrais-je te quitter? Ah! je le sens, il y a au fond
de mon ame mille sentiments confus qui
doivent encore s'éveiller. Peux-tu me voir
ainsi languir? peux-tu me repousser? Laisse-
toi attendrir par ma douleur, laisse-moi pénétrer auprès de toi. L'amour a-t-il jamais
refusé d'écouter une prière si ardente? Bertha!
ma Bertha! (Il veut courir auprès d'elle, mais au
même instant la figure de l'aïeule étend le bras et
lui fait signe de s'arrêter.—Il se rejette en arrière
et s'écrie.) Ah!

BERTHA, dans l'autre chambre.

Est-ce toi que j'entends, Jaromir?

(A ces mots l'aïeule pousse un profond soupir,
et tandis que Bertha entre, elle se retire lentement au fond de la scène, et se pose en face
de Jaromir, sans que Bertha la voie.)

BERTHA, entrant avec une lumière.

Te voilà, Jaromir?

JAROMIR, suivant des yeux la figure de l'aïeule.

Là, là!

BERTHA.

Que t'est-il donc arrivé, mon ami? Pourquoi regardes-tu avec frayeur de ce côté?

JAROMIR.

Là et ici. Elles sont partout et nulle part.

BERTHA.

Mais, grands dieux! qu'as-tu?

JAROMIR.

Ah! par ma foi! je suis un homme et je me sens tout aussi courageux qu'un autre. Le diable peut venir se mettre en face de moi, et vous n'avez qu'à regarder si mon pouls bat plus vite et si la crainte me fait pâlir. Mais il faut qu'il vienne seul, qu'il m'attaque ouvertement et qu'il ne s'amuse point à me créer de nouveaux ennemis dans l'imagination et dans le cerveau. Alors il n'a qu'à paraître avec une stature de géant, couvert d'acier des pieds à la tête et flamboyant comme le feu infernal; je me rirai de sa rage et je marcherai droit au-devant de lui. Ou bien encore, qu'il se montre semblable à un lion furieux; j'irai sans frayeur fixer mon regard sur le sien, le prendre corps à corps.

BERTHA.

Jaromir! mon Jaromir!

JAROMIR, *se retirant en arrière.*

Oh! je te connais, douce et riante image; mais si je m'approche, tu vas te retirer. Un souffle peut te faire évanouir.

BERTHA, *l'embrassant.*

Une ombre pourrait-elle t'embrasser ainsi? un fantôme te regarderait-il avec autant d'ardeur! Vois donc si ce n'est pas moi qui repose dans tes bras!

JAROMIR.

Oui, c'est toi. Je sens avec joie le battement de ton cœur, j'aspire avec ivresse ton souffle embaumé. Oui, ce sont tes yeux si purs, c'est ta bouche, c'est ta douce voix. cette voix dont le son magique ramène la paix dans mon ame. C'est toi, ma bien-aimée, c'est toi.

BERTHA.

Mais tu trembles.

JAROMIR.

Je tremble! et qui donc pourrait être le jouet d'une telle apparition et ne pas trembler? Un ours sauvage ne m'a pas enfanté au milieu des forêts, je n'ai pas été nourri avec de la moelle de tigre. Je suis un homme et l'homme a des limites; s'il veut les dépasser, son courage tombe, sa prudence le trompe, ses forces lui manquent, et une voix intérieure lui crie : Jusqu'ici et pas plus loin.

BERTHA.

Tu es malade, retourne dans ta chambre.

JAROMIR.

Non, j'aimerais mieux descendre en enfer. Écoute ce qui m'est arrivé. Je marche avec confiance sur les pas de mon guide, j'entre dans cette magnifique chambre; j'étais las, je me hâte de me jeter sur mon lit et bientôt je sens le sommeil qui s'empare de moi. — Tout à coup mes membres frémissent; je m'éveille, j'écoute, je regarde; j'entends autour de moi des bruits étranges, j'entends un sifflement pareil à celui d'un champ de blé agité par le vent. Des lumières trompeuses vacillent devant moi; la poussière prend une forme vivante et la nuit lui donne le mouvement. De longs vêtements se traînent à travers la chambre. On pleure, on se plaint, et près de moi retentit trois fois ce cri fatal : Malheur! malheur! J'écarte les rideaux de mon lit et je vois des milliers de lumières qui se croisent, qui flottent, qui tourbillonnent et enlacent leurs rayons; des centaines de fantômes rampent sur le parquet, grimacent et étendent leurs bras vers moi. Au pied de mon lit, au milieu d'une clarté pareille à celle de la lune, apparaît une figure avec des yeux de mort et des traits que je connais, des traits pareils aux tiens. Elle me regarde fixement et l'effroi me saisit. Je me jette hors de mon lit, je m'élance à travers les autres chambres; la figure court après moi, et comme poussé par les furies j'arrive dans cette salle. Alors je t'entends prier; je veux aller auprès de toi, quand soudain cette même figure... Mais vois-tu? vois-tu?...

BERTHA.

Quoi donc, mon bien-aimé?

JAROMIR.

Là dans le coin. Regarde comme elle s'agite.

BERTHA.

Ce n'est rien que le produit bizarre de ton imagination. Tu es las, repose-toi. Viens t'asseoir sur cette chaise; je resterai près de toi pour te protéger.

JAROMIR, *appuyant sa tête sur le sein de Bertha.*

Merci, ô ma chère ame, merci! Enlace tes bras autour de moi afin que les spectres n'osent s'approcher. Si je me repose ainsi sur ton sein, si ton souffle me caresse, si ton doux regard s'arrête sur le mien, oh! je crois me trouver sur un lit de roses, au milieu de l'air pur du printemps, avec le ciel bleu sur ma tête.

LE COMTE, *entrant.*

Qu'y a-t-il donc encore dans cette salle? C'est toi, Bertha? Et vous?

BERTHA.

Mon père!

JAROMIR.

Je sais à peine ce que je dois dire. Vous m'appellerez fou, et moi-même je pourrais bien me donner ce nom, si je ne sentais encore chacune de mes fibres trembler. Mais vous devez penser qu'il y a des hommes plus faciles à ébranler que d'autres.

LE COMTE.

Comment dois-je interpréter?...

BERTHA.

Écoutez : On l'avait mis dans la chambre

en haut. Il commençait à s'endormir, quand
tout à coup un bruit s'élève...

LE COMTE.

Ah! te compte-t-on déjà au nombre des
miens? Sait-on déjà dans les tombeaux que
tu m'es cher? Aussi pourquoi es-tu venu?
Ici, il n'y a ni fêtes, ni joie. Regarde comme
nous vivons dans cette demeure déserte,
comme nous nous asseyons à table avec tristesse. Ici les heures se traînent lentement;
le moindre bruit interrompt l'entretien et le
père regarde sa fille avec terreur, incertain
si c'est elle ou si c'est un revenant qui cause
avec lui. Regarde, mon fils, voilà comment
vivent ceux que la fatalité poursuit. Et tu
voudrais apporter au milieu de nous la joie
de ta jeunesse, la paix de ton cœur ! Oh ! non,
tu ne dois pas périr avec nous. Fuis, fuis,
tandis qu'il en est encore temps. Il n'y a qu'un
fou qui puisse bâtir sa demeure sur un lieu
frappé par la foudre.

JAROMIR.

Que le sort décide ce qu'il voudra ; je veux
rester avec vous et mourir avec vous.

LE COMTE.

Eh bien ! soit ! Si telle est ta résolution,
viens dans mes bras, et qu'un baiser de père
t'unisse à nos souffrances ainsi qu'à notre
joie; car, après tout, il n'est point d'épine qui
ne porte quelques roses. (Il s'asseoit entre Bertha
et Jaromir qui se tiennent par la main.) Merci,
mes enfants, merci! Si je vous vois ainsi
devant moi avec votre front serein, votre regard plein de vie et de résolution, l'espérance
se réveille en mon cœur, et le souvenir d'un
temps plus heureux me revient avec ses rêves effacés. Salut à vous, douces images, je
vous revois avec amour et avec douleur...

JAROMIR.

Bertha, regarde donc ton père.

BERTHA, se retirant avec lui en arrière.

Laisse-le. Il lui arrive souvent de se plonger dans ses souvenirs, et alors il n'aime pas
à être troublé. Mais écoute ; notre bonheur
est décidé, mon père sait tout.

JAROMIR.

Tout?

BERTHA.

Oui, et il nous donne son consentement.
Aujourd'hui il était si bon, si tendre ! Il était
meilleur que vous qui restez là si pensif et si
froid, tandis que moi je ne trouve point de
mots pour vous exprimer tout ce que je sens.

JAROMIR.

Crois-moi...

BERTHA.

Croire! croire! Il ferait mieux de se taire
celui qui ne sait pas comment l'amour parle.
Les lèvres ne disent pas ce que l'œil ne peut

dire. Ecoute; on m'a souvent parlé de ces
hommes légers, dont l'amour se consume et
s'éteint, de ces hommes qui aiment pour aimer et qui , pareils au papillon, caressent la
rose, non point parce que c'est la rose, mais
parce que c'est une fleur. En est-il ainsi de
vous qui ne me parlez pas? (prenant une écharpe.)
Je veux vous lier les ailes, entendez-vous ? et
je vous les lierai si bien que personne ne
pourra vous délivrer.

JAROMIR.

Oh! douce créature!

(Elle lui met l'écharpe autour du corps.)

LE COMTE, jetant les yeux sur elle.

Comme elle l'aime! comme elle le regarde!
Le torrent l'entraîne, elle ne peut y résister.
Eh bien ! soit! le ciel semble m'indiquer le
chemin que je dois suivre et je le suivrai,
quoique j'y trouve encore tant d'obstacles,
quoique je sente renaître au dedans de moi
les rêves que j'avais formés. Hélas ! combien
nous avons de peine à nous détacher de ces
espérances qui enchantaient le printemps de
notre jeunesse ! Quand ma Bertha venait de
naître, quand je la contemplais dans son ber-
ceau, si douce et si riante, je me demandais
quel époux je pourrais lui donner, et en prenant l'un après l'autre tous nos jeunes nobles,
il me semblait que le plus parfait d'entre eux
serait à peine digne d'elle. Et tous ces beaux
projets sont loin. Oh! je le sens, nous avons
moins de peine à renoncer à un bonheur réel
qu'à un rêve trompeur.

BERTHA, nouant l'écharpe de Jaromir.

Restez donc tranquille.

LE COMTE.

Ai-je le droit d'être si difficile dans mes
prétentions, si ce qu'on m'a conté dans ma
jeunesse n'est pas une fable, s'il est vrai,
comme la tradition le rapporte, que le nom
de ma famille, le nom dont je suis fier, n'est
venu jusqu'à nous que par le fruit d'un amour
coupable?—Oh! loin d'ici, mauvaises pensées !

BERTHA, regardant son ouvrage.

Maintenant cela va bien ; mais montre-moi
un visage plus doux, afin que je ne me re-
pente pas d'avoir fait ce travail.

LE COMTE.

Jaromir !

JAROMIR, effrayé.

Comment?... Que voulez-vous, monsieur
le comte?

LE COMTE.

Tu ne nous as encore parlé de ton origine,
de tes parents. Bertha m'a raconté que tu
t'appelles Jaromir d'Eschen et que tu as servi
dans l'armée, mais je ne sais rien de plus.

JAROMIR.

Il n'y a rien de plus à vous dire. Mes aucêtres étaient riches et puissants, et moi je suis pauvre, si pauvre que, si l'on ne comptait pas pour quelque chose mon courage et ma force de volonté, je n'aurais rien, je ne serais rien.

LE COMTE.

Tu dis beaucoup en peu de mots. Voilà comme j'aime les hommes. Ecoute, mon fils ; je suis vieux, la nature me fait pencher vers la tombe et je ne sais quel vague pressentiment m'annonce que je mourrai bientôt. Jamais la mort ne m'a fait peur et maintenant encore elle ne m'effraie pas. Mais regarde cette jeune fille, regarde mon enfant ; si tu pouvais lire dans mon cœur, dans mes larmes, tout ce qu'elle est pour moi, tu comprendrais ma douleur. L'idée de la laisser toute seule ici, dans un monde qu'elle ne connaît pas, cette idée-là me fait pâlir devant la mort et trembler. C'est sur toi que s'est arrêté son premier regard, sa première pensée. Tu sais ce qu'elle vaut et tu peux défendre ce qui t'est cher. Tu as déjà exposé une fois ta vie pour elle et tu mourrais pour elle avec joie, s'il le fallait. Mon fils, je te la confie ; tu l'aimes ?

JAROMIR.

Comme ma vie.

LE COMTE.

Et toi, Bertha, tu l'aimes, lui ?

BERTHA.

Plus que moi-même.

LE COMTE.

Que le doigt de Dieu vous guide ! Prends, ma fille, pour époux l'homme que tu as choisi. *(On frappe à la porte.)* Qu'est-ce que cela ? qui peut venir si tard frapper à la porte du château ?

BERTHA.

Mon Dieu ! si c'était !...

LE COMTE.

Ne fais pas l'enfant. Crois-tu qu'une troupe d'aventuriers ose venir attaquer un château comme celui-ci, bien gardé et bien défendu !

GUNTHER, *entrant.*

Monseigneur, c'est un capitaine des troupes du roi qui demande à entrer avec sa compagnie.

LE COMTE.

Comment ! des soldats ?

GUNTHER.

Oui, monsieur le comte.

LE COMTE.

Quoique j'ignore le motif qui les amène, ouvre-leur la porte ; ils sont les bienvenus.

(Gunther sort.)

LE COMTE.

Pourquoi viennent-ils ici et à cette heure ? Mais n'importe, leur présence nous distraira au milieu de cette longue et pénible nuit.

BERTHA.

Jaromir, va te reposer ; tu n'es pas bien, je le sens à ce tressaillement et à la rapidité de ton pouls.

JAROMIR.

Quelle idée ! je ne consulte pas les battements de mes artères, je me trouve bien.

(Gunther ouvre la porte. — Le capitaine entre.)

LE CAPITAINE.

Pardonnez-moi, monsieur le comte, de venir troubler si tard le repos de votre demeure.

LE COMTE.

Ma maison est toujours ouverte à quiconque porte les couleurs du roi, et elle le serait pour vous sans cela.

LE CAPITAINE.

Est-ce là mademoiselle votre fille ?

LE COMTE.

Oui, c'est mon unique enfant.

LE CAPITAINE.

Combien j'ai d'excuses à vous faire ! Mais si mon arrivée vous a effrayé, elle doit vous être utile. Ces bandes de brigands qui sont le fléau de la contrée...

LE COMTE.

Oui, un vrai fléau. Si ma fille vit encore, elle le doit à la bravoure de ce jeune homme, Jaromir d'Eschen, qui est devenu son fiancé, et lui-même a été attaqué cette nuit dans la forêt et ses domestiques ont été tués.

LE CAPITAINE.

Cette nuit ?

JAROMIR.

Oui, cette nuit même.

LE CAPITAINE.

Et quand ?

JAROMIR.

Il y a à peu près trois heures.

LE CAPITAINE, *le regardant fixement, puis se tournant vers le comte.*

C'est votre gendre futur ?

LE COMTE.

Oui, monsieur.

LE CAPITAINE.

Si vous vous étiez trouvé en route une heure plus tard, vous n'auriez rien éprouvé de semblable. Mais désormais vous pouvez être tranquille, car ces bandes de brigands n'existent plus. Nous les suivions depuis long-temps, nous les avons attaquées aujourd'hui. Après un combat sanglant, la victoire est restée de notre côté ; toute leur troupe est anéantie. Les uns ont été tués, les autres faits prisonniers. Quelques-uns seulement se sont sauvés, et nous sommes à leur poursuite.

LE COMTE.

Je vous rends graces, mon brave capitaine, je vous rends graces de tout mon cœur.

LE CAPITAINE.

Attendez que tout soit fini. Si la racine est tombée, il y a encore des rameaux, et quand on m'a choisi pour cette expédition, j'ai juré d'exterminer entièrement cette race maudite. Des paysans nous ont dit que l'on a vu quelques-uns de ces voleurs rôder aux environs du château ou se cacher dans les joncs de l'étang. Permettez-moi, monsieur le comte, de faire des recherches partout où je croirai qu'elles sont nécessaires. Bientôt mes postes seront organisés, et s'il y a dans le bois ou dans les champs un de ces fuyards, il ne nous échappera pas, et il n'aura plus qu'à choisir entre les chaînes et la mort.

LE COMTE.

Mon château ne m'appartient plus tant que votre tâche n'est pas achevée. Il est à vous, il est au roi. Oh! combien j'aime à vous voir animé d'un tel zèle!

LE CAPITAINE.

Ne me donnez pas plus de louanges que je n'en mérite; si je combats ici pour le bien public, je combats aussi pour moi. Cette troupe de meurtriers est venue fondre sur le château de mes pères; elle a tout mis à feu et à sang. Le souvenir de ce désastre me déchire le cœur, et je brûle de rendre à ces misérables ce que je leur dois. Je veux les épargner, mais avec un autre espoir de vengeance. Il ne faut pas qu'ils tombent sur le champ de bataille; il faut qu'ils soient livrés à la torture, à la hache du bourreau.

BERTHA.

Ne parlez pas ainsi. Voulez-vous juger des hommes, agissez donc comme homme envers eux.

LE CAPITAINE.

Si vous aviez été témoin, mademoiselle, de ce que j'ai vu avec horreur, vous repousseriez tout sentiment de pitié. Je vois encore ces ruines fumantes éclairées d'une lueur sombre; j'entends les cris des femmes, les lamentations des vieillards, les plaintes des enfants, et si l'on songe que l'amour de l'argent, l'avarice seule a pu porter ces misérables...

JAROMIR, *le saisissant avec force.*

Voulez-vous donc empoisonner avec le souffle de la haine, avec des paroles de vengeance, cette âme pure de jeune fille qui se représente le monde comme si bon, parce qu'elle-même est sans tache? Laissez-la exercer sa pitié, laissez-la aimer son frère, quoiqu'il soit déchu. Oh! convient-il au roseau d'insulter le chêne brisé?

LE CAPITAINE.

Le chêne n'est bon qu'à jeter au feu quand il se brise.

JACOMIR.

Votre langage est sévère, mais la lenteur du bras compense peut-être ce que la langue a de trop rapide.

LE CAPITAINE.

Ah! comment dois-je interpréter ces paroles?

JAROMIR.

Interprétez-les comme vous voudrez.

LE CAPITAINE.

Si nous n'étions pas ici!...

JAROMIR.

Laissez vos bravades de côté.

LE CAPITAINE.

Vous êtes bien ardent à défendre la cause de ces voleurs?

JAROMIR.

Celui qui est en danger peut compter sur moi.

LE CAPITAINE.

Si le plus brave d'entre eux se montrait!

JAROMIR.

Appelez-le; peut-être le trouverez-vous.

Qu'entends-je, Jaromir? Ta vivacité t'emporte-t-elle si loin que tu en viennes à offenser notre hôte? Peux-tu défendre des hommes qui se condamnent eux-mêmes? Mais qu'importe? Je te connais, et il ne faudrait que quelques mots pour t'engager à poursuivre avec nous le reste de ces misérables.

JAROMIR.

Moi!

LE COMTE.

Oui, toi.

JAROMIR.

Jamais. Si je rencontrais un de ces malheureux hommes que la cruauté d'une mère a peut-être forcé de chercher un asile au fond des forêts, et qui, en vivant parmi les bêtes fauves, est devenu bête fauve lui-même; si je le voyais prier et se repentir, pourrais-je repousser sa main suppliante et lui enfoncer mon épée dans le corps? Quiconque peut faire une telle action n'est pas un homme. Je veux bien accepter pour ennemi celui qui combat encore, mais je ne ferais pas le métier d'archer.

LE COMTE.

Et si moi-même je vais guider dans leurs recherches le capitaine et ses soldats, me suivras-tu?

JAROMIR.

Vous!

LE COMTE.

Oui. Je puis aussi ménager la vie d'un homme; je sais ce qu'elle vaut; mais ne soyons pas cruels envers les bons pour épar-

guer les mauvais. Quoique le cœur en souffre,
remplissons rigoureusement notre devoir ; et
pour que l'honnête homme vive, conduisons
le meurtrier devant la justice.

JAROMIR.

Bien parlé, bien parlé. Vous voulez que
les petits enfants dorment tranquilles devant
la porte, n'est-ce pas ? Allons, une épée !
allons, je veux courir après la vie des hommes. Ah ! vous combattrez vaillamment ; car
la vie est si belle ! C'est le premier des biens ;
et celui qui expose tout pour la conserver
n'a-t-il pas raison ? Des armes donc ! des
armes ! En avant ! courons ! Dites aux chasseurs de se tenir prêts, et que la chasse commence. Des armes ! holà ! des armes !

BERTHA.

Ne vous disais-je pas, mon père, qu'il est
malade très malade ?

JAROMIR.

Les malheureux ! N'est-ce pas, ils méritent
bien d'être punis. Le sort les accablait, et
ils ont voulu se révolter contre le sort. Mais
qu'importe ce qui arrive, pourvu qu'on ne
compromette pas notre intérêt ? Allons, hommes honnêtes de ce monde, repoussez hors
de votre château l'homme qui vous gêne ;
jetez dans le fleuve le poids inutile ; et si un
nageur essaie de se sauver, s'il touche les
bords de la barque, faites-le retomber ; bri-
sez-lui les mains avec la rame, afin que vous
puissiez voguer ensuite tranquillement.

LE COMTE.

Jaromir, qu'as-tu donc ?

JAROMIR.

Pardonnez : à peine le sais-je moi-même !
Mais j'ai senti le plaisir de la chasse en entendant raconter avec joie comment les filets
étaient disposés, pour que la bête fauve ne
se sauvât pas.

LE COMTE, *au capitaine.*

Excusez-le, monsieur ; l'attaque qu'il a eu
à soutenir cette nuit et plusieurs autres circonstances, l'ont tellement agité qu'il n'a
pas encore pu se remettre.

LE CAPITAINE.

Dans un tel état, il ne peut plus être question d'offense. Reposez-vous, monsieur d'Eschen. Notre entreprise est assez importante
et elle demande du sang-froid.

BERTHA.

Viens donc, mon ami, suis-moi.

JAROMIR.

Non ; laisse-moi ! laisse-moi ! Je suis bien,
vraiment très bien.

LE CAPITAINE.

Je dois prendre congé de vous et poursuivre ce que j'ai commencé.

LE COMTE.

Mais connaissez-vous assez les voleurs
pour être sûr de ne pas vous attaquer à des
passants inoffensifs ?

LE CAPITAINE.

Non, je ne les connais pas ; car nous les
avons surpris aujourd'hui dans l'obscurité, et
d'ailleurs pendant une lutte aussi sanglante,
on regarde l'épée de son ennemi plutôt que
son visage. Mais il y a là dans l'antichambre
un de mes soldats qui est une fois tombé
entre leurs mains et qui les connaît tous.
Holà !

(*Un soldat entre.*)

LE CAPITAINE.

Faites venir Walter.

LE COMTE.

Ne t'efforce pas de rester plus long-temps,
Jaromir ; va te mettre au lit. Ton visage est
pâle comme la mort, et il y a dans tes regards
un signe de fièvre. Va, mon fils ; (*le conduisant vers la porte à droite.*) personne dans cette
chambre ne troublera ton repos.

BERTHA.

Laisse-toi conduire.

JAROMIR.

Soit ! puisque vous le voulez. Je me sens
en effet assez mal.

(*Il met son mouchoir de poche sur son front.
Le soldat entre.*)

LE CAPITAINE.

Approche ; nous allons faire la ronde et tu
nous suivras.

WALTER.

Bien, mon capitaine.

LE CAPITAINE.

Ta mémoire est-elle fidèle ? Peux-tu reconnaître le visage de chaque brigand ?

WALTER.

Oui, vous pouvez en être sûr.

BERTHA, *conduisant Jaromir.*

Comme tu trembles ! Tiens, c'est ici.

(*Elle le fait entrer dans la chambre.*)

LE COMTE.

Va, mon fils, et que Dieu soit avec toi !

LE CAPITAINE.

Avant tout, j'ai encore un devoir à remplir,
et c'est la partie la plus délicate de ma mis-
sion. Vous savez, monsieur le comte, qu'il
y a plusieurs choses qui, au premier abord,
paraissent inutiles, et qui ne le sont pas
pour le soldat ; je dois donc vous demander
la permission de visiter votre château.

LE COMTE.

Mon château ?

LE CAPITAINE.

J'ai reçu l'ordre très strict de visiter chaque demeure, n'importe à qui elle appartienne. Je dois vous paraître bien importun.

mais je remplis mon devoir. Et voyez! qui
vous répondra de vos gens?

LE COMTE.

Et qui peut vous répondre de moi? Est-ce
là ce que vous pensez?

LE CAPITAINE.

Si je vous ai offensé, veuillez croire...

LE COMTE.

C'est bien; laissons cela. Je ne puis jamais
comprendre quel abîme se trouve entre ce
qui a été et ce qui est. Je pensais à mes
aïeux, dont la parole était au loin plus res-
pectée que le plus solennel des serments. Jamais le soupçon n'eût osé s'introduire dans
cette salle. Mais je suis le dernier et je suis
vieux; ainsi, rapportez-vous-en au témoignage de vos yeux. (Il ouvre les portes.) Tenez,
voyez; voici ma chambre, voici celle de ma
fille. (s'approchant de celle de Jaromir.) Ici!...

BERTHA.

O mon père! laissez-le dormir.

LE COMTE.

Vous venez de voir mon gendre entrer
dans cette chambre.

LE CAPITAINE.

Vous me faites honte à moi-même.

LE COMTE.

Je ne veux que vous convaincre; venez.

LE CAPITAINE.

Où?

LE COMTE.

Dehors, à la poursuite des brigands.

LE CAPITAINE.

Comment, vous voudriez?...

LE COMTE.

C'est mon devoir; ne suis-je pas un vassal
du roi? Je connais comme vous les devoirs
que j'ai à remplir; ainsi, allons.

BERTHA.

O mon père! pensez...

LE COMTE.

Paix! mon enfant; je n'entends ici qu'une
voix, et celle-là a déjà parlé. Venez, capitaine, et dites au roi que je ne donne pas
asile aux brigands. Dites-lui qu'au lieu de
trouver ici le lion jeune et vigoureux, vous
l'avez trouvé vieilli, mais que c'était cependant encore un lion.

(Il sort avec le capitaine.)

BERTHA.

Il part, il ne m'entend pas, il me laisse
seule en proie aux soucis dévorants. Dois-je
trembler pour mon père et craindre pour
mon amant? (écoutant à la porte de Jaromir.)
Jaromir! mon Jaromir!... Point de réponse;
tout est tranquille et silencieux comme le
tombeau. Comment réprimer cette angoisse
et ce pressentiment qui me pèse sur la poitrine. Oh! je crois voir au loin les étoiles se
voiler, la lumière du jour s'éteindre; le ton-

nerre gronde, et le mauvais génie s'en vient,
avec des ailes de hibou, planer sur mon
front. Oh! je te connais, divinité terrible!
je devine ce que tu m'apportes. Faut-il le
dire? ce malheur, c'est de perdre ce que
j'aime! Pitié! posséder et perdre! Où êtes-
vous, mes jours d'or? où es-tu, terre des
fées, où je m'en allais sans désirs et sans
plainte, conduite par la main de Binnouna?
Heureux temps! où un oiseau était mon
amour, où une fleur faisait ma joie, où le
plus douloureux de tous les sentiments m'é-
tait encore étranger! Si parfois le ciel était
voilé, mon cœur était jeune et joyeux, et les
jours me semblaient devoir passer comme
des flots bleus et limpides. Mais dans la
coupe de la vie j'ai bu les voluptés de l'a-
mour et avec elles le poison. Depuis que le
bras de mon amant m'a enlacée, depuis que
j'ai connu son baiser, la terre des fées s'est
évanouie pour moi; mon pied marche sur
des épines qui cachent peut-être quelques
roses, mais dont je ressens même jusqu'au
milieu de ma joie le sanglant aiguillon. Oui,
s'il est loin, j'aspire à le revoir; mais s'il
vient, si mes yeux s'arrêtent sur ses yeux,
j'entends une voix intérieure qui me crie:
Ton amour est un crime. L'expression pénible de son regard me commande de m'éloigner, et je recule avec effroi, mais ce regard
m'adoucit de nouveau; je n'ai plus la force
de fuir, je reviens, je me jette dans ses bras.
Ainsi le gouffre de Charybde rejette le vais-
seau qui s'approche trop près et l'engloutit
ensuite. Comment expliquer cette énigme?
Si mon amour est juste, pourquoi cette terreur? s'il est mauvais, pourquoi m'apporte-
t-il tant de pensées célestes? (élevant les bras.)
Mes plaintes ne peuvent-elles te fléchir,
puissance inexplicable qui veilles sur cette
maison; eh bien! donne-moi un signe qui me
guide, une étoile dans la nuit. (On entend un
coup de fusil.) Ah! qu'est-ce que cela? — Un
coup de fusil! Est-ce le signe que je demandais? mon désir a-t-il été rempli? Malheur à moi! — Je suis seule, —
toute seule! — Qu'ai-je donc senti de froid à
mes côtés? Est-ce toi, malheureuse ombre
de mon aïeule? Oui, je crois entendre tes
pas... (frappant à la porte de Jaromir.) Jaromir, ouvre la porte, protége ta Bertha! Jaromir, un seul mot! Dis-moi que tu veilles,
que tu m'entends, que je ne suis pas seule.
— Pourquoi ce silence? Ah! je veux te voir,
te presser dans mes bras, m'assurer que tu
vis. (Elle ouvre la porte et entre. On entend encore un coup de fusil.) Arrêtez! arrêtez! La
chambre est vide, la fenêtre ouverte. Il est
loin; il est mort!... mort!

ACTE TROISIÈME.

Même décoration.

BERTHA, JAROMIR.

(Bertha est assise devant une table, la tête cachée dans ses mains.)

BERTHA.

Oh! amour, si ce sont là tes joies, qu'est-ce donc que la douleur de la séparation et les tourments de l'absence?*(Jaromir ouvre la porte doucement et veut se retirer en apercevant Bertha.)* Jaromir, tu t'éloignes! tu t'éloignes de moi! — Oh! demeure! Mon bien-aimé, j'ai tremblé pour toi! Parle, comment te trouves-tu?

JAROMIR, *d'un air sombre.*

Bien, bien.

BERTHA.

Oh! si je pouvais le croire! mais tu es pâle, mon Dieu! et tu as le bras lié!

JAROMIR.

Où donc?

BERTHA.

Ici.

JAROMIR.

Bah! ce n'est rien.

BERTHA.

Rien! tu es blessé. Il y a du sang sur ta manche.

JAROMIR.

Ai-je vraiment saigné? c'est une plaisanterie.

BERTHA.

Tire-moi de cette anxiété. Où as-tu été? Comment as-tu reçu cette blessure? *(Elle le regarde, il détourne la tête.)* Tu trembles! tu te détournes!

JAROMIR.

Non, je ne puis, je ne puis! Si je regarde tes traits si purs, mes yeux se penchent aussitôt vers la terre; et le noir esprit du mensonge revient s'emparer de moi. Démons de l'enfer, si vous voulez me servir de guide, faites que mon cœur change; si je dois agir comme un diable, faites qu'avant tout je sois diable.

BERTHA.

Jaromir, je ne te quitte pas! Réponds-moi; où as-tu été? comment t'es-tu blessé?

JAROMIR, *les yeux baissés.*

C'est en dormant que je me suis écorché le bras.

BERTHA.

En dormant? tu n'as pas dormi. Je suis entré dans ta chambre et tu étais dehors.

JAROMIR, *effrayé.*

Ah!

BERTHA.

Mon bien-aimé, avoue-moi ce qui est arrivé. Tu ne sais pas quelles sombres images me passent devant l'âme. Où as-tu été? dis-le-moi.

JAROMIR.

Tu veux le savoir, eh bien! je vais te le dire. A peine étais-je dans ma chambre que j'entends des coups de fusil, des cris. Je savais que ton père était dans la mêlée; j'ai voulu lui porter secours, le protéger, le sauver... Sais-je moi-même ce que j'ai voulu? Pendant que j'étais à réfléchir sur ce que je ferais, j'aperçois le tilleul qui étend ses longs rameaux jusque sur cette fenêtre; je saisis une de ses branches, et je descends à terre. Je n'avais pas fait cent pas qu'un coup de fusil part... Je ne sais s'il vient d'un ami ou d'un adversaire, mais il m'atteint au bras, et cette blessure me rappelle à moi-même. Je vois le danger auquel je m'expose, je retourne auprès du tilleul, et je remonte dans ma chambre.

BERTHA.

Et dans cette sortie aventureuse n'as-tu donc pas songé un seul instant à moi, à ma douleur? Pouvais-tu exposer cette vie qui m'appartient? Oh! tu n'éprouves donc pas les mêmes sentiments que moi? Si tu m'aimais comme je t'aime, tu saurais conserver tes jours parce qu'ils me sont chers.

JAROMIR, *tourmentant son bras blessé.*

Augmente, augmente encore, ô souffrance! afin d'étouffer la voix du cœur.

BERTHA.

Pourquoi presses-tu ainsi ton bras, ta blessure?

JAROMIR.

Elle est liée.

BERTHA.

Cette écharpe l'enveloppe mal. Ta douleur m'est plus sensible qu'à toi-même. Donne-moi ton bras, je veux le guérir; je veux voir si je ne puis gagner comme récompense un de ces doux regards que je recevais si libéralement autrefois. Je veux voir si ma main a plus d'effet sur toi que la tendresse de mon cœur, et si ta reconnaissance est plus éloquente que ton amour. *(Elle dénoue l'écharpe.)* Regarde cette belle écharpe que j'ai brodée avec tant de peine, et sur laquelle, au lieu de perles, j'ai souvent laissé tomber des larmes d'amour: regarde comme elle est déchirée: hélas! déchirée ainsi que mon cœur. (*Elle lui lie le bras, l'écharpe tombe à ses pieds.*) Toujours muet et sombre. Ah! quelles étranges sensations éprouves-tu? je vois le feu de ton visage faire place à la pâleur de la mort; tes lèvres tremblent et tes regards se baissent si tristement vers la terre. Mon Dieu! tu me fais peur.

JAROMIR.

Je te fais peur?

BERTHA.

Juste ciel! qu'ai-je entendu?

JAROMIR.

Écoute... Dans l'antichambre... Quelqu'un vient... Je me sauve.

BERTHA.

Demeure donc.

JAROMIR.

Non, non... voilà qu'on approche... Je te quitte.

(*Il rentre dans sa chambre.*)

BERTHA.

Est-ce bien lui? Comme il tremble! Oh! son corps est bien malade, et son âme l'est encore plus.

UN SOLDAT. *Il entre portant un bout d'écharpe à la main.*

Pardonnez-moi, je viens demander si mon capitaine est ici.

BERTHA.

Non, mon ami.

LE SOLDAT.

Où peut-il être? Je l'ai vu d'abord au milieu de nos postes, et maintenant je ne le trouve plus. Je pensais qu'il était rentré pour prendre un peu de repos.

BERTHA.

Et mon père?

LE SOLDAT.

Il est avec lui. Soyez sans inquiétude, mademoiselle. C'est maintenant aux brigands à avoir peur, car nous sommes sur leurs traces. Si seulement j'avais tiré un peu plus juste ou si j'avais eu plus de bonheur, nous tenions leur capitaine, oui, leur capitaine: j'étais assez près de lui pour le reconnaître. Je le voyais se glisser le long du mur, derrière les broussailles; je lâche mon coup, et, ma foi! ce n'était pas mal visé, car je l'atteint au bras.

BERTHA.

Dieu! au bras?

LE SOLDAT.

Oui, et le sang coule: le capitaine chancelle et ne peut plus se soutenir. Je m'élance

sur lui, je le saisis de toutes mes forces au cou et à la ceinture, et malgré ses secousses, ses efforts, déjà je croyais m'en rendre maître; mais tout à coup il se relève, m'enlace avec une vigueur de géant, me jette par terre et disparaît. J'eus beau courir après lui, il n'était plus temps, et il ne m'est resté d'autre trophée que ce lambeau d'écharpe.

BERTHA, *la reconnaissant.*

Ah!

(*Elle laisse tomber son mouchoir par terre pour courir le reste de l'écharpe et devient toute tremblante.*)

LE SOLDAT.

Croyez-moi, mademoiselle, ce n'est pas une plaisanterie de rencontrer cet homme sur son chemin. J'ai été long-temps entre ses griffes et j'y pense encore avec terreur. Je me souviens comme il arrivait au milieu de ses compagnons, avec un regard sombre et ardent, et comme le plus brave d'entre tous tremblait devant lui, jusqu'à ce qu'il s'écriât: « En route, compagnons, en route! » Chacun courait aux armes et cette troupe féroce s'élançait en poussant des hurlements dont la terre retentissait au loin; et lui, monté sur un cheval noir, comme un frère d'armes du diable, marchait en avant, enflammé de colère et de soif de vengeance. Partout où cette horde arrivait, c'en était fait du bonheur de l'homme. Leur férocité n'épargnait rien; tout devait être ravagé et le sang humain fumait au milieu des ruines. Vous frissonnez. Mais le jour est venu où ces misérables seront traités comme ils le méritent; le bourreau les attend.

BERTHA.

Malheur!...

LE SOLDAT, *tirant le lambeau d'écharpe de sa poche.*

Voici une chose qui ne me sert à rien. Je veux retourner voir comment va la danse, et ce que j'apprendrai je viendrai vous le dire.

(*Il sort.*)

BERTHA.

Malheur à moi! malheur! Tout est terminé. (*Elle se jette sur une chaise et cache son visage dans ses mains.*)

JAROMIR, *ouvrant la porte.*

Est-il loin? Qu'as-tu, Bertha? (*Bertha lui montre l'écharpe qui est à terre.*) Mon écharpe!...

BERTHA, *prenant le morceau déchiré.*

Voleur!

JAROMIR.

Eh bien! soit! c'en est fait! L'éclair que le nuage recélait depuis long-temps vient de luire, et je respire en liberté. La foudre m'a atteint, mon espérance est anéantie, mais l'orage est loin. Je romps ces liens qui m'ont comprimé, je renonce à cette vaine supercherie. Pourquoi craindrais-je de dire ce que je n'ai pas craint d'être? Adieu donc les lâches mensonges dont je ne me suis servi qu'à regret. Être obligé de cacher ce qui se passait au dedans de moi, c'était là mon plus cruel tourment. C'est bien, l'éclair est venu; l'orage est passé. Oui, je suis ce malheureux dont tu viens de prononcer le nom. C'est moi que les archers poursuivent, que tout le monde maudit. C'est moi que le laboureur paisible place dans sa prière à côté du diable. C'est moi que le père signale à ses fils comme un exemple effroyable, en leur disant : « Gardez-vous de lui ressembler. » Oui, c'est moi que les forêts connaissent et que mes frères appellent le meurtrier. C'est moi Jaromir le voleur !

BERTHA.

Malheur ! malheur !

JAROMIR.

Tu trembles. Pauvre enfant, mon nom seul t'effraie. Aie donc la force d'écouter tout ce que j'ai fait. Ces yeux où tu as souvent cherché ta joie ont épouvanté le voyageur ; cette voix que tu aimais à entendre a provoqué et contenu la colère des brigands ; cette main qui reposait si doucement dans la tienne s'est baignée maintes fois dans le sang. Ne secoue pas ainsi ta belle tête. Quoique tu voies mes yeux si remplis de larmes et mon bras retomber avec force, quoique je te parle avec tant d'émotion, c'est pourtant moi, sois-en sûre. Il y a aussi pour le voleur des moments où il comprend sa destinée et ne peut s'empêcher de pleurer. Bertha, Bertha ! celui dont le regard cherche à présent en vain le tien est le voleur Jaromir.

BERTHA,

Hors d'ici !

JAROMIR.

Ah ! tu as raison. J'ai presque oublié qui je suis. Non, je ne veux pas pleurer. Un brigand peut-il éprouver quelque chose d'humain ? son œil peut-il se mouiller d'une larme ? Hors d'ici, misérable repoussé par les hommes ! Que toute consolation te soit interdite, on ne juge que des faits. Eh bien ! sacrifiez-moi à votre colère ; je monterai gaiment sur l'échafaud ; mais ma voix s'élèvera vers toi, Dieu tout-puissant; tu écouteras mes plaintes, et je te dirai, à toi qui es juste, ce que j'éprouve. Tu me jugeras dans ta clémence, ô mon Dieu ! et tu n'anéantiras pas

un être qui vit dans la douleur et le repentir. Élevé parmi les brigands, témoin tout jeune de leurs aventures, de leurs combats, n'ayant jamais trouvé d'autre exemple, n'ayant jamais connu ni le droit de possession, ni les devoirs de l'humanité, ni les bienfaits de l'instruction, je parais devant toi, juste ciel, comme le fils des brigands. Me condamneras-tu parce que je suis devenu brigand, parce que j'ai vécu comme les gens que j'aimais, parce que je me suis laissé conduire au crime par la main de mon père? Tu sais comment, au sortir de l'enfance, je regardai mon sort avec effroi, comment je cherchai un moyen de salut, et je le cherchai sans le trouver. Tu sais que dès l'instant où j'eus rencontré celle qui maintenant m'accuse auprès de toi, je renonçai à tous mes actes de cruauté. Tu sais... Mais à quoi servent les paroles? Mon cœur pourrait se briser que la compassion me serait refusée. Tu sais tout, éternelle lumière, et celle qui j'aime ne veut pas m'entendre et s'éloigne de moi. Eh bien ! tout est fini. Mon sang peut rougir la terre ; Bertha m'a déjà tué, et le bourreau n'a plus rien à faire.

(Il s'élance vers la porte.)

BERTHA.

Jaromir, arrête !

JAROMIR.

Qu'entends-je? C'est le regard de ma Bertha, c'est sa voix. J'ai senti revenir tous les rêves d'or de ma vie... Bertha ! Bertha !

BERTHA.

Laisse-moi !

(Elle se retire au fond du théâtre. Jaromir lui prend les mains, qu'elle s'efforce d'abord de retirer et qu'elle finit par lui abandonner. Elle reste devant lui en détournant la tête.)

JAROMIR.

Non, je ne veux pas te laisser. Le malheureux, à peine échappé du naufrage, abandonné presque sans force à la violence de l'eau, ne doit-il pas embrasser le rivage où est son salut? Oh ! prends-moi ! prends-moi ! Tout ce qui appartient à ma vie passée, tout, excepté ton amour, je le rejette dans l'abîme, et, comme une nouvelle créature sortie de la main de Dieu, je me mets à tes pieds pour apprendre et pour expier. (Il lui embrasse les genoux.) Prends-moi donc ; conduis-moi comme une mère, où tu voudras, pour me préserver des faux pas dans ce monde où je suis étranger. Enseigne-moi à suivre ta route, à acquérir le repos et le bonheur ; enseigne-moi la prière, l'espérance. Enseigne-moi à devenir saint comme toi. Bertha ! Bertha ! ton regard ne peut-il s'abaisser sur celui qui t'implore ? Ma Bertha !

ne sois pas plus rigoureuse que Dieu, notre
juge suprême, qui couronne encore avec des
rayons de soleil les planches de l'échafaud.
Ah! je le sens à ton émotion, — oui, tu
m'es rendue. (*Il la presse dans ses bras; elle ne
se défend que faiblement.*) O ma jeune fille bien-
aimée! mon épouse! mon ange! (*se levant
tout à coup.*) Que la terre s'écroule maintenant! le ciel est à moi.

BERTHA.

Jaromir! hélas! Jaromir!

JAROMIR.

Adieu les plaintes et les larmes. Le sort
n'a qu'à frapper; si ton bras me protége, je
brave le monde entier. Ma vie antérieure est
effacée. Maintenant je suis rendu à moi-
même, et les sentiments qui s'étaient affai-
blis renaissent de nouveau dans mon cœur.
Je rentre dans le sanctuaire de l'humanité,
et les esprits du ciel viennent bénir cette réconciliation. L'innocence apparaît avec ses
branches de lis, l'amour avec ses fruits d'or,
et je vois aussi l'espérance, cet ange de paix.
Grondez, vagues orageuses; gonflez-vous
dans votre colère; me voilà dans le port, et
désormais je brave votre colère impuissante.
Écoute, ma Bertha! bien long-temps avant
que je te connusse, je pensais déjà à m'en-
fuir un jour. Loin d'ici, sur les bords du
Rhin, je possède un château, un petit bien;
là, où personne ne me connaît, où l'on
m'appelle Jaromir d'Eschen, là nous pouvons nous retirer; là je suivrai une autre
voie, je reprendrai une nouvelle vie, et dans
quelques années le souvenir de ce que nous
avons été ne nous apparaîtra plus que comme
une fable, comme un rêve du matin.

BERTHA.

Dois-je aussi fuir?

JAROMIR.

Puis-je demeurer? puis-je fuir sans toi?

BERTHA.

Et mon père?

JAROMIR.

Femme, et moi? Mais non, reste; je resterai aussi. On viendra me chercher dans ce
château; ici même, sous tes yeux, on me cou-
vrira de chaînes. Oui, demeure: prends soin
de ton vieux père; conduis-le joyeusement
promener dehors; mène-le à cette place où
ton amant aura été tué; montre-lui la pierre
où les corbeaux se reposent et les osse-
ments...

BERTHA.

Arrête!

JAROMIR.

Tu veux?

BERTHA, *à demi évanouie.*

Oui, je veux.

JAROMIR.

Je te remercie, ma bien-aimée. Mais je
dois partir; je ne puis attendre plus long-
temps. Déjà l'on est sur mes traces. On viendra fouiller ce château, on visitera toutes
les chambres, car le soupçon est éveillé. Les
passages secrets de cette demeure me sont
bien connus; je veux m'y réfugier jusqu'à ce
que le moment vienne où nous devons être à
jamais réunis. A minuit, quand tout le monde
sera endormi, je m'approcherai en silence:
il y a dans la voûte où sont renfermés les
tombeaux de tes ancêtres une fenêtre qui
donne sur la campagne, c'est là que tu me
verras. Dès que j'aurai reçu ton signal, j'entre dans cet asile, et nous nous cacherons
pour nous élancer ensuite au dehors. Viendras-tu?

BERTHA.

Oui, j'irai.

JAROMIR.

Tu me le promets?

BERTHA.

Oui.

JAROMIR.

Adieu donc. Il faut que je te quitte, si je ne
veux pas être arrêté. Dans tous les cas on
ne me prendra pas vivant. Ne pourrais-tu
me donner des armes?

BERTHA.

Des armes! non, jamais. Faut-il qu'à peine
échappé du danger tu veuilles attenter à ta
propre vie?

JAROMIR.

Sois sans inquiétude, mon enfant; depuis
que je sais ce que tu penses, depuis que j'ai
reçu ta promesse, la vie m'est redevenue
chère, et d'ailleurs je n'en aurais pas besoin
pour me donner la liberté; ce flacon suffit.

BERTHA.

Jette-le là.

JAROMIR.

Pourquoi?

BERTHA.

Crois-tu que je puisse être tranquille,
crois-tu que si tu gardes ce flacon sur toi je
n'aie pas le cœur déchiré?

JAROMIR.

Calme-toi: tiens, le voilà, (*Il jette le flacon
sur la table.*) mais donne-moi des armes.

BERTHA.

Ah! pourquoi?

JAROMIR.

N'y a-t-il pas là, contre la muraille, un
poignard?

BERTHA.

Laisse-le, laisse-le, ne le tire pas du fourreau; le malheur est attaché à cette lame;

c'est avec ce poignard que l'aïeule de notre maison a été tuée; on l'a suspendu là comme un souvenir de cette nuit fatale; il s'est déjà couvert de sang, il peut encore se couvrir de sang. (*L'aïeule apparait derrière eux et étend les bras de leur côté.*) Que regardes-tu donc avec tant de frayeur? Tu trembles! et moi aussi, le frisson de la mort me saisit, je respire l'air des tombeaux. (*s'appuyant sur lui.*) Je n'en puis plus, je tombe.

JAROMIR.

Je connais ce poignard.

BERTHA.

Arrête, ne le touche pas.

JAROMIR.

Salut à toi, instrument de secours! c'est bien toi; je t'ai vu souvent à travers les images de mon enfance, quand ces images apparaissaient au milieu du tourbillon de mon existence comme les lointains bleuâtres du pays natal apparaissent dans le souvenir. Je t'ai vu au matin de ma vie, et depuis tu flottais devant moi comme un sanglant météore. Dans cette nuit effroyable où j'essayai mon bras pour la première fois, au lieu du poignard dont je me servais, j'aperçus ta lame au cœur de l'homme que je venais de frapper. Salut à toi! il me semble que tu

m'appelles et que le destin me conduit. Viens donc, tu es à moi.

(*Il le détache.*)

BERTHA, *à ses pieds.*

Laisse-le.

JAROMIR.

Non, retire-toi. (*Il le prend; l'aïeule disparait.*) Qu'est-il donc arrivé? Lorsque tu étais encore suspendu à cette muraille, ta lame sanglante jetait je ne sais quel éclair à travers les ombres profondes du passé, et des images qui m'étaient déjà apparues venaient comme dans mon enfance planer autour de moi. Cette salle me saluait, ces meubles semblaient me reconnaître, je me retrouvais avec moi-même. Maintenant tout s'est évanoui.

BERTHA.

Ce poignard! Ah! laisse-le.

JAROMIR.

Non, jamais; il est à moi, il est à moi. Une excellente lame! sur ma parole. Si je puis me servir de toi comme il faut, mon bon poignard, celui que je saisirai sera bien forcé de me laisser partir et ne reviendra pas une seconde fois. — Adieu, mon enfant, adieu! courage! L'avenir nous sourit; souviens-toi de minuit.

(*Il sort en brandissant le poignard.*)

ACTE QUATRIÈME.

Même décoration. — Des lumières sur la table.

BERTHA, *assise près de la table,* GUNTHER.

GUNTHER.

Vous voilà, mademoiselle? Comment pouvez-vous rester si long-temps dans cette chambre obscure, et au milieu de la nuit la plus terrible que j'aie jamais vue? Écoutez; l'orage mugit, et je ne sais quel bruit on entend le long de ces escaliers sombres. Quels soupirs dans ces galeries désertes! quel bruit sinistre dans ces voûtes sépulcrales! Les cheveux se dressent sur la tête. L'aïeule a reparu de nouveau, et l'on sait que ces apparitions extraordinaires ne présagent qu'un crime ou un désastre.

BERTHA.

Ce sera tout à la fois un crime et un désastre. Si le malheur s'avance pour achever son œuvre d'extermination, pourquoi faut-il que le crime s'y joigne? Pourquoi, ô justice divine! accroître le poids de ta malédiction par les tortures de la conscience?

pourquoi lancer deux coups de tonnerre quand un seul suffisait?

GUNTHER.

Et votre vieux père qui est là dans les champs, exposé à la violence de l'orage et au poignard des voleurs.

BERTHA.

Que dis-tu? Quel poignard? L'ai-je donné? ne l'a-t-il pas pris?

GUNTHER.

Ma noble demoiselle, ne vous laissez pas décourager; tous ces signes funestes ressemblent aux nuages épais qui annoncent l'approche de l'orage, mais la foudre n'éclate pas toujours, et l'éclair repose dans la main de Dieu.

BERTHA.

Tu as raison, dans la main de Dieu! Je veux prier, il viendra à mon secours. Il peut frapper, il peut sauver, il peut punir et pardonner.

(*Elle s'agenouille sur une chaise.*)

GUNTHER, *s'approchant de la fenêtre.*

Toute la campagne est éclairée ; on aperçoit des flambeaux de chaque côté, on poursuit le reste des brigands qui se sont cachés ici.

BERTHA.

Sainte mère de Dieu, Vierge de clémence, laisse-moi soulager mon cœur auprès de toi ! Prends pitié de mes maux ; jette, dans ta bonté, quelques gouttes de baume sur mes plaies !

GUNTHER.

Tous les soldats sont là placés en cercle, toutes les issues sont gardées ; aucun des voleurs n'échappera.

BERTHA.

Prends sous ta protection celui qui m'est si cher ! Il est déjà converti : sauve-le, Vierge clémente, sauve-le du regard des espions et de l'épée de ses ennemis !

GUNTHER.

Si au moins votre père était ici, au lieu de s'exposer ainsi dehors... S'il allait... Oh ! je n'y pense qu'avec effroi.

BERTHA.

Du haut de ton trône d'étoiles, jette un regard sur ce pauvre père, protége-le, lui qui a tant souffert ; fais que toutes les douleurs qui le menaceraient retombent sur ma tête !

GUNTHER.

Maintenant il me semble qu'on vient de découvrir quelque chose ; tout le monde court vers le château. Celui que l'on cherche aura beau se défendre, il n'échappera pas.

BERTHA, *en proie à la plus violente terreur.*

Détourne le coup qui le menace, sainte Vierge ! J'élève mes mains vers toi ; sauve-le ! ou laisse-moi mourir !

GUNTHER.

Écoutez. — Quel cri !

BERTHA.

Un cri !

GUNTHER.

On n'entend plus rien.

BERTHA.

Plus rien !...

GUNTHER.

Grands Dieux !... cette voix !...

BERTHA.

Qui est-ce ?

GUNTHER.

Non, je ne veux pas le croire ; cette pensée seule est aussi cruelle que la mort.

BERTHA.

De qui parles-tu ?

GUNTHER.

Ils sont tous rassemblés en cercle autour d'un objet qui repose à terre.

BERTHA.

Quel objet ?

GUNTHER.

Je ne puis pas le voir d'ici, mais il me semble que c'est auprès du peuplier.

BERTHA.

Auprès du peuplier ?

GUNTHER.

Oui, je le crois.

BERTHA.

Ainsi auprès du peuplier il y a quelque chose par terre ?

GUNTHER.

Oui, si je ne me trompe.

BERTHA.

Dieu ! mon Jaromir.

GUNTHER.

Il dort tranquillement dans sa chambre.

BERTHA.

Il dort pour ne plus s'éveiller.

GUNTHER.

Écoutez ; on vient. Demandez ce qui s'est passé.

LE CAPITAINE *vient.*

Des lits ! du linge !

GUNTHER.

Que dites-vous donc ?

(*Bertha reste immobile.*)

LE CAPITAINE.

Vous ici, mademoiselle ! Je n'étais pas préparé à cette rencontre : je venais vous demander du secours, et je ne voulais pas être un messager de malheur. Votre père est...

BERTHA, *avec vivacité.*

Et lui ?

LE CAPITAINE.

Qui, mademoiselle ?

BERTHA.

Et les brigands ?

LE CAPITAINE.

Nous ne sommes pas encore parvenus à les atteindre. Hélas ! et votre père...

BERTHA.

Je vous remercie de votre message.

LE CAPITAINE.

Quel message ?

BERTHA.

C'est que... Je voulais vous dire que j'attendais les nouvelles que vous avez à m'annoncer.

LE CAPITAINE.

Les voici en peu de mots : Votre père est blessé.

BERTHA.

Blessé ? Comment ? mon père ! Ah ! je veux prendre soin de lui, je veux guérir ses plaies, je veux le presser sur mon sein.

LE CAPITAINE.

Je me réjouis de voir que cette nou lle

vous trouve plus courageuse, plus résignée que je m'y attendais, car j'avais peur...

GUNTHER.

Ainsi, c'est sa voix que nous avons entendue. Je cours auprès de lui.

LE CAPITAINE.

Restez ici. Préparez tout ce qui est nécessaire; la main du brigand lui a fait une profonde blessure.

BERTHA.

La main du brigand?

LE CAPITAINE.

Et de qui donc voulez-vous que ce soit? Mais vous ne savez pas?... Nous venions de parcourir la plaine; votre père était au milieu de nous; car, malgré mes ardentes prières, il avait voulu nous accompagner. Tout à coup nous entendons du bruit dans les broussailles; la sentinelle pousse un cri; point de réponse. Mes gens se précipitent avec joie de ce côté, et après avoir suivi tous les détours d'un de ces passages qui se trouvent près des remparts du château, nous voyons une ombre fuir. Votre père était en tête; il s'élance l'épée à la main, avec un courage de jeune homme. Un accent de douleur retentit; nous accourons en toute hâte. Votre père est étendu par terre, à demi mort, et le poignard dans la poitrine.

BERTHA.

Un poignard!

LE CAPITAINE.

Oui, mademoiselle.

BERTHA.

Un poignard! Hors d'ici! courons, courons!

LE CAPITAINE, *la retenant.*

Restez, mademoiselle, voici qu'on l'apporte.

(*Des soldats et des domestiques apportent le comte sur un brancard et le déposent au milieu du théâtre.*)

BERTHA.

Dieu! mon père! Laissez-moi.

LE CAPITAINE.

Calmez-vous, autrement vous le tuerez.

BERTHA.

Laissez-moi. (*Elle s'arrache des mains du capitaine et s'élance près du brancard.*) Mon père! ô mon père!

LE COMTE.

Ah! c'est toi, ma Bertha, mon enfant, mon pauvre enfant!

BERTHA.

Ne me parle pas avec tant de bonté. Tu aggraves encore ma faute.

LE COMTE.

Si, à la clarté lointaine des flambeaux, mes yeux ne m'ont pas trompé, si c'était lui...

Oh! pleure sur ton sort, pauvre enfant, et non pas sur le mien. Où est Jaromir?

BERTHA, *avec un frissonnement de crainte.*

Je ne sais pas.

LE COMTE.

Ma fille, où est Jaromir?

BERTHA, *cachant sa tête dans les coussins.*

Mon père! mon père!

LE COMTE.

Soit! Adieu ma dernière espérance, adieu! Le dernier rayon de soleil est éteint. La nuit est venue, il est temps de s'endormir. Pleure, ma pauvre fille, souffre, meurs; il n'y a plus de bénédiction pour toi. Tu n'as plus de bonheur à attendre sur cette terre. Hélas! tu es ma fille, tu es une Borotin.

GUNTHER.

Reposez-vous, mon noble Seigneur. En causant, vous ne faites qu'aggraver votre plaie.

LE COMTE.

Laisse-moi, mon fidèle serviteur, laisse-moi, au bord du tombeau, jeter encore les yeux sur cette vie pénible et pourtant belle. Je veux sentir encore ses joies et ses souffrances, je veux boire encore une fois à cette coupe tout à la fois douce et amère; et puis alors, viens me prendre, ô destin!

BERTHA.

Non, mon père, tu ne mourras pas. Non, je m'attache à toi, regarde. Non, tu ne veux pas mourir.

LE COMTE.

Crois-tu pouvoir avec ta main d'enfant arrêter la roue du sort? Les épines qu'il jette sur notre chemin, aucun être mortel ne peut les enlever.

(*Un soldat entre.*)

LE SOLDAT, *au capitaine.*

On vient d'arrêter un brigand qui se tenait caché parmi les joncs du marais.

BERTHA.

Grand Dieu!

LE COMTE.

Un jeune homme encore!... élancé?

LE SOLDAT.

Non, monsieur le comte, c'est un vieillard. Il désire vous parler; il a, dit-il, des choses intéressantes à vous apprendre.

LE CAPITAINE.

Ce misérable oserait-il bien troubler les dernières heures!...

LE COMTE.

Laissez-le venir; s'il vient me demander pardon, je veux le lui accorder avant de mourir, ou si c'est moi qui l'ai offensé, je ne veux pas quitter la vie chargé de sa malédiction.

LE CAPITAINE.

Eh bien! qu'il vienne!

(Le soldat sort.)

GUNTHER.

Mon digne monsieur, vous êtes là dans une position incommode. Voulez-vous me permettre de vous transporter dans votre chambre à coucher?

LE COMTE.

Non, je veux rester ici. Cette salle témoin des jeux de mon enfance, de mes rêves de jeune homme et de ma vie dans l'âge mûr, doit être témoin de la mort du vieillard. Ici, les ombres de mes aïeux planent autour de moi; du haut de ces murailles, une longue suite d'ancêtres jette les yeux sur leur héritier, et là où les pères ont vécu le petit-fils doit mourir.

BOLESLAS. *Il entre conduit par des soldats et se jette à genoux.*

Mon digne Seigneur, ayez pitié de moi, faites que j'obtienne ma grace. Dites un mot, et je vous apprendrai une nouvelle qui vous remplira de joie et vous guérira de suite.

LE COMTE.

Il ne peut plus y avoir pour moi de nouvelle aussi efficace. Mais je te le promets à mes derniers moments; si ce que tu veux me dire est consolant, tu pourras compter sur la clémence de tes juges.

BOLESLAS.

Écoutez donc et pardonnez. Un jour, il y a de cela une vingtaine d'années, j'errais autour de votre château; j'aperçois près de l'étang, un joli petit enfant à peine âgé de trois années.

GUNTHER.

Juste Dieu!

LE COMTE.

Que vais-je apprendre?

BOLESLAS.

Il était richement habillé, et portait autour du cou une superbe dentelle. L'appât du gain me tenta. Je regardai autour de moi si personne ne me voyait; j'étais seul. J'essayai d'attirer l'enfant un peu plus loin du château, en lui montrant des fleurs et des fruits. Il courut gaîment après moi. Je l'emmenai toujours plus loin, toujours plus loin, jusqu'à ce que nous arrivassions dans la forêt.

LE COMTE.

Hélas! c'était mon fils.

GUNTHER.

Et nous le croyions noyé dans l'étang, parce que son chapeau flottait au-dessus de l'étang.

LE COMTE.

Ne te réjouis pas trop tôt. Crois-tu que la pitié puisse entrer dans les cœurs d'un brigand? crois-tu qu'il l'ait épargné?

TH. ALFRED Série II. Livr. 5

BOLESLAS.

Oui, je l'ai épargné. Mes compagnons voulaient le tuer, et moi je l'ai défendu; et comme ils avaient juré de ne pas le laisser revenir au château de peur qu'il ne révélât notre retraite, je l'ai adopté pour mon fils. Quelque temps après il vous avait oublié et me regardait comme son père.

LE COMTE.

Dieu! mon fils. Il vit! il vit! Mais comment? avec des voleurs? O malheur! il est...

BOLESLAS, *les yeux baissés.*

Ce que je suis.

LE COMTE.

Voleur! Il ne dit pas non. Il se tait, il ne dit pas non! Oh! mon fils, voleur! Que n'a-t-il été plutôt englouti au fond des eaux! J'aimerais mieux qu'il n'eût jamais existé que de le savoir vivre d'une telle vie. Mais pourquoi le maudire? Mon Dieu, je dois plutôt te remercier. Amenez-le ici, amenez-le.

BOLESLAS.

Il est dans votre château.

LE COMTE.

Dans mon château!

BOLESLAS.

Oui, vous ne le connaissez pas. C'est cet étranger qui est venu hier au soir, pâle et tremblant, chercher un asile chez vous.

BERTHA.

Jaromir?

BOLESLAS.

Lui-même.

LE COMTE.

Être infernal! rétracte le mot que tu viens de prononcer.

BOLESLAS.

C'est lui, Monseigneur.

LE COMTE.

Rétracte ce mot.

BOLESLAS.

Je ne puis.

LE COMTE, *en proie à la plus violente agitation, se levant sur son lit.*

Rétracte-le.

LE CAPITAINE.

Monsieur le comte... (*montrant* Boleslas.) Qu'on emmène cet homme!

BOLESLAS.

Capitaine!...

LE CAPITAINE.

Hors d'ici!

(On fait sortir Boleslas.)

LE COMTE.

Il s'en va et ne se détourne pas! Tombez sur moi, murailles de ce château! brisez-vous, colonnes du globe; car le fils a tué son père.

BERTHA.

Ouvre-toi, porte de la mort !

(*Un moment de silence. Tout le monde est plongé dans la consternation.*)

LE COMTE.

Combien de fois j'ai gémi de n'avoir point de fils pour entrer en possession de mes fiefs, pour combattre comme ses pères ! Et voyez la terrible ironie du destin. J'ai un fils et c'est lui qui me donne le coup de la mort ! Quand mes yeux se baignaient de larmes, c'était sans motifs, car j'avais un fils. Maintenant je suis le dernier. — Mes pères, un de vos petits-fils vit encore, mais l'échafaud l'attend !... Que vois-je donc à mes pieds ?

GUNTHER.

C'est le poignard qui vous a blessé.

LE COMTE.

Ah ! oui, je le reconnais, c'est ce même fer sanglant qu'un de mes aïeux plongea dans le cœur de son épouse. Il rayonne, il étincelle à mes yeux obscurcis. Ne vous étonnez point de ce qui est arrivé. Ce n'est pas mon fils qui a commis le crime, c'est une sombre et implacable puissance qui guidait sa main. Dis-moi, mon vieux Gunther, comment la tradition raconte-t-elle la première faute de notre aïeule et l'histoire de notre race enfantée dans le crime et destinée à périr dans le crime ! Voyez-vous dans la vie de mes ancêtres ce point sanglant qui passe du père au fils et au petit-fils, qui s'élargit, s'enfle jusqu'à ce qu'il devienne comme un fleuve et qu'il s'élance à travers les obstacles, à travers les campagnes, anéantissant sur son passage l'homme ou le bonheur de l'homme ? Oh ! le fleuve gronde, écume, s'élance en mugissant contre ma demeure et en sape les fondements, les murailles chancellent, le toit s'écroule et les vagues s'emparent de moi. Eh bien ! ton heure est venue, aïeule coupable, triomphe, réjouis-toi. Bientôt ta race sera éteinte. Mon fils est jugé, prends maintenant ma vie. Périsse le dernier des Borotin !

(*Il retombe épuisé.*)

GUNTHER.

Dieu ! son appareil est rompu, sa plaie s'ouvre, malheur ! il s'en va. (*se penchant vers lui.*) Il n'est plus, ses joues sont froides et pâles, son cœur a cessé de battre. Il a vécu dans les tourments, il est mort dans les tourments. Adieu donc, âme pure, que tes douces vertus t'emportent comme des anges de ce monde de douleur dans le sein du Dieu de clémence ! Dors maintenant, ô mon maître ! et puisse la mort te donner le repos que tu n'as pas trouvé dans cette vie !

(*Il s'agenouille. Le capitaine et les assistants se découvrent la tête. Silence solennel.*)

LE CAPITAINE.

Nous lui avons rendu le tribut de piété que nous lui devions, et maintenant, amis, allons venger ce meurtre horrible sur la tête de l'assassin.

GUNTHER.

Comment, vous voudriez ?...

LE CAPITAINE.

En avant ! suivez-moi.

(*Il sort avec ses soldats.*)

GUNTHER.

Dieu du ciel ! arrêtez-le, c'est le fils unique de mon maître. Écoutez, écoutez, mademoiselle Bertha.

BERTHA. *se levant.*

Ne m'a-t-on pas appelée Bertha ? Oui. Bertha, c'est bien moi... Mais non, je suis toute seule. Paix ! ici repose mon père. Il est tranquille et ne bouge plus... Comme ma tête est lourde et mon regard troublé ! Hélas ! je le sais bien. Il est arrivé beaucoup de choses en peu d'instants. J'y pense sérieusement, mais il y a ici sur mon front un côté brûlant où toutes ces images se confondent et se perdent... Écoutez. Ne disaient-ils pas que mon père était un brigand ? Non, ce n'était pas mon père... mais Jaromir, voilà comment s'appelait le brigand. Celui-là a volé le cœur d'une jeune fille, et il a mis à la place un scorpion qui enfonce son dard avec fureur dans la poitrine de la pauvre fille et qui cherche à la tuer. Et puis on parlait encore d'un fils qui a tué son père... (*avec joie.*) Et mon frère est revenu, mon frère qui s'était noyé, mon frère... Paix donc ! Ronge-moi le corps, mauvaise bête envenimée, mais ne parle pas. (*prenant une lumière sur la table.*) Je veux aller me coucher et puis dormir, dormir. Les rêves du sommeil sont doux, mais il est triste de rêver éveillé... Mais que vois-je sur cette table ! Oh ! je te connais, petit flacon, c'est mon fiancé qui me l'a donné pour présent de noces. Il me disait que là-dedans se trouvait le sommeil, un long sommeil. Je veux y goûter, je veux rafraîchir mes lèvres brûlantes.

(*Elle s'avance vers la table en chancelant, et tombe avant que de l'atteindre.*)

ACTE CINQUIÈME.

Une cour du château. A droite, des remparts à demi renversés; à gauche, une fenêtre dans la muraille
au fond, une partie du château avec la chapelle. Il est nuit.

JAROMIR.

Bien, c'est ici le lieu, la fenêtre. Je veux
rester caché au milieu de ces murs jusqu'à ce
que l'heure de la félicité sonne... Loin de moi
douloureuses pensées, ne cherchez pas à
m'affaiblir... Allons! celui qui n'a jamais eu
peur de la mort se trouve ébranlé par de vains
fantômes! Et si je l'ai tué celui qui voulait me
tuer, pourquoi le regretterais-je? N'avais-je
pas un motif assez puissant de le tuer? N'é-
tait-ce pas dans un combat loyal? il y allait
de ma vie. La loi dans ce cas parle pour moi.
Qui donc aurait honte de tuer son ennemi?...
Éloignez-vous, funestes idées!... Autrefois
j'étais plus résolu.

Si pourtant ce que j'ai fait est juste, pourquoi ce frissonnement de terreur? pourquoi
me semble-t-il que dans ce moment-là des
démons m'entraînaient à donner ce coup de
poignard, tandis que les anges de Dieu s'éloi-
gnaient de moi?

Lorsque je fuyais le long de la galerie,
poursuivi par cet homme, je ne sais quelle
voix intérieure me criait de jeter là mes armes, de tomber à ses pieds, et de recevoir
de lui la mort comme une expiation; mais
soudain j'ai senti se réveiller ma rage de brigand, soudain ma soif sanguinaire se rallu-
me. Mon regard se trouble, mon oreille n'entend plus; des esprits pâles comme les rayons
de la lune tourbillonnent autour de moi et
le poignard brûle dans ma main. Je frappe,
le coup tombe juste. Un gémissement le suit,
et c'est le gémissement d'une voix qui m'est
connue et que j'ai pris plaisir à entendre.
L'anxiété me saisit, l'égarement pénètre dans
mon cerveau. En vain je m'efforce d'effacer
sur mon front les signes de Caïn: toutes
mes tentatives ne peuvent me faire oublier
ce son de voix. Il retentit sans cesse autour
de moi, il me poursuit, et je me surprends
toujours à me dire : Tu as cru tuer ton ennemi; mais l'enfer se moque de toi; ce n'était
pas ton ennemi.

Qui donc s'avance à travers ces ruines?
Insensé! le passage est fermé. L'un de nous
ici doit mourir; car si une fois le tigre a satisfait à sa colère, le désir d'une nouvelle
lutte lui revient, il demande encore du sang.

(*Jaromir se retire.*)

BOLESLAS, *arrivant.*

Dieu soit loué! je suis enfin parvenu à me
sauver de ma prison. Mais de hautes murailles
m'entourent encore, et mes forces sont épuisées. Si du moins je pouvais trouver celui
que je cherche, mon fils, mon cher fils ! Si
je vais me jeter avec lui aux pieds du comte,
oh ! le juge doit nous pardonner.

JAROMIR, *s'avançant.*

C'est la voix de mon père.

BOLESLAS.

Jaromir, est-ce toi?

JAROMIR.

Oui.

BOLESLAS.

Sois béni !

JAROMIR.

Je vous remercie; mais gardez les souhaits
de ce genre; la bénédiction d'un voleur ne peut
être qu'une malédiction. D'où venez-vous,
mon père? qui vous ramène auprès de moi?

BOLESLAS.

Je suis tombé au pouvoir de l'ennemi ; on
m'a fait prisonnier près de l'étang, et l'on
m'a emmené au château. Mais profitant du
trouble que la maladie du comte jetait dans le
château, je suis parvenu à me sauver.

JAROMIR.

Vous êtes mon homme ; moi, j'ai fait comme
vous ; car voyez, nous n'avons plus de repos, ni de bonheur à espérer dans le monde.
C'est seulement au milieu de la nuit, et dans
la profondeur des forêts que le brigand se
trouve bien. Mon père, vous êtes brave ;
vous méritiez d'avoir un fils comme moi.

BOLESLAS.

Il ne sait pas encore... Jaromir, tu me
nommes ton père!

JAROMIR.

Pourquoi pas?

BOLESLAS.

Que sert de te le lui cacher plus long-temps?
l'heure est venue où le voile doit tomber. Il faut
te découvrir le secret de ces longues années,
te dire de qui tu as reçu le jour ; et tu dois me
remercier encore, car si ce n'est pas moi qui
t'ai donné la vie, c'est moi qui t'ai conservé.

JAROMIR.

Ce n'est pas vous qui me l'avez donnée?
ce n'est pas vous?

BOLESLAS.

Non ; je ne dois plus t'appeler mon fils.

JAROMIR.

Je ne suis plus le fils de Boleslas le voleur ! Oh ! laisse-moi recueillir cette pensée ; elle est si consolante et si belle ! Ainsi j'appartenais à cette société que je cherchais dans une sorte de désespoir ; ainsi Dieu ne m'avait pas maudit à l'heure de ma naissance ! Mon nom n'a pas été écrit dans le livre de réprobation ; je puis aimer, je puis prier, et ma prière n'est pas une malédiction ! (prenant Boleslas avec force.) Et toi, monstre, tu as pu me le cacher ; tu as vu les tortures de mon ame, et ta bouche s'est tue ? Tu t'es glissé comme le voleur sacrilège dans le sanctuaire d'un cœur d'enfant ; tu lui as enlevé l'image sainte de son père et tu as mis la tienne à la place ! O monstre ! monstre ! Quand je m'agenouillais pour prier, implorant avec ardeur les bénédictions du ciel pour celui qui m'avait donné la vie, pour celui que je nommais mon père, tu prenais pour toi la bénédiction qui sortait de mes lèvres ! Oh ! dis-moi donc encore que tu as volé lâchement ce nom de père ; meurtrier, dis-moi que je ne suis pas ton fils !

BOLESLAS.

Hélas ! mon fils...

JAROMIR.

Ne prononce pas ce mot-là ; que ta langue donne la mort plutôt que de répéter une telle parole. Non, je ne suis pas ton fils. Merci ! voilà pourquoi je t'ai haï dès le jour où j'ai connu le bien et le mal, où j'ai prononcé le nom de Dieu. Voilà pourquoi tes regards pénétraient dans ma poitrine comme la pointe d'un glaive. Voilà pourquoi je me sentais saisi d'un frisson glacé lorsque ta main ensanglantée passait sur mes joues, lorsque, en me montrant des voyageurs assassinés, tu me disais avec un sourire : Deviens homme et fais comme moi. Et moi, malheureux fou que j'étais, je ne comprenais pas cette voix intérieure qui me parlait ; je luttais avec mon propre cœur, et je me jetais au milieu de la mêlée sanglante pour étouffer mon penchant à l'amour et obéir à ce vieillard qui s'était fait le bourreau de mon innocence ! Misérable ! rends-moi maintenant ce que ma naissance devait me donner ; rends-moi la paix de l'ame, le bonheur de toute ma vie, l'innocence...

BOLESLAS.

Dieu du ciel ! écoute donc.

JAROMIR.

Où est-il ? où est mon père ? Conduis-moi à ses pieds. Si c'est un laboureur qui arrose de la sueur de son front l'héritage de ses pères, je veux travailler courageusement avec lui et arracher à force de patience une maigre récolte à la nature avare. Si c'est un mendiant, je guiderai ses pas, je partagerai sa cabane indigente, ses besoins, ses soucis, et le morceau de pain qu'il aura reçu ; je me coucherai le soir sur la terre toute nue, et je me trouverai plus heureux et plus riche qu'un roi. Mais parle ; où est-il ? conduis-moi près de lui.

BOLESLAS.

Eh bien ! soit ! viens. Mais ton père n'est ni un laboureur, ni un mendiant ; c'est un homme riche et puissant que les plus hauts seigneurs de la contrée regardent encore comme au-dessus d'eux, que les princes appellent leur frère. Ne l'abandonne pas au découragement, car ton sort est beau. Lève la tête avec orgueil, tu marches sur l'héritage de tes pères ; tu es un comte de Borotin.

JAROMIR, stupéfait.

Ah !

BOLESLAS.

Les salles de ce château ont entendu les premiers cris de ton enfance. C'est ici que tu as reçu le jour ; et quand le propriétaire de cette maison t'a reçu chez lui, tu as pressé sans le savoir ton père dans tes bras.

JAROMIR, avec fureur.

Non.

BOLESLAS.

Ce que je dis est vrai. Viens avec moi auprès de lui. L'implacable arrêt que la loi prononce contre les voleurs s'adoucira en faveur du fils d'un si grand seigneur. Viens, pendant qu'il en est encore temps. Il est dangereusement blessé ; qui sait s'il ne va pas mourir ? Cette nuit, dans l'un des passages du château, le poignard d'un de nos frères l'a rudement atteint.

JAROMIR.

Démon ! exécrable démon ! tu donnes la mort d'un seul mot ! Crois-tu donc que je sois sans armes ? Mais la nature qui ne fait rien à demi m'a donné des dents ; elle m'a donné la fureur et les armes de la hyène. Infâme vipère, je veux t'écraser ; je veux te renvoyer dans l'enfer d'où tu viens. Si tes paroles ont le pouvoir de tuer, cette main l'a encore mieux.

(Il se jette sur lui.)

BOLESLAS.

Il est fou ! Au secours ! au secours !

(Il fuit.)

JAROMIR.

Est-ce vrai, hélas ! est-ce vrai ? L'idée seule que cela soit possible arrête le cours de mon sang et me glace les os. Oui, c'est vrai ;

mes sens le disent; une voix intérieure me
le crie, et les sombres images qui penchent
sur mon front leur tête sanglante me murmurent ce mot terrible : Oui, c'est vrai; et
ce gémissement qui a retenti à l'heure du
meurtre résonne à mon oreille, et répète :
Oui, oui.

Lui, mon père! Qui donc l'a dit? qui donc
a prononcé ce mot? Lui, mon père! et moi
son fils et son meurtrier! (se couvrant le
visage de ses mains.) Tout ce que la terre a de
beau, tout ce qui est tendre et bon, tout ce
que nous regardons comme sacré, tout cela
n'est rien auprès d'un père. Le bonheur dé-
coule de ses lèvres, la bénédiction vient de
lui. Il est le pilote qui nous guide à travers
les écueils, il est l'ami qui nous encourage.
Mais celui qui, dans un moment de frénésie,
ose lever la main contre son père, celui-là
est maudit; et je crois entendre le juge éternel prononcer cette sentence : « Tous les
crimes seront pardonnés, excepté le parricide. »

Ouvre tes portes de roi, enfer; envoie-
nous ta troupe de démons : la ruse avec ses
pièges, le mensonge avec son impudence,
l'envie au regard creux, le meurtre avec son
poignard, le parjure avec sa bouche empoisonnée, le blasphème qui hurle comme un
chien. Répands-les de par le monde, et
tout ce qu'ils pourront tenter, tout ce qu'ils
pourront faire, n'approchera pas de ce que
j'ai fait. — Mais quoi! suis-je vraiment coupable? Parce que le fer a suivi l'impulsion
de ma main, suis-je un meurtrier? Oui, je
suis coupable. Mais entre le coup et la blessure, entre le poignard et le meurtre, il y a
un abîme immense que, ni le savoir de
l'homme, ni sa force de volonté, ni son
expérience, ne peuvent combler, un abîme
où les divinités infernales jettent des géné-
rations entières. Oui, la volonté est bien à
moi, mais le fait vient du destin; j'ai beau
lutter contre lui, rien n'arrête son bras. Où
est-il, celui qui oserait dire : Que tout soit
fait selon ma volonté! Nous jetons nos œuvres comme des dés, au hasard, dans la
nuit. Qui sait si elles porteront la mort ou
la prospérité? Infernale puissance! et tu oses
m'appeler meurtrier? Moi j'ai frappé celui qui
me frappait, et c'est toi qui as frappé mon
père... Mais quelle image flotte devant moi?
quel souvenir me revient? On m'a parlé de
blessures à guérir. O merci! messager de
paix. En me donnant l'espérance de le conserver, tu me rends la vie. Oui, il faut qu'il
se guérisse; il faut fermer cette plaie ouverte
par les ruses de l'enfer et non point par la
main d'un fils. Je veux me jeter à ses pieds.

couvrir de baisers sa blessure et l'arroser de
mes larmes. Non, dans ces espaces lointains
il n'y a point de puissance fatale qui veille
au-dessus du soleil et des étoiles, mais il y a
l'œil d'un père qui veille sur nous. Nos actions ne sont point un jeu du hasard; c'est
un Dieu que nous ne pouvons nier, un Dieu
qui les dirige vers un bon but. C'est lui qui
m'a conduit d'une main invisible, c'est lui
qui m'a fait souffrir et qui me ramène peut-
être au bonheur. (Les fenêtres de la chapelle
viennent d'être éclairées et l'on entend résonner
une douce musique.) Salut à vous! salut à vous!
voix harmonieuses qui passez doucement
autour de moi comme des cygnes sans tache
sur une onde agitée. Secouez sur ma tête vos
blanches ailes, répandez le baume dans mon
cœur, endormez dans vos chants célestes mes
souvenirs et ma douleur. Oui, je connais
ces voix; elles m'invitent à me rapprocher
du monde. Celui qui m'a appelé par son tonnerre m'appelle maintenant par ce chant religieux. Oh! résonnez encore; laissez-moi
espérer le pardon.

(La musique devient de plus en plus grave et
accompagne enfin ces paroles:)

LE CHŒUR.

Frères, prenez le cercueil, descendez-le
dans le sein de la terre. Puisse la tombe
donner à celui qui vient de mourir le repos
qu'il n'a pu trouver dans cette vie!

JAROMIR.

Le visage de ces esprits célestes change-
t-il si subitement? Je les ai vus apparaître
comme de douces abeilles et maintenant je
sens leur dard s'enfoncer dans mon cœur.
Non, ce ne sont pas là des chants de consolation; ce sont des chants de mort. Et cette
lumière dans la chapelle! — Paix, ô mon
âme! ne te hâte pas de te livrer à tes pres-
sentiments. Je veux voir; il faut que je voie,
quand je devrais n'en pas revenir.

(Il monte sur des pierres jusqu'à ce qu'il atteigne
la fenêtre.)

LE CHŒUR.

Si ton enfant t'a enlevé le bonheur de ce
monde, au lieu d'un fils un père là-haut te
tend la main. Dieu trouvera le coupable
comme il a trouvé le meurtrier d'Abel, et le
glaive du juge vengera le crime.

JAROMIR, se retirant.

Qu'ai-je vu? est-ce bien la réalité, ou n'est-
ce qu'une illusion produite par mes rêves?
La maison de Dieu est sombre et revêtue de
deuil; l'image du Christ est voilée, comme
s'il ne devait pas voir les choses qui se sont
passées, et, du milieu du chœur, des voix
s'élèvent pour crier vengeance. Au pied de
l'autel, entre une troupe de serviteurs qui

tiennent un cierge allumé, mon père repose avec sa large blessure encore toute rouge. Non, ce n'est pas mon père! je ne peux pas prononcer ce mot. Je suis pourtant un homme; mes actions ont eu quelque chose d'humain. Et un meurtre tremblerait à cette idée de parricide! Si le comte avait été mon père, pourquoi la voix de la nature s'est-elle tue en moi? pourquoi n'a-t-elle pas tonné quand ma main se levait?... Et si celle que j'aime était ma sœur, pourquoi ces désirs brûlants qui m'entraînent vers elle? Quand les flambeaux de l'hymen s'allumeront, quand je l'enlacerai dans mes bras comme mon épouse, alors je dirai qu'elle est de mon sang. Le jour vient; les nuages s'en vont; la nuit s'éclaircit. Ce que j'ai cherché, je veux l'obtenir, ce que j'ai entrepris, je veux l'achever. Il faut suivre le chemin que l'on a commencé. Je veux posséder cette jeune fille! Que le tonnerre éclate! que les flammes de l'enfer jaillissent! Elle sera ma femme, mon épouse, et je l'enlèverai à travers la foudre! Voilà le lieu indiqué, voici la fenêtre; l'heure du départ approche; je dois exécuter mon œuvre. Ne crains rien, ma bien-aimée; arrive; dans les bras de celui que tu aimes tu reposeras doucement.

LE CAPITAINE, *s'approchant avec plusieurs soldats qui conduisent Boleslas.*

N'espère plus t'échapper; tu nous as appris à être sur nos gardes. Mais où est ton compagnon? Tu nous as dit que tu l'avais quitté ici.

BOLESLAS.

Oui, monsieur le capitaine.

LE CAPITAINE.

Je ne le vois pas.

UN SOLDAT.

Il me semble apercevoir quelqu'un qui cherche à s'introduire par cette petite fenêtre; je parie qu'il veut chercher un refuge dans le château.

LE CAPITAINE.

C'est bien, il ne peut plus se sauver. En quelque lieu qu'il soit, la vengeance l'atteindra. Courons après lui.

(*Ils s'éloignent.*)

Le caveau des sépultures. Dans le fond, le tombeau de l'aïeule avec plusieurs emblèmes; à droite, un cercueil couvert d'un voile noir.

JAROMIR.

C'est ici.— Courage! ces murailles me font peur, et les mots que j'ai entendus me reviennent à l'esprit. A mesure que j'avance, je vois une large bande s'étendre devant moi comme du sang, et quoique au fond de moi-même je veuille résister, je ne puis m'empê-

cher de suivre cette trace. (*Ses mains se rencontrent.*) Ah! qu'ai-je donc senti de froid? — C'est ma main; elle est raide et glacée. C'est la main d'un meurtrier. — Bah! ce sont des plaisanteries: je ne veux plus y songer. Mon mariage approche. Bertha, ma bien-aimée, où es-tu? Viens, Bertha, viens.

L'AÏEULE, *sortant de son tombeau.*

Qui appelle?

JAROMIR.

C'est toi! bien. Je reprends courage. Laisse-moi, ma douce jeune fille, baiser tes joues pâles. Pourquoi te retires-tu en arrière? pourquoi ton regard est-il si triste? Vive la gaîté, mon enfant! Regarde-moi, je suis joyeux et tu dois l'être aussi. Je sais des histoires étonnantes, des mensonges tout-à-fait mensonges, mais qui sont assez drôles. Tiens, par exemple, ils disent que tu es ma sœur... ma sœur! — Allons, ris donc, ris donc, te dis-je.

L'AÏEULE, *d'une voix sombre.*

Je ne suis pas ta sœur.

JAROMIR.

Pourquoi ce ton larmoyant? tu devrais rire. Et mon père? — Mais parlons d'autre chose. Tout est prêt pour la fuite; viens.

L'AÏEULE.

Où est ton père?

JAROMIR.

Silence! silence!

L'AÏEULE.

Où est ton père?

JAROMIR.

Femme, tais-toi et n'excite pas ma colère. Tu m'as toujours trouvé très doux; mais si les puissances fatales viennent à s'emparer de moi, la fureur d'un lion n'est rien à côté de la mienne. Tout mon être demande du sang, et l'homme qui est le plus près de mon cœur est le plus près de mon poignard.

L'AÏEULE, *d'une voix plus forte.*

Où est ton père?

JAROMIR.

Où est mon père? — Le sais-je moi-même? Veux-tu parler de ce noble vieillard au visage pâle, aux cheveux blancs? eh bien! je l'ai endormi. Il sommeille maintenant; il sommeille. (*posant la main sur sa poitrine.*) Quelquefois il essaie de se lever encore, et puis il retombe, ses paupières se ferment et il s'endort en murmurant. Mais il me retient ici... viens avec moi dehors. — Comment! tu secoues la tête? Est-ce ainsi que tu oublies tes serments? est-ce ainsi que tu me récompenses de mon amour? Pour te posséder, j'ai renoncé à la paix de mon âme, j'ai renoncé à la terre et au ciel. Si tu connaissais les tortures infernales qui me brisent le cœur; si tu savais combien il est cruel d'avoir une mauvaise conscience!

on ! tu aurais pitié de moi, et tu ne refuserais pas de me suivre.

L'AÏEULE.

Retire-toi.

JAROMIR.

Non, jamais, si tu ne m'accompagnes pas. Si je sors, il faut que je t'emmène ; et quand ton père viendrait lui-même, avec sa blessure mortelle, pour t'arracher à mes bras ; quand sa bouche pâle me crierait : « Meurtrier ! meurtrier ! » tu ne m'échapperais pas.

L'AÏEULE.

Retire-toi.

JAROMIR.

Non, te dis-je.

(On entend une porte se briser.)

L'AÏEULE.

Ecoute ; ils viennent.

JAROMIR.

N'importe, Bertha, je veux vivre ou mourir près de toi.

L'AÏEULE.

Sauve-toi, sauve-toi, il est encore temps !

(On entend une seconde porte se briser.)

JAROMIR.

Bertha, viens donc.

L'AÏEULE.

Je ne suis pas ta Bertha ; je suis l'aïeule de cette maison, la mère de tous ces fils enfantés dans le crime.

JAROMIR.

Voilà le visage, voilà le corps de ma Bertha. Ici le désir bouillonne dans mon cœur et là-bas le plaisir nous appelle.

L'AÏEULE.

Regarde le présent de noces que je t'apporte. (Elle enlève le voile noir qui recouvre le cercueil.) Ce cercueil renferme le corps de Bertha.

JAROMIR, reculant avec effroi.

Malheur ! — Trahison de l'enfer ! tout est inutile ! Voilà le visage de Bertha et ma place est près d'elle.

L'AÏEULE.

Eh bien ! viens donc, malheureux.

(Elle ouvre les bras ; il s'y précipite.)

JAROMIR.

Ah !...

(Il chancelle, fait quelques pas et tombe près du cercueil. La porte du caveau se brise. Gunther, Boleslas, les soldats et le capitaine entrent à la fois.)

LE CAPITAINE.

Meurtrier, rends-toi, ou tu es mort.

(L'aïeule étend les mains vers eux. Tous s'arrêtent.)

L'AÏEULE, à Jaromir.

Meurs en paix, toi qui as détruit la paix des autres. (Elle se penche sur lui, le baise au front, puis étend le voile du cercueil sur les deux cadavres, et, élevant les mains :) Tout est fini ; je te rends grace, eternelle puissance ! Ouvre-toi, ma cellule paisible ; l'aïeule rentre dans sa demeure.

(Elle s'avance d'un pas solennel vers son tombeau et disparaît.)

LE CAPITAINE.

A présent tu es à nous.

GUNTHER, soulevant le voile du cercueil et pleurant.

Mort !

LE PARIA

(Der Paria)

TRAGÉDIE EN UN ACTE,

REPRÉSENTÉE POUR LA PREMIÈRE FOIS, SUR LE THÉATRE DE BERLIN,
LE 22 DÉCEMBRE 1823.

PAR MICHEL BEER.

———※———

NOTICE SUR MICHEL BEER.

L'Allemagne a eu à déplorer la mort prématurée d'un grand nombre d'hommes dont elle devait être fière. Burger, Hoelty, Novalis, Schulze, Th. Kœrner, H. de Kleist sont morts de bonne heure, et Michel Beer est mort comme eux à la fleur de l'âge. On avait fondé de grandes espérances sur ce jeune poëte dont le talent dramatique se développait avec une rare énergie. Gœthe encourageait ses efforts ; les critiques les plus estimés, les auteurs les plus en vogue lui apportaient leurs suffrages et en même temps leurs conseils. Il y avait beaucoup à attendre de celui auquel la nature, la fortune avaient prodigué leurs faveurs ; il y avait beaucoup à attendre de celui qui, partant de *Clytemnestre*, en était venu si promptement à faire *Struensée*. Le plus jeune enfant d'une famille qui a laissé maint souvenir dans le cœur des littérateurs et des artistes, il formait pour les cheveux blancs de sa vieille et respectable mère une noble couronne avec ses deux frères. L'un d'eux est Meyer Beer, qui s'est fait, par ses compositions musicales, un nom européen ; l'autre, Guillaume, s'est jeté avec succès dans l'étude des hautes sciences astronomiques[1]. Et il est mort ! L'Allemagne l'a regretté ; la France lui doit un souvenir, car il aimait la France, et il y a passé par prédilection les plus belles années de sa vie.

Michel Beer naquit à Berlin le 19 août 1800. Son père était un riche banquier qui ne devait pas seulement à sa fortune, mais aussi à ses connaissances et à son caractère, la considération dont il jouissait. Le jeune poëte grandit au milieu d'une société d'écrivains distingués et d'artistes qui fréquentaient habituellement la maison de ses parents. Il fit ses études à l'Université et manifesta de bonne heure les germes d'un vrai talent. A quatorze ans il composait déjà des odes et des poésies fugitives que des connaisseurs sévères n'écoutaient pas sans plaisir et sans encourager une nature si précoce. Un peu plus tard ses rapports avec Iffland, Bethmann et quelques-uns des principaux acteurs de Berlin, lui inspirèrent le goût du théâtre. Il tourna alors toutes ses pensées vers l'art dramatique, et à seize ans il eut la gloire d'achever une tragédie en vers et en quatre actes, *Clytemnestre*. La pièce fut lue aux juges compétents, accueillie et jouée avec succès par madame Crelinger et le célèbre Wolff, qui ne dédaignèrent pas d'en remplir les principaux rôles. Ce n'est certes pas, comme on peut bien le croire, une pièce d'un mérite absolu. On y trouve dans la marche générale de l'action, comme dans les détails, de graves défauts ; on y sent à chaque pas l'imagination exaltée du jeune homme qui s'emporte dès que l'espace lui est ouvert, et la main inexpérimentée du peintre qui jette par

(1) M. G. Beer vient de publier à Berlin la première partie d'une carte de la lune, divisée en quatre sections, qui, au dire de quelques savants, doit compléter les précieux travaux de Lohrmann et dépasser d'ailleurs de très loin tout ce qui a été fait jusqu'à présent en ce genre.

TH. ALLEM. Série II. Tom. 3

couches épaisses les couleurs, qui dédaigne de s'arrêter aux nuances et d'achever les contours. Cependant, malgré ses imperfections, la tragédie de *Clytemnestre* annonçait en Michel Beer un talent d'une trempe toute dramatique, et ce premier essai l'enhardit. Il reprit avec une nouvelle ardeur ses études et chercha surtout à se familiariser avec la connaissance des auteurs classiques anciens et modernes. Un an après il produisit sa *Fiancée d'Aragon*, qui fut représentée sur plusieurs théâtres et accueillie favorablement par le public. De *Clytemnestre* à la *Fiancée* il y avait progrès, et pour en venir au *Paria* il y en eut un plus grand encore. Cette pièce fut jouée avec succès sur les principaux théâtres de l'Allemagne; elle est encore restée au répertoire, et l'intérêt qu'elle avait excité dès la première représentation s'est toujours soutenu.

Après *le Paria*, qui valut à son auteur les suffrages des hommes les plus éclairés de l'Allemagne et les applaudissements universels du public, on ne vit pendant assez longtemps rien paraître de Michel Beer. Il se livrait à de nouveaux travaux, il étudiait en silence, puis un jour il publia *Struensée*. Depuis Schiller, depuis Gœthe, l'Allemagne n'avait peut-être pas vu une tragédie plus complète, plus adroitement conduite et plus spirituellement dialoguée. Là Struensée est bien comme nous le représente l'histoire, l'homme brave et généreux qui agit toujours par un sentiment de spontanéité; l'homme du peuple qui, jusque sur les marches du trône, se souvient de son village, de son pauvre père, de son humble vie d'étudiant. C'est le plébéien humilié par la noblesse et qui veut à son tour l'humilier; c'est le tribun hardi qui proteste, par ses talents et son courage, contre les priviléges du blason et les honneurs héréditaires. Son grand tort fut seulement de ne pas connaître assez bien l'époque où il vivait et le pays où il voulait établir ses réformes, de lutter avec trop peu de forces contre une noblesse toute-puissante, et de parler le langage de la démocratie à un peuple qui n'entendait encore que celui de la servitude; sa grande faute fut de n'avoir pas revêtu avec l'habit de ministre le caractère fin et rusé du courtisan; de marcher à front découvert et de se fier à ceux qui l'entouraient comme il aurait pu le faire avant de connaître les hommes, simple étudiant de Halle.

La reine Mathilde est une jeune femme douce et timide qui, trouvant à la cour un parti formé contre elle, repoussée par sa belle-mère, trahie par ceux auxquels elle accorde sa confiance, et ne pouvant compter ni sur l'affection de ses courtisans ni sur le caractère faible et nonchalant de son époux, accepte avec joie les services qui lui sont offerts par un homme dévoué, partage ses vues et s'abandonne à ses conseils.

L'auteur a introduit habilement aussi dans sa pièce le père de Struensée, bon, simple et religieux pasteur de village, qui arrive une fois pour représenter à son fils la voie dangereuse où il s'égare et entendre de lui l'aveu de son amour pour Mathilde; puis, qui revient à la fin du drame pour lui donner les dernières consolations de la religion.

Struensée fut représenté à Munich, à Ratisbonne et sur quelques autres théâtres de la Bavière. L'époque à laquelle ce drame s'est passé est encore très près de nous [1], et les familles dont le nom se trouve mêlé à cette catastrophe sont encore puissantes. Elles usèrent de toute leur influence pour que la pièce ne fût pas jouée ailleurs, mais elle obtint à la lecture d'autant plus de succès.

En 1832 Michel Beer fit représenter à Munich sa cinquième tragédie: *La Main et l'Épée*. « C'est un beau et noble ouvrage. » disait madame Rahel de Varnhergen, dont les jugements littéraires ont eu tant de poids en Allemagne. C'est cependant, si je ne me trompe, une œuvre un peu mélodramatique, et qui, à mon avis, ne vaut ni le *Paria* ni *Struensée*.

Michel Beer a composé en outre une comédie en cinq actes, intitulée: *Nombres et Fractions*. Il en avait entrepris deux autres qui sont demeurées inachevées, l'une sous le titre du *Nouveau Toggenburg* [2], l'autre sous celui du *Cardinal Mazarin*. Tous ceux qui ont eu connaissance de ces trois pièces s'accordent à en faire l'éloge, et beaucoup de

[1] Struensée fut jugé le 25 avril 1772 et exécuté le 28. Il entendit son arrêt avec une rare fermeté. « Je veux croire, dit-il, que l'amour du bien a seul décidé mes juges à prononcer ma sentence de mort. » Et le même calme et la même dignité le suivirent jusque sur l'échafaud.

[2] Le sujet de cette pièce est emprunté à une tradition populaire que l'on retrouve sous différents noms, mais toujours avec le même enchaînement de faits et d'idées, dans plusieurs parties de l'Allemagne. Schiller a écrit là-dessus une ballade célèbre:

Ritter, treue schwesterliebe
Widmet euch dies Herz, etc.

Dans une île du Rhin, entre Bonn et Coblentz, on aperçoit un ancien couvent de femmes, et à côté de cette île s'élève une montagne dominée par une tour en ruine. Ce lieu s'appelle Rolandseck. Le comte Roland, le preux chevalier auquel les naïves traditions du moyen-âge prêtent tant d'aventures, passait un jour dans ce pays. Il devint amoureux d'une jeune fille et partit en lui laissant l'anneau de fiançailles, en lui promettant de revenir bientôt la prendre pour épouse. Il s'en alla à la croisade et se jeta dans quelque entreprise pé-

personnes pensent même que le jeune poète avait plus d'aptitude pour la comédie que pour le drame. Ce serait un nouveau motif de regret pour l'Allemagne qui jusqu'à présent n'a pas de quoi s'enorgueillir beaucoup de ses comédies. Mais nous ne pouvons porter un jugement sur ces dernières pièces de Michel Beer, car elles sont encore inédites. Il a laissé aussi un recueil de pièces fugitives, remarquables, dit-on, par leur style pittoresque et gracieux; plusieurs élégies, des odes et des sonnets, des inspirations de voyages en France, en Allemagne, en Italie, et des légendes. Nous en citerons une qu'un des amis de Michel Beer a bien voulu nous communiquer. Elle a pour titre : *Le pieux Rabbin.*

« Près de Damas, dans une pauvre maison de village, loin de ses frères, dans la retraite et le silence, vivait un pieux rabbin. Toute sa journée se passe à méditer les lois de Dieu, à se créer des pénitences, à s'imposer des jeûnes, à chercher dans les livres la religion qu'il doit pratiquer. Un jour, du milieu de ces livres saints, l'œil de Dieu semble le regarder en colère et l'angoisse s'empare de son âme. La fête de Pâques approche avec son sourire de printemps; le pieux rabbin se hâte de mettre le pain bénit sur la table, attendant qu'un convive vienne

le partager, car la loi dit : Tu exerceras les devoirs d'hospitalité. Mais personne ne vient, va le rabbin pleure, se frappe la poitrine, s'agenouille sur le seuil de sa porte, puis s'en va parcourir les rues pour trouver un convive qu'il puisse conduire dans sa cellule et auquel il donne la boisson et la nourriture. Tout à coup il aperçoit un pauvre vieillard qui mendie et s'avance avec peine, courbé sur son bâton. Il s'approche de lui, le salue, lui donne le baiser de paix, et l'invite à venir dans sa demeure. Là, il s'empresse à le servir, il lui apporte de l'eau pour ses mains et lui lave les pieds; puis, il lui offre son meilleur vin et lui donne son propre lit. Et quand le vieillard, bien rafraîchi, bien reposé, prend son bâton de voyage et veut s'éloigner en exprimant à son hôte toute sa reconnaissance, le rabbin se jette au-devant de lui et s'écrie : « Voyageur que le ciel m'envoie, sois assez bon pour passer encore une nuit et un jour dans ma cabane.» Mais pendant la nuit il se lève, prend un bâton noueux et s'en va battre de toutes ses forces le vieillard, tellement que le malheureux saigne des pieds à la tête et s'écrie en tremblant : « Méchant rabbin, que t'ai-je fait pour que tu remplisses avec tant de cruauté envers moi les devoirs de l'hospitalité?» Alors celui-ci se jette à ses pieds, lui baise les mains, panse ses blessures, le veille jour et nuit et lui demande pardon. Quand le mendiant fut guéri, il dit au Rabbin : « Maintenant tu as rempli ton devoir de religieux; laisse-moi partir.» Mais le Rabbin se jette au-devant de lui et s'écrie : « Voyageur que le ciel m'envoie, sois assez bon pour passer un jour et une nuit dans ma cabane. » Et pendant la nuit il se relève de nouveau, prend une hache et se dispose à tuer son hôte. Mais celui-ci s'éveille, arrache l'arme meurtrière des mains du rabbin, le jette par terre et lui dit : « Quelle folie te prend donc? Tu invites l'étranger à venir chez toi, puis tu le maltraites jusqu'à le couvrir de blessures, et quand il dort tu veux le tuer?»

« Le Rabbin lève sur son hôte un œil égaré; la sueur de la mort couvre son front, et il lui dit : « Pardonne-moi et écoute : ce que j'ai fait, c'était pour obéir au livre de la loi qui nous recommande trois devoirs principaux : exercer l'hospitalité, soigner les malades, ensevelir les morts en priant pour eux. Tu entras dans ma cellule et je remplis le devoir d'hospitalité; mais je n'avais point de malade, et je te rendis malade à force de coups; je n'avais point de mort, et je voulus te tuer. O malheur! je sens que mon dernier jour est venu, et je n'ai pas rempli,

---

rilleuse, au grand effroi de ses compagnons d'armes qui le croyaient perdu. Une fois même le bruit de sa mort se répandit dans toute la chrétienté et parvint aux oreilles de la jeune fille des bords du Rhin, qui dit adieu à ses parents et se retira dans le cloître pour dévouer le reste de ses jours au deuil et à la prière. Peu de temps après, Roland accourt impatient de la revoir; mais on lui dit qu'elle est devenue la fiancée de Dieu et qu'il ne peut plus s'unir à elle. Alors il brise son bouclier, jette par terre sa lance redoutable, puis il gravit la montagne du haut de laquelle on domine le couvent de femmes où était sa bien-aimée, et s'y fait bâtir une demeure. Là, chaque jour, assis sur la pointe d'un rocher, il venait rêver en face de ce cloître; son œil avide plongeait dans l'enceinte des murs, cherchant toujours cette image adorée de la jeune fille, il attendait de longues heures qu'elle sortît de sa cellule, qu'elle traversât la cour, et son cœur palpitait s'il parvenait seulement à distinguer de loin sa robe blanche, son voile. Puis, quand parfois la pauvre religieuse, tourmentée aussi par les regrets, ouvrait sa fenêtre et levait les yeux vers la montagne, Roland rentrait les sin dans sa demeure avec plus de calme dans l'âme, et revenait le lendemain avec un nouvel espoir. Il vécut ainsi plusieurs années dans cette contemplation d'amour, jusqu'à ce qu'un matin il vit passer dans le cimetière du cloître le convoi de sa bien-aimée. Sa dernière joie était morte dans ce monde; il mourut aussi peu de temps après.

C'est une histoire touchante qui subsiste encore dans la mémoire de tous les habitants du pays. Les bateliers du Rhin vous la racontent en laissant glisser plus doucement leur barque sur les flots, et quand ils ont fini, ils vous montrent du doigt le vieux château sur la montagne et le couvent dans la vallée.

le dernier et le plus important des trois
commandements. »

« Alors il tombe; un ange descend auprès de
lui, délivre son ame des liens de ce monde,
et lui dit en l'emportant; et en pleurant :
« Insensé, le Seigneur ne vous a-t-il pas
écrit clairement ses saintes lois au fond du
cœur, et vous voulez les lire dans les livres
obscurs. Vous courez après la lumière trom-
peuse de ce monde, et la clarté céleste luit
sur votre tête. »

Michel Beer avait voyagé long-temps en
Italie et séjourné plusieurs années à Paris,
où il était entré en relations intimes avec la
plupart de nos meilleurs écrivains. De retour
en Allemagne il se fixa à Munich. Il y trouvait, dans la faveur particulière que le roi
lui accordait et dans ses rapports journa
liers avec des savants tels que Schelling,
Thiersch, Schenk, un encouragement à ses
travaux et des guides éclairés pour ses études. En 1832 il tournait avec joie ses regards vers la terre classique du Péloponèse.
Il étudiait assidument le grec moderne et
se préparait à visiter le sol d'Athènes, les
ruines de Sparte, la patrie de Sophocle et
d'Euripide. Une maladie cruelle est venue
tout à coup interrompre ces rêves poétiques,
ces nouvelles espérances de gloire. Il est
mort à trente-trois ans, à l'âge où d'autres
hommes commencent à peine leur carrière,
et où lui avait déjà tant fait pour la sienne.

X. MARMIER.

LE PARIA

TRAGÉDIE.

PERSONNAGES.

GADHI, le Paria.
MAJA, sa femme.
LEUR ENFANT.

BENASCAR.
UN BRAMINE.
INDIENS.

Le théâtre représente la pauvre cabane du Paria.

SCÈNE I.

GADHI, MAJA.

(Gadhi est occupé à fermer avec des nattes de joncs et des branches d'arbres quelques ouvertures de sa cabane. On entend gronder le tonnerre, et l'éclair luit.)

MAJA, avec effroi.

Mon enfant!...

(Elle court dans une chambre voisine et revient avec plus de calme.)

GADHI.

Ma bonne femme, notre enfant dort-il?

MAJA.

Il dort. Mais écoute comme l'orage mugit, comme la pluie tombe avec fracas! Ce que la faible main des hommes construit peut bien n'être tout à l'heure qu'un travail inutile.

GADHI.

J'ai fermé aussi bien que possible cette ouverture. Ce vieux bananier, contre lequel notre demeure s'appuie, nous donne un toit assuré. Sa tête grise a déjà plus d'une fois enduré le sillon flamboyant de l'éclair. Le tonnerre roule impuissant autour de nous. Je n'ai pas peur.

MAJA.

Oh! que si du moins je pouvais être forte comme toi! si aucune faute ne me pesait sur le cœur. Ton noble regard, qui peut sans crainte descendre dans les chastes profondeurs de ton âme, peut aussi voir sans crainte la face obscure du ciel. Mais moi, je tremble quand le sol tremble, et comme l'o-

rage agite de toute sa force ces rameaux, une pensée qui ne s'endort jamais agite aussi mon âme coupable.

GADHI.

Ma bien-aimée, ne t'accuse pas. Qui donc oserait se dire pur si tu jettes ainsi toi-même le blâme sur ta noble existence? Non, ce n'est pas ce que tu appelles ton crime qui te fait trembler devant les coups de tonnerre; non, je ne te souhaite pas le triste courage qui m'anime. Le malheur a jeté lui-même dans les landes sauvages de ma vie le germe de ce fruit amer. Les larmes sont sa rosée, et c'est à travers la douleur qu'il grandit pour me donner un jour sa jouissance empoisonnée. Hélas! je ne crains pas ces ravages de la foudre qui menacent également chaque créature, je ne crains pas cette force ouverte. Exilé des routes ordinaires de la vie, chassé hors du courant qui entraîne le monde, j'aime à errer dans les ténèbres des forêts, là où la panthère et l'hyène se sont fait un repaire sanglant. Je ne crains ni les hauteurs escarpées du rocher, ni le voisinage du tigre; mais je me sens saisi de terreur quand le son de la trompe m'annonce l'approche effroyable de l'homme. L'arc est tendu, la flèche part et me déchire les entrailles; le chasseur pousse un cri de joie, car Brama sourit quand un Paria tombe mort.

MAJA.

O Gadhi... Mon Dieu, arrête donc le bruit de la foudre! Ta colère est effroyable.

GADHI.

Effroyable! Pleure, pleure, malheureuse

femme, et remercie encore le ciel de ce qu'il t'a laissé les larmes; moi, je n'en ai plus. Mon existence n'est qu'une longue lamentation, le cri du ver de terre frappé d'une éternelle malédiction et qui rampe péniblement, tandis que les autres créatures voltigent joyeusement aux rayons du soleil. Laisse, laisse tomber les larmes du souvenir. Une fois aussi tu as connu le charme de la vie, car ton enfance a eu de beaux jours.

MAJA.

Ah! je ne regrette pas ces jours qui sont passés. Tu m'as sauvé la vie, elle est à toi, et si seulement je pouvais te voir tranquille, penses-tu que je m'abandonnerais à de tels regrets? Que m'importent l'opulence et les biens de ce monde? Le cœur de la femme ne connaît qu'une félicité dans ce monde; c'est d'aimer et de se savoir aimée.

GADHI.

Oh! mon amour est une misérable félicité; car je suis le rebut de la société.

MAJA.

Toi!...

GADHI.

Oui, moi, et l'enfant que tu allaites, et qui un jour, courbant le front sous le poids de l'oppression, maudira amèrement l'existence que nous lui avons donnée. Si ta voix est le tonnerre, ô Brama, si ton nom signifie clémence et justice, réponds; pourquoi veux-tu poursuivre d'une haine éternelle la malheureuse race à laquelle j'appartiens? Parce qu'une fois, dans des temps lointains, un Paria refusa de te rendre hommage et se moqua du Dieu qui, pour éprouver la terre, apparut en voilant sa gloire; les prêtres enseignent encore que notre race est maudite, et que le ciel éloigne de nous sa grace.

MAJA.

Non, non! Le chef-d'œuvre de la création est un cœur qui pense aussi noblement que le tien. Le Créateur ne peut pas te maudire: les prêtres mentent.

GADHI.

Oui, Maja, ils mentent, et si je ne le croyais pas, j'aurais donc une foi mensongère en celui auquel ils offrent comme un sacrifice leurs mensonges. Brama est juste et bon. Son regard ne rayonne-t-il pas sur nos riches récoltes? Sa main n'a-t-elle pas entrelacé les branches du bananier? N'est-il pas le père de notre mère éternelle, de notre belle et généreuse nature? Sa loi nous ordonne d'aimer et d'être indulgents, sa loi doit réunir par les liens de l'ame ceux auxquels il a donné la même empreinte extérieure, la même image. Dans son empire il n'y a rien d'étranger et rien à dédaigner. La vaste mer ne rejette pas l'humble goutte d'eau que les nuages lui apportent; elle la reçoit dans son sein et la promène dans ses vagues d'argent. L'homme seul repousse d'une main téméraire les lois qui lui sont prescrites, et il appelle croyance sa folle présomption. Mais Brama sourit, pardonne, et se plonge dans la lumière de l'immortelle vérité jusqu'à ce que le jour arrive où nous verrons la science se séparer de l'erreur.

MAJA.

C'est ainsi que je veux te voir, mon Gadhi. Il ne te manque que les choses périssables de ce monde; les vrais biens de la vie t'appartiennent à jamais. N'as-tu pas ta généreuse croyance, et mon ame fidèle, qui croit, pense et souffre avec toi?

GADHI.

Ce sont là deux trésors de grand prix que j'ai trouvés dans la misère. Leur éclat relut sur mon chemin obscur, et leur possession doit me remplir le cœur. Mais je suis homme, et comme tel il me faut autre chose. Je sens dans ma poitrine la force qui a besoin d'agir. Ne puis-je donc pas être homme parmi les hommes? Hélas! je demande si peu! si peu! Ils caressent leurs chiens et leurs chevaux, et nous repoussent avec effroi, comme si la nature ne nous avait donné que les masques de la figure humaine. Mettez-moi donc à votre niveau, et vous verrez si je vous ressemble. J'ai une patrie, je veux la protéger. Donnez-moi donc une vie: je vous la paierai avec usure là où les dangers de la vie et la bataille demandent impérieusement que l'on se sacrifie. Déjà je me vois jeté au milieu du combat, je brave la mort, je m'élance à travers les glaives et les flèches. En avant! suivez-moi. C'est mon fils, c'est mon fils. Regardez comme il jette le dard; son ennemi tombe. Bénis donc mon fils, ô patrie, il a combattu pour toi, et pour toi son père est mort!

MAJA.

Non, demeure; ne m'abandonne pas. Tu ne peux partir, et quand tu le pourrais, tu ne le devrais pas.

GADHI.

Qu'as-tu donc Maja? Quelle idée te vient?

MAJA.

Oh! malheur!

GADHI.

Tu te laisses effrayer par un rêve? Je suis un Paria, et je ne puis combattre pour ma patrie.

MAJA.

Ah! ce n'est pas un rêve... c'est la réalité qui me tourmente... je ne puis me taire plus long-temps; je ne sais quelle sinistre appréhension, quel vague pressentiment me saisit.

GADHI.

Parle, parle.

MAJA.

Oh! tremble, mon bien-aimé, et pardonnemoi. Cette enceinte de rochers qui environne notre demeure...

GADHI.

Et que je t'avais défendu de franchir...

MAJA.

Je l'ai franchie...

GADHI, *avec anxiété.*

Et l'on t'a vue?...

(*Maja fait en silence un signe affirmatif. Gadhi se cache le visage dans ses mains.*)

MAJA.

Il y a à peine six jours; j'allais dans notre petit jardin pour chercher des fruits et j'avais laissé notre enfant endormi sur sa natte. Lorsque je reviens, la cabane est vide, la natte vide, l'enfant est loin. En vain je le cherche dans la vallée, en vain je l'appelle; l'air ne me renvoie d'autre son que celui de mes gémissements. La terreur s'empare de moi, je monte au-dessus du rocher, je regarde...

GADHI.

Nous sommes perdus!

MAJA.

Nous?... Mais demande donc à une mère ce qu'elle souffre, ce qu'elle désire, et si elle songe à la vie quand elle a perdu son enfant. J'aperçois un sentier escarpé, je le parcours d'un pas rapide. J'arrive au-delà de cette enceinte sous une longue ligne de palmiers dont les rameaux couvrent le chemin. Je ne songe ni à la fatigue, ni aux dangers; j'avance, et tout à coup je vois mon enfant, et auprès de lui un chasseur de la race des Rajahs qui lui donnait des fruits. Je m'élance, je prends mon enfant dans mes bras, et je le tiens serré contre mon cœur jusqu'à ce qu'après ce moment de délire des larmes coulent en abondance de mes yeux. Cependant j'aperçois le regard ardent du chasseur fixé sur moi. La peur me vient, je balbutie quelques paroles pour le remercier, j'emporte mon enfant, je veux fuir... Mais lui, m'arrêtant d'un bras vigoureux, s'écrie: - Femme, ton aspect m'a causé une étrange impression; jamais je n'ai éprouvé ce que j'éprouve maintenant. Qui que tu sois, il faut que tu me suives. -

GADHI.

L'entends-tu, Brama?

MAJA.

Moi, je lui réponds: Seigneur, mon époux m'attend avec inquiétude, moi et mon enfant. Et j'essaie de me dégager, tandis que lui me presse avec plus de force contre son cœur en me parlant de son amour. J'avais eu les angoisses d'une mère, j'avais maintenant celles de l'épouse. Tout à coup j'aperçois une vipère des plus venimeuses qui lève la tête contre mon fils. L'amour maternel me donne une force de géant; je m'arrache des bras de cet homme furieux, je m'élance à travers les rochers, rien n'arrête ma fuite, et quand, après avoir long-temps couru, je regardai derrière moi, le chasseur avait disparu sous les arbres de la forêt.

GADHI.

Disparu? Si du moins il l'était pour toujours? si du moins ses farouches désirs ne lui faisaient pas découvrir le chemin de notre demeure. Je connais ces Rajahs; ils nous fuient comme la peste, mais ils portent avec eux d'effroyables penchants, et peu leur importe qu'ils les satisfassent dans un palais ou dans la cabane maudite du Paria.

MAJA.

Qu'il vienne seulement! qu'il tente d'approcher!

GADHI.

Dieu se venge souvent d'une manière imprévue. Mais si cet homme s'en vient ravir au mendiant son dernier bien! —

MAJA.

Que la mort nous enlève notre bonheur plutôt que de le livrer à cet homme infâme!

GADHI.

Ma femme, ma bien-aimée!

MAJA, *avec effroi.*

Écoute, Gadhi, n'entends-tu rien?

GADHI.

J'entends le roulement lointain du tonnerre.

MAJA.

Non... c'est pour moi un bruit plus effroyable que celui du tonnerre.

GADHI.

Le son d'une voix... écoute... des pas d'homme.

VOIX, *du dehors.*

Ici, ici! J'aperçois de la lumière!

MAJA.

Nous sommes perdus. Protége-nous, grand Brama!

GADHI.

Cache-toi dans cette chambre.

MAJA.

Non, pas sans toi.

GADHI.

Je veux attendre ici.

MAJA.

Non. L'aspect du malheureux Paria excite

rait leur rage. Cache-toi. En regardant cette chaumière ils verront bien qui l'habite, et, s'ils ne t'aperçoivent pas, ils s'éloigneront en toute hâte.

GADHI.

S'ils étaient égarés ?

MAJA.

Ni le ciel en courroux, ni le désert, ni la tempête ne peuvent les effrayer plus que ton approche. Sauvons-nous, ils viennent. Ici nous serons en sûreté.

GADHI, *la suivant malgré lui.*

Quelle sûreté que celle de l'ignominie !

SCÈNE II.

(On entend du dehors un bruit confus, et plusieurs Indiens entrent l'un après l'autre dans la cabane.)

UN INDIEN.

Voici de la lumière, et personne. Venez tous, venez.

UN AUTRE.

Nous sommes sauvés.

PREMIER INDIEN, *après avoir regardé autour de lui.*

Fuyons ; nous sommes perdus. C'est un Paria qui demeure ici.

DEUXIÈME INDIEN.

Secours-nous, Brama, secoure-nous !

TOUS, *courant au dehors.*

Un Paria ! un Paria !

PREMIER INDIEN.

Retire-toi, Seigneur ; c'est ici l'habitation d'un Paria.

BENASCAR, *conduit par deux Indiens, blessé au bras droit et épuisé de fatigue.*

Laissez-moi ; quand je devrais rencontrer l'esprit du mal lui-même, je ne puis aller plus loin ; mon sang coule et mes forces m'abandonnent.

UN INDIEN.

Ta blessure te fait-elle souffrir, maître ?

BENASCAR.

Elle brûle comme du feu.

PREMIER INDIEN.

La chasse était ardente et le tigre furieux.

BENASCAR.

Le dard ne suffisait pas ; j'ai enfoncé dans les flancs du monstre mon épée jusqu'à la garde.

PREMIER INDIEN.

Et il est tombé...

BENASCAR.

Pour ne plus se relever, j'espère. Mais à présent allez et regardez en quel endroit la nuit obscure nous a égarés. Que la moitié de la troupe reste autour de cette cabane,

afin de me garder de toute trahison, et que l'autre cherche un passage à travers ces rochers. Et si un homme de race pure vient à vous offrir l'hospitalité, demandez-lui du secours pour moi.

PREMIER INDIEN.

Veux-tu t'arrêter ici ?

BENASCAR.

Je ne peux aller plus loin ; mais vous ne devez pas à cause de moi vous souiller dans cette demeure. Moi-même je veux, à moins que la mort ne m'en empêche, me plonger neuf fois dans le fleuve saint et durement expier le malheur que j'ai eu de reposer là où les maudits ont reposé.

PREMIER INDIEN.

Mais seul ici, Seigneur, tout seul, abandonné...

DEUXIÈME INDIEN.

Malade et sans secours !...

BENASCAR.

Allez, vous dis-je, allez. Chaque moment aggrave votre faute et me rend plus faible. Faites comme je vous dis. Je demeure ici.

(Les Indiens sortent.)

SCÈNE III.

BENASCAR, *seul.*

Si tu l'as résolu, ô Brama ! si la fleur de ma vie doit se briser avant que de porter ses fruits, si le jour de ma mort approche, eh bien ! qu'il vienne. Jamais je ne la redoutai au milieu des combats. Seulement, je te prie, Dieu tout-puissant, ne me rappelle pas à toi dans ta colère, ne me laisse pas mourir dans la maison du Paria ! — Oh ! pitié ! Comme je souffre ! Pitié ! pitié !

SCÈNE IV.

GADHI, BENASCAR.

GADHI, *arrivant à pas lents.*

Ils sont tous loin, et cependant il me semblait encore entendre soupirer. *(apercevant Benascar et tendant l'arc.)* Ah ! là !... un malade, blessé, sans défenseur... Non, descends dans l'abîme, esprit de vengeance. Tombez, larmes de compassion, et éteignez comme une rosée céleste le feu qui brûle ma poitrine... Pardon, Seigneur.

BENASCAR.

Loin d'ici, monstre, loin d'ici! Reçois cela dans ton sein, ennemi de Dieu.

(Il lui lance son poignard, qui tombe aux pieds de Gadhi.)

GADHI, *le relevant.*

Regarde, tu es si faible, si abattu, que cette arme de la haine, destinée à me faire mourir, devient entre mes mains un instrument de défense contre toi.

BENASCAR.

Oh ! je t'écrase de ma main si tu oses approcher.

GADHI.

N'aie pas peur ; tu ne tacheras pas ta main avec mon sang. Reprends ce glaive, et tue l'hôte qui te donne un toit hospitalier. *(Benascar retombe épuisé.)* Tu trembles et pâlis; la mort efface déjà sur tes joues le feu de la colère. Oh ! redeviens bon, ne meurs pas sans me donner un regard de réconciliation.

BENASCAR.

Je vis encore. Veux-tu te moquer de moi?

GADHI.

Me moquer? Je voudrais t'aider, si... *(s'approchant de Benascar et regardant son bras.)* Oui, oui, je le vois. Graces à Brama, tout n'est pas perdu. Je puis encore te sauver avec un baume que ma femme extrait des plantes salutaires de la vallée. Mais dans quelques instants il serait trop tard ; déjà ton sang se noircit.

BENASCAR.

Si tu peux me sauver, fais-le.

GADHI, *à part.*

La noblesse d'ame et la générosité ne changent point la nature vicieuse du serpent. Je veux arracher à la mort l'ennemi de ma race. Si j'agis bien ou mal, je ne sais; mais je dois suivre l'impulsion qui me presse et le cri de mon cœur.

(Il court dans la chambre.)

SCÈNE V.

BENASCAR, seul.

Il sort... et... *(a haute voix.)* à moi compagnons !

VOIX, *du dehors.*

Seigneur !...

BENASCAR.

Soyez attentifs à mon appel ; la trahison me menace.

On entend pour réponse un bruit d'épées qui s'entrechoquent.)

SCÈNE VI.

Gadhi, conduisant Maja qui a la tête voilée et porte un plat et du linge.)

MAJA, *à Gadhi.*

A quoi songes-tu? si cet étranger était?...

GADHI.

Dieu frappe-t-il donc du même coup l'innocence et le crime? Non, je ne veux pas le croire; non, ce ne sera pas lui. *(à Benascar.)* Regarde, Seigneur ; voici ma femme qui a d'un regard attentif cherché les plantes médicinales dans la vallée. Elle va distiller le baume rafraîchissant dans tes blessures et d'une main légère adoucir tes souffrances.

BENASCAR.

Viens.

MAJA, *à part.*

C'est lui. Juste Dieu, soutiens-moi.

(Elle s'approche de Benascar, qui est assis sur une chaise, s'agenouille devant lui et lui bande ses plaies.)

BENASCAR.

Si la trahison conduit à présent votre main, misérables que vous êtes, si vous faites maintenant couler le poison dans mes plaies, apprenez que votre demeure est environnée par une troupe d'hommes qui vengera ce crime et vous fera expier ma mort par une mort cent fois plus cruelle.

GADHI.

Ne cherchez la trahison que parmi vous. Vous nous appelez maudits, voyez à présent qui nous sommes.

BENASCAR, *à Maja.*

Pourquoi trembles-tu? *(Maja veut s'éloigner. — Lui prenant la main.)* Ce baume adoucit ma douleur. Mais je me sens fatigué, j'ai soif. Ah ! donnez-moi à boire.

(Gadhi se prepare a sortir.)

BENASCAR.

Demeure, malheureux, demeure. La boisson que tu m'apporteras ne peut me rafraîchir. La source où tu iras la puiser est maudite et l'eau pure et limpide se changerait dans tes mains en poison. Graces au ciel, j'ai encore avec moi un fruit que j'ai cueilli dans la forêt; il me désaltérera.

MAJA, *lui arrachant le fruit.*

Arrête, ou tu es mort. Ce fruit est un poison.

BENASCAR.

Qu'entends-je! quelle voix! Oui, c'est elle, c'est cette belle et ravissante créature! Ote ton voile pour que je rencontre encore ce regard qui, semblable au soleil dont les rayons portent la fécondité jusque dans le sein de la terre, a réveillé une nouvelle vie au fond de mon ame.

GADHI.

Que dis-tu donc, Seigneur? C'est ma femme.

BENASCAR.

Ta femme, misérable ! loin d'ici ! A bas ce voile.

MAJA.

Gadhi, protége-moi, c'est lui.

GADHI.

L'étranger?

MAJA.

Malheur! malheur! C'est lui.

BENASCAR.

Tu me reconnais et tu caches ton visage avec frayeur. J'ai toujours nourri pour toi un brûlant désir et je veux te regarder encore, dût-il m'en coûter la vie.

GADHI.

Retire-toi, téméraire; cette femme est la mienne et personne n'a le droit de la toucher. La nature a donné des armes au plus faible des mortels, et ce bras sera pour toi comme une massue si tu oses avancer.

BENASCAR.

Tu me braves, lâche esclave. Eh bien! meurs.

(Il veut le frapper avec le poignard.)

MAJA.

Arrête! Tu veux encore me regarder; regarde donc ces traits qui portent l'empreinte du malheur. Si la nature avait mis dans mes yeux la force meurtrière du basilic, je voudrais anéantir la flamme impie que tu portes dans le cœur.

BENASCAR.

C'est elle, et l'amour remplit maintenant mon âme.

MAJA.

Demandes-tu de l'amour, toi! De l'amour! oh! apprends donc, insensé, que je te hais comme la nuit du péché. Et comme j'embrasse maintenant avec force mon bien-aimé, je suis à lui à tout jamais. Mon amour, suivant les saintes lois de Brama, l'accompagnera fidèlement pendant la vie et le suivra jusqu'à la mort.

BENASCAR.

Comme cette rougeur, que la colère te donne et qui ressemble au crépuscule du matin, embellit encore ton visage! Oh! que tu es belle! et avec quel sentiment irrésistible ne me sens-je pas attiré vers toi! Mais tu as juré de me haïr, tu repousses les hommages de l'homme libre. Eh bien! je l'obtiendrai par la force si ce n'est par l'amour; je te choisis pour mon esclave. (à haute voix.) Holà, compagnons!

MAJA.

Que veut-il faire?

GADHI, levant les yeux au ciel.

Brama, maintenant l'heure serait venue de faire gronder ta foudre et tu restes muet!

LES PRÉCÉDENTS, INDIENS.

BENASCAR, aux Indiens qui entrent.

Saisissez cette femme.

PREMIER INDIEN.

La femme du Paria?

BENASCAR.

Qui de vous a murmuré? Je la prends pour mon esclave. Partez.

GADHI.

Attache-toi à moi fortement, plus fortement encore.

BENASCAR, aux Indiens.

Qu'attendez-vous?

GADHI, se jetant à genoux devant lui.

Pitié! je t'en conjure, je me courbe dans la poussière devant toi. Je t'ai rendu l'amour pour la haine, et tu veux m'enlever mon seul amour! Tu entres dans la chaumière du pauvre, et c'est pour lui ravir son unique bien; car je n'ai rien à moi dans le monde rien que cette femme chérie!

BENASCAR.

Tu ne dois rien avoir, tu es un Paria.

GADHI.

Ah! si c'est là le seul motif qui te donne la force d'accomplir ton œuvre infâme, apprends donc...

MAJA.

Que veux-tu faire?

GADHI.

Te sauver et mourir. Apprends que cette femme n'est pas de ma race. Laissez-la libre, esclaves, et tombez à genoux devant elle en la priant de vous pardonner; car elle est la fille d'un Rajah.

BENASCAR.

Qu'entends-je?

GADHI.

La vérité, et la vérité tue. Car pareille à la flamme du volcan qui s'élance du sein de la terre long-temps silencieuse, la parole qui vient de sortir de mes lèvres me condamne et me livre à la mort.

BENASCAR.

Parle! parle! quel horrible pressentiment m'agite!

GADHI.

Vous voyez cette femme. (à Maja.) Oh! viens encore une fois sur mon cœur; oh! laissez-moi la presser encore une fois dans mes bras.

MAJA.

O mon bien-aimé!

GADHI.

Ma femme! Un jour j'eus le courage de te sauver, mais je me sens trop faible pour te perdre. (*à Benascar.*) Ma race est maudite. Là où de paisibles communautés s'établissent, où les maisons s'élèvent, où les hommes se rassemblent, là où l'on voit reluire le dôme sacré des temples, là il n'y eut jamais d'accès pour nous. Le jour ne m'avait encore trouvé qu'au milieu des forêts, au sein des cavernes obscures; cependant je me sentais attiré vers les joies de la vie; car mon cœur est humain, ainsi que ma figure, et quand la lumière perfide du jour faisait place à la nuit, je me glissais en tremblant jusqu'auprès de la ville et j'aimais à m'arrêter dans ces lieux de repos où s'endorment enfin l'amour et la haine de l'homme... Une fois...

MAJA.

Malheur à nous!

GADHI.

Non, dis plutôt paix à nous! Nous n'avons eu que peu de temps à passer ensemble, mais ce temps fut fécond en amour. Une fois donc j'étais dans le cimetière. La nuit s'étendait calme et majestueuse autour de moi, et sous mes yeux se développait aux rayons de la lune notre magnifique Bénarès. Le tumulte du jour avait cessé pour faire place à un profond silence; l'air même ne passait qu'avec un léger murmure sur le calice des fleurs. Seulement de loin, au-dessus des pagodes brillantes, on entendait la prière nocturne des bramines, et le long de ses bords fleuris le Gange réfléchissait dans ses vagues d'argent l'image de l'éternelle lumière. Pour moi, je sentais au fond de mon cœur malade un sentiment inexprimable, une soif d'amour et de pitié. Cette création, où j'arrivais comme un banni, était si belle! J'étais un étranger au milieu de mes semblables, et cependant toute ma haine était anéantie, toute mon âme était pleine d'amour. Un torrent de larmes coula de mes yeux, et quand je regardai autour de moi, j'aperçus cette femme agenouillée sur un tombeau, dans l'attitude d'une profonde douleur.

MAJA.

Arrête. Les plaies de mon cœur saignent encore. Horrible souvenir! c'était ma mère qui reposait dans ce tombeau. Mes parents moururent de bonne heure. On me maria à un vieillard auquel je restai fidèle non par amour, mais par devoir. Une maladie cruelle l'atteignit, et d'après nos terribles lois la mort devait me réunir à lui. J'aperçus mon bûcher, je vis ma jeunesse condamnée dans sa fraîcheur à cet épouvantable supplice, et toute seule, désespérée, au milieu de la nuit, j'allai pleurer sur la tombe de ma mère. Là je rencontrai Gadhi. Un instant je me sentis effrayée en songeant à sa race maudite; mais la lumière de la vérité pénétra à travers ces obscures préventions. Bientôt, bientôt je reconnus la noblesse de son cœur, et comme la parole nous apporte avec rapidité l'expression des sentiments intérieurs, ainsi son regard me montra toujours plus clairement la pureté de son amour. Toutes les nuits il venait jeter de nouvelles fleurs sur le tombeau de ma mère, et moi, je recueillais en tremblant ces signes de son amour pour en parer ma tête le jour où je devais mourir. Neuf nuits se passèrent ainsi. L'heure vint, mon époux mourut.

BENASCAR.

Et toi, malheureuse, tu vis encore!

GADHI.

Horrible! de quoi l'accuses-tu? D'avoir cédé à cette loi impérieuse qui au fond du cœur lui commandait de vivre. Regarde ce qui se passe dans la nature. Quelle créature a jamais repoussé dans un fatal aveuglement les moyens de défense qu'elle portait avec elle? Elle arriva dans cette nuit comme une pâle image de la terreur. Ses longs cheveux dénoués dans son désespoir entouraient comme une sombre couronne son visage. L'effroi faisait battre son cœur et le vent rejetait en arrière la guirlande qu'elle portait sur la tête. Son œil était froid, sec, sans force, et ses lèvres tremblantes murmuraient d'inintelligibles paroles. Elle m'aperçut et s'écria avec impétuosité : Mon époux est mort, et moi, bien-aimé, je dois mourir avec lui. (*à Benascar.*) Oui, secoue ton poignard, montre-moi la mort comme tu le voudras. Ce que j'éprouvai à ce cri de terreur je ne l'éprouverai plus. Non, plus jamais. Pas un mot, pas un accent ne retentit dans cette nuit affreuse. Nous pleurâmes en silence sur le tombeau de sa mère. L'obscurité s'enfuit, le jour revint comme un joyeux enfant baiser avec ses lèvres rouges et brûlantes les larmes de la nuit. Nous seuls nous le regardâmes en pleurant. Et tout à coup nous vîmes s'élever une autre lumière sombre, entourée de fumée, montant à travers les airs avec une couleur de sang. Le bûcher s'allumait, la flamme grandissante semblait appeler sa riche proie. Les chants lamentables des morts se font entendre. Les prêtres menteurs arrivent et bénissent d'une voix lugubre le feu qui va consumer le sacrifice. Les femmes s'en viennent autour du bûcher en poussant des cris de joie, et avec leurs cheveux entrelacés de myrtes comme pour une fête. Nous les voyons s'approcher, et notre sang bouillonne avec force, puis se glace dans nos veines. Ma pauvre femme pâlit, chancela et me cria : Pitié! Et moi, je lui répondis : Si un cœur plein d'amour et une vie pleine de misère te suffisent, je puis t'emporter avec moi. Elle leva les yeux vers moi et ne dit rien ; mais je sentis qu'elle avait assez de confiance, j'enlaçai mes bras autour de son corps défaillant et je l'arrachai ainsi aux flammes. Après quoi elle fut à moi, elle fut mon épouse chérie.

BENASCAR.

Elle fut à toi, et Brama s'est tû! Mais je ne sais quel pressentiment sinistre, pareil à un nuage épais, traverse mon ame. Dis-moi donc le nom de son père.

MAJA.

Ecoute, mon souvenir retourne de degré en degré à travers le cercle obscur du passé. Le pressentiment me menace ; s'il est vrai, c'est la mort. Oh ! tais-toi, mon bien-aimé, ne prononce pas ce nom.

BENASCAR, à Gadhi.

Dis-le-moi ; ne dois-je pas connaître jusqu'au bout ce long et artificieux tissu de fourberies ?

GADHI.

Eh bien! apprends que ma femme est la fille de Delhi-Benascar. (Benascar pousse un cri de douleur. — Les Indiens se détournent avec effroi. Maja se cache le visage entre ses mains. — à Benascar.) Autrefois si élevée ! et à présent si misérable ! Et tu veux la plonger encore plus avant dans le malheur? Oh ! notre fidélité te touche, je le vois ; tu me sembles ému.

BENASCAR.

Ému? C'est la rage qui arrête la parole sur mes lèvres. (à Maja.) Misérable, parle; n'y a-t-il donc plus personne des tiens qui puisse te demander compte de tes actions et venger l'honneur de ton père?

MAJA.

Que sais-je ? Mes parents sont morts il y a long-temps. Lorsque j'étais encore toute jeune, la guerre emmena bien loin mon seul frère, et depuis ce temps je ne l'ai plus revu.

BENASCAR.

Si tu le revoyais? s'il venait tout à coup te dire : Femme, qu'as-tu fait? où est mon honneur? où est le nom sans tache de mes aïeux?

MAJA.

Mon sang se glace...

BENASCAR.

Laisse-le prendre le froid de la mort. Parle, me connais-tu ? Je suis ton frère.

(Maja tombe à terre.)

GADHI, à Benascar.

Seigneur, c'est moi qui suis coupable ; tue-moi.

BENASCAR.

C'est ce que je veux faire.

GADHI.

Mais vite, avant qu'elle s'éveille.

BENASCAR.

Le conseil est bon ; que ce soit ta dernière parole !

(Pendant qu'il lève le poignard sur Gadhi, Maja sort de son assoupissement.)

MAJA.

Où suis-je? Malheur ! les tombeaux me renvoient leur proie; j'aperçois la figure de mon père, pâle, courroucée... c'est son esprit!... Mon frère ! oui, Mon frère! oh ! comme ce nom, si doux à entendre prononcer, me serre le cœur ! mon frère, tu auras pitié de nous. Malheur à moi ! Ton ame est de fer, tes regards lancent la mort !

GADHI, à Benascar.

Qu'attends-tu? Je suis prêt à mourir.

BENASCAR.

Et moi à tuer. Reçois donc ce que tu as mérité.

MAJA, se jetant entre eux.

Arrête ; que veux-tu faire ?

BENASCAR.

Venger la divinité que tu as insultée et mon honneur que tu as souillé.

MAJA.

Si l'amour insulte à ce Dieu dont tu parles, et si pour l'apaiser il lui faut du sang, oh ! sépare-toi de lui et place dans ton sanctuaire un agneau que tu adoreras; car il y a dans la douceur de cette pauvre bête plus de divinité que dans cet être altéré de vengeance auquel tu te dévoues.

LES INDIENS.

Malheur !

BENASCAR.

Malédiction sur toi !

MAJA.

Oui, malédiction sur moi! que la vengeance tombe sur moi! Je suis coupable, et si l'amour est un crime je serai coupable tant qu'il me restera un souffle de vie; car ce cœur est un livre immortel dont toutes les pages sont pleines d'amour pour lui, pour le réprouvé, pour le Paria. Entends-tu, frère? achève ton œuvre ; venge-toi !

GADHI, à Benascar.

Ne l'écoute pas ; elle parle dans le délire. Moi, j'ai commis le crime; moi, je l'ai séduite, je l'ai entraînée à la violation des saintes lois, je l'ai liée avec une chaîne magique. Ote-moi la vie; sois clément; hâte-toi!

MAJA.

Tu ne refuseras pas d'écouter l'unique prière de ta sœur. Qu'importe que l'insensé se précipite lui-même dans l'abîme ouvert par la mort, si je vis comme un triste témoignage de ta honte. Tu es déshonoré si tu ne m'enterres pas, moi et ma faute, dans le secret du tombeau... Choisis...

GADHI.

Choisis-moi pour victime.

MAJA.

Non, je suis coupable.

BENASCAR.

Vous l'êtes tous les deux. (a Maja.) Je te dévoue au supplice qui t'appartient; vis, vis en silence dans la honte et le repentir, et rends grâces au sentiment d'amour que j'éprouvai pour toi la première fois que je te vis. (a Gadhi.) Toi, meurs; et comme ces hommes qui m'accompagnent ont été témoins de cette injure faite à ma race, je veux aussi rendre publique ma vengeance. (a ses compagnons.) Il ne m'a pas offensé seul, il a aussi outragé Dieu; s'il doit tomber, il faut que ce soit à l'autel, sous la hache du prêtre.

(Gadhi et Maja se jettent dans les bras l'un de l'autre.)

BENASCAR, aux Indiens.

Le jour commence à poindre; allez en toute hâte chercher le serviteur de Brama dans le temple voisin; conduisez-le ici, afin qu'il reçoive la victime de ma main.

(Les Indiens sortent.)

BENASCAR, à part.

Silence, mon cœur! Le combat est gagné, le rude combat du devoir.

SCÈNE VIII.

BENASCAR, a Maja.

Malheureuse!

MAJA.

Point de consolation, frère; ce qui arrive devait arriver. J'ai seulement une prière à t'adresser. Je suis mère...

GADHI.

Oh! quel souvenir me rappelles-tu? Mon enfant! mon fils!

MAJA.

Son fils et aussi le mien; sauve-le, sers-lui de père, enseigne-lui à connaître Dieu et sa clémence. Si mon époux meurt, oh! ne livre du moins pas notre enfant aux bramines.

GADHI.

Pourquoi vouloir lui prolonger cette existence de douleur? Laisse l'orphelin mourir.

MAJA.

Non, qu'il vive! qu'il vive! Accorde-moi cette consolation. (a Benascar.) L'enfant repose paisiblement dans cette chambre et ne songe pas que l'ange de la mort étend déjà ses ailes sur lui. Oh! par pitié, frère, sauve-

le; fais-le conduire hors d'ici par un de tes esclaves avant l'arrivée du bramine.

BENASCAR.

Quel sentiment nouveau a tout à coup pénétré dans mon cœur!

MAJA.

C'est la voix de la nature, de l'humanité qui parle en toi; écoute son appel, sauve mon fils!

BENASCAR, courant dans la chambre.

Je veux le sauver.

SCÈNE IX.

GADHI.

Que fais-tu?

MAJA.

Ce que le ciel m'inspire; je veux jeter ce flambeau dans la chambre, et faire mourir tout à la fois père, mère, enfant, ennemis.

GADHI, lui arrachant le flambeau.

Malheur à toi! c'est le dernier degré de l'infortune que d'en venir à commettre un crime pour se sauver. (éteignant le flambeau.) Meurs, lumière terrestre; moi, j'ai vécu aussi, je veux aussi mourir; mais je descendrai pur et sans remords dans le tombeau.

MAJA.

Ame grande et généreuse! (apercevant par terre le fruit empoisonné.) Graces au ciel, il nous reste un autre moyen; nous sommes libres.

SCÈNE X.

BENASCAR, avec l'enfant.

Qui donc a éteint la lumière?

GADHI.

La nuit est loin, le jour commence à briller; nous n'en avions plus besoin.

L'ENFANT, s'échappant des bras de Benascar.

O mon père! ma mère!

MAJA.

Dieu! mon fils!

GADHI.

Mon fils!

BENASCAR.

Vite! vite! la mort s'avance, la célérité seule peut le sauver.

MAJA, embrassant l'enfant.

Malheur à moi!

L'ENFANT.

Je ne veux pas m'en aller avec cet homme étranger.

GADHI.

Va, suis-le; il te conduira dans les belles et vertes vallées de la vie. Celui qui les a

quittées peut seul dire comme elles sont
belles !

(*Benascar s'approche.*)

MAJA.

Le voici ! le voici ! il vient pour t'arracher
de mes bras.

BENASCAR.

Le serviteur de Brama va venir ; donnez-
moi l'enfant.

MAJA.

Mes forces m'abandonnent.

BENASCAR.

Ainsi c'est toi qui le feras mourir.

MAJA.

Oh ! mon enfant !

(*Benascar le prend et s'éloigne.*)

SCÈNE XI.

MAJA.

A présent, du courage !

GADHI.

A quoi songes-tu ?

MAJA.

Regarde ce fruit ; je l'ai dérobé à cet être
cruel que la nature m'a donné pour frère.
J'ai semé l'amour et je récolte la mort.

GADHI.

Je te comprends.

MAJA.

Tu ne le savais donc pas encore ? Pourrais-
je vivre sans toi ! Oh non ! tu n'as pas pu le
croire. Il y a dans ce fruit assez de poison
pour nous faire mourir tous les deux ; je vais
le partager avec toi.

GADHI.

Femme ! héroïque femme ! Et moi je mur-
murais ! Quelle existence pourrais-je donc
encore envier, si je dois mourir de cette
sorte !

MAJA, *exprimant le suc du fruit dans un vase.*

Sois la bienvenue, volupté de la mort ! Le
coupable seul pâlit quand sa dernière heure
s'approche : l'innocent la regarde d'un œil
ferme et plein de résolution. Au revoir, mon
ami.

(*Elle boit.*)

GADHI.

O Dieu !

MAJA, *lui présentant la coupe.*

Voilà pour toi.

GADHI.

Merci.

(*Il vide la coupe. Tous deux tombent dans les
bras l'un de l'autre.*)

SCÈNE XII.

BENASCAR.

L'enfant est caché.

MAJA.

Maintenant quitte ta terrestre enveloppe,
ô pauvre âme ! reprends ta forme brillante et
protège avec tes ailes la tête de ton enfant.

BENASCAR.

Séparez-vous ; le prêtre approche, et la
hache va renverser de fond en comble les
frêles murailles de votre cabane, afin que le
pied du serviteur de Dieu ne se souille pas
en passant sur ce seuil du Paria, que le ciel a
maudit neuf fois, lui et toute sa race.

GADHI.

Ton dieu de malédiction est un dieu épouvantable. Je crois à son amour, et le crime,
l'ambition, la stupidité parlent seuls de sa
haine. C'est une honte que de se représenter
Dieu et la foi comme les prêtres nous les montrent avec leurs contes de nourrices. L'existence de Dieu est claire comme sa lumière
céleste. Il a fait le monde comme un miroir
où sa grandeur se reflète. J'étais un réprouvé
dans la vie, et je porte avec calme mes regards sur le passé ; car j'ai trouvé ce qui
peut faire de la cabane du mendiant un paradis sur cette terre, une âme ardente qui m'a
aimé fidèlement.

(*Maja chancelle.*)

GADHI.

O douleur !

MAJA.

Mes veines se refroidissent.

BENASCAR.

Comme tu deviens pâle !

MAJA.

Que regardes-tu donc ? N'est-ce pas toi qui
l'as voulu ? Tu le sais, j'aimais, et je ne
pourrais pas mourir pour celui que j'aimais !...

BENASCAR.

Quelle idée me vient ?

MAJA.

Le fruit empoisonné !...

BENASCAR.

Que tu m'a pris.

GADHI.

Il nous donne la mort à tous deux.

BENASCAR, *à Gadhi.*

Ah ! monstre ! est-ce toi qui a commis ce
crime ?

MAJA.

C'est moi, moi seule. Oh ! comme je souffre ! comme ce poison me déchire ! *arrachant son voile.* Loin de moi, parure de ce
monde... Liberté ! de l'air ! ma vie est comme
une mer de feu qui se répand dans mes

reines pour m'emporter là-haut dans l'espace
éternel ; car cette terre est trop étroite.

LES INDIENS, *arrivant et renversant la chaumière.*

A bas la demeure du Paria! mort au Paria
lui-même ! Honneur à Brama! honneur à
Brama !

*(Quand les murailles sont tombées on aperçoit
un beau vallon éclairé par le soleil du matin.
Le cortège du bramine s'approche aux sons
de la musique.)*

MAJA.

Mon bien-aimé ! tu frissonnes ! Oh ! viens,
beau soleil ! viens colorer mes joues avec tes
rayons brillants , afin que mon époux ne
s'effraie pas , en voyant mon visage, de la
mort qu'il doit souffrir !

GADHI.

O grands dieux !

MAJA.

Le combat fut court; il est terminé. Plus

de douleur. — Ravissement ! — liberté! —
lumière ! Mon époux , suis-moi.

(Elle meurt.)

GADHI.

Je te suis bientôt; je sens déjà la mort.
Laissez-moi me dégager ici de mes maux.
Cet air pur, cette clarté appartiennent à tous.
Partout l'amour règne, se manifeste, et vous
n'êtes que haine... Si sombre... la nuit...
Mais ici, ici le jour... et tous, tous... égaux...
Mon enfant !

BENASCAR , *dompté par ses sentiments et présentant la main à Gadhi.*

Je te protége.

(Gadhi le regarde fixement et meurt.)

LE BRAMINE , *porté en palanquin , arrive sur la
scène.*

Où est la victime?

BENASCAR.

En voilà deux au lieu d'une ; demande à
ton Brama s'il est content.

FIN DU PARIA.

LE JOUEUR

(Der Spieler)

COMÉDIE EN CINQ ACTES

PAR IFFLAND.

<hr>

NOTICE SUR IFFLAND.

Comme notre immortel Molière, comme notre aimable et spirituel Picard, Auguste-Guillaume Iffland fut en même temps acteur, auteur et directeur de spectacle.

Né le 19 avril 1759, d'une famille aisée de Hanovre, il reçut une éducation soignée et supérieure peut-être à celle que l'on obtenait généralement en Allemagne à cette époque, où ce pays, maintenant si éclairé, était fort arriéré en comparaison du reste de l'Europe. Le théâtre surtout y était dans une complète enfance, les pièces que l'on représentait étaient presque toutes traduites du français, ou bien offraient cette imitation des formes françaises, si remarquables dans les ouvrages de Lessing, et qui est aussi contraire au génie de la langue qu'aux mœurs des habitants. Ce fut en assistant à une représentation de la *Rodogune* de Corneille que le jeune Iffland eut la première révélation du goût qui devait influer sur le reste de son existence. Vainement ses parents s'efforcèrent-ils de mettre des obstacles au développement de sa passion pour le théâtre; à peine Iffland eut-il atteint sa dix-huitième année, qu'il s'échappa de la maison paternelle pour aller débuter à Gotha. Sous la direction du poète Gotter, il perfectionna son talent naissant, et fut bientôt appelé à Manheim pour faire partie de la troupe de l'électeur palatin. Ce fut là qu'il fit son premier essai comme auteur dramatique. La tragédie d'*Albert de Thurneisen* donna de grandes espérances et fut accueillie du public avec cette bienveillance que l'on témoigne volontiers à un acteur jouant dans un ouvrage de sa propre composition.

Cette tragédie fut suivie de plusieurs autres pièces de théâtre; mais la réputation d'Iffland ne s'était pas encore étendue fort loin, lorsqu'en 1790 il composa une tragédie intitulée *Frédéric d'Autriche*, pour être jouée pendant les fêtes du couronnement de l'empereur Léopold II. Les sentiments d'honneur et de fidélité qu'il avait mis dans la bouche de ses personnages, sentiments si remarquables à l'époque où la fermentation révolutionnaire qui agitait la France menaçait de pénétrer dans l'empire, plurent singulièrement au nouvel empereur. Léopold ne pouvait se dissimuler que les réformes peu judicieuses entreprises par son prédécesseur, jointes à l'esprit anti-religieux du gouvernement de Frédéric-le-Grand, ne rendaient l'Allemagne que trop accessible à la contagion des funestes principes dont un royaume voisin était travaillé. Déjà peut-être il méditait les grands projets qu'une mort prématurée devait faire échouer, et il sentait que, pour en assurer le succès, il fallait commencer par former l'opinion publique de l'Allemagne. Il proposa donc à Iffland de composer une pièce principalement dirigée contre l'esprit révolutionnaire. Les intimes convictions de notre auteur s'accordant parfaitement avec ce que l'on exigeait de lui, il donna sa tragédie des *Cocardes*, et l'on ne peut s'empêcher d'y reconnaître une justesse de jugement et une profondeur de vues qui ne se rencontrent point dans ses autres pièces, que distinguent plutôt la finesse des aperçus et l'agrément des détails. A compter de ce moment, Iffland fut en butte à la haine la plus violente de la part

9

des Tartufes politiques qui ne lui pardonnèrent pas de les avoir démasqués; et les Français étant entrés à Manheim, il crut que sa sûreté personnelle lui commandait de quitter une ville qui d'ailleurs ne lui offrait plus de ressource. Après avoir donné quelques représentations à Weimar, il fut appelé à Berlin, où la direction des spectacles de la cour lui fut confiée. Il y passa le reste de ses jours et y mourut le 20 septembre 1814, à l'âge peu avancé de cinquante-cinq ans. Des obsèques magnifiques lui furent faites. Chacun se plaisait à rendre hommage aux qualités personnelles d'Iffland; elles honoraient une profession qui doit en grande partie la défaveur qu'on y attache aux mœurs trop libres des personnes de théâtre.

Une première édition complète des œuvres d'Iffland parut à Leipsick en 1798, en dix-sept vol. in-8°; elle se compose d'un volume de Mémoires et de quarante-sept pièces de théâtre. Depuis ce temps il a composé peu de pièces originales, mais il a fait beaucoup de traductions du français.

Le physique d'Iffland le rendait, surtout dans les dernières années de sa vie, peu fait pour les rôles tragiques; mais dans le haut comique et toutes les fois que le personnage représenté par lui offrait une teinte d'ironie, on ne pouvait s'empêcher de reconnaître un acteur parfait. Les mêmes qualités distinguaient son talent d'auteur et son jeu de comédien; il n'avait ni ce génie ni cette imagination qui doivent présider aux vastes compositions d'un ordre supérieur. De là une

sensibilité un peu superficielle; il se borne en général à dépeindre les scènes de la vie ordinaire, et dans ses meilleures pièces la force comique ne se montre que par intervalle et d'une façon en quelque sorte subordonnée. Il faut cependant excepter de cet arrêt *les Chasseurs*, *les Célibataires*, et quelques scènes de *la Journée d'automne*. On trouve aussi dans les comédies d'Iffland des caractères réellement comiques et peints avec un mérite incontestable. De ce nombre sont le bailli Riemen, Constant, dans *l'Empire sur soi-même*, et quelques autres. En général, on reproche à ses drames de la diffusion; l'action en est traînante, entravée par de longues et fréquentes dissertations morales, le dialogue souvent saccadé, et ils ont les uns avec les autres un trop grand air de famille.

Nous avons choisi, pour faire connaître Iffland aux lecteurs français, son drame du *Joueur*. Notre principal motif a été de les mettre à même de juger de la manière différente dont le même caractère était envisagé chez les différentes nations et à différentes époques sociales. Cette pièce réunit d'ailleurs, peut-être plus que toute autre, les qualités et les défauts de son auteur. Enfin, nous remarquons que le dénouement, d'abord vivement attaqué par des écrivains français, a été ensuite défendu dans le *Dictionnaire biographique*, et, par une singularité remarquable, ni l'attaque, ni la défense n'ont présenté la scène telle qu'elle a réellement été écrite.

Jean COHEN.

LE JOUEUR

COMÉDIE.

ACTE PREMIER.

Le théâtre représente l'appartement de madame de Wallenfeld.

SCÈNE I.

LE CONSEILLER DE COUR DE FERNAU, JACQUES.

(Jacques dort dans un fauteuil. La veilleuse brûle encore. Fernau entre : il regarde autour de lui, s'approche de la coulisse, demeure indécis près de la porte, revient sur ses pas, veut se retirer, réfléchit, et finit par aller à Jacques et lui frapper sur l'épaule.)

FERNAU.

Jacques! Jacques! n'entendez-vous pas? Eh!

JACQUES, *se levant en sursaut.*

Monsieur le baron...

FERNAU.

Ayez la bonté de...

JACQUES.

Monsieur désire-t-il se coucher?... A l'instant...

(Il prend la veilleuse.)

FERNAU.

Que faites-vous, mon ami? il fait grand jour!

JACQUES.

Ah! il serait déjà jour! Hum!... *(Il regarde Fernau.)* Je comprends.

FERNAU.

Reprenez donc vos esprits.

JACQUES.

Veuillez me pardonner ; je croyais que c'était mon maitre. Je l'ai attendu fort longtemps chez monsieur de Posert ; je suis rentré tard et... *(Il se frotte les yeux.)* quand on prend des années... Quelle heure est-il donc?

FERNAU.

Il est sept heures passées.

JACQUES.

Hum! hum!

(*Il éteint la veilleuse.*)

FERNAU.

Votre maître joue donc toujours?

JACQUES.

Que trop, hélas! sans cela pourquoi se-rait-il...

FERNAU.

Sa pauvre femme!

JACQUES.

Oui, oui, nous sommes pauvres à présent, tout le monde le sait. D'ailleurs, tant de bra-ves gens s'en sont mêlés, que le vieil oncle a bien dû finir par l'abandonner. Il ne faut pas s'étonner si le désespoir a poussé mon maître à faire d'étranges choses.

FERNAU.

En attendant, veuillez remettre cette lettre à la baronne.

(*Il lui donne une lettre.*)

JACQUES.

Monsieur le conseiller de cour...

FERNAU.

Eh bien!

JACQUES.

Reprenez cette lettre, je vous en prie.

FERNAU.

Et pourquoi?

JACQUES.

Elle renferme de l'argent... et... et... re-prenez-la.

FERNAU.

Quelle opinion avez-vous donc de moi?

JACQUES.

Je ne sais; mais il est certain que mon maî-tre était autrefois regardé comme le fils et l'héritier de monsieur le conseiller privé, qu'il en est maintenant abandonné...

FERNAU.

C'est son mariage qui est cause de cela.

JACQUES.

D'ailleurs c'est vous qui maintenant passez pour fils et héritier, et... que sais-je? Mais il me semble que, tout considéré, je ne ferais pas bien d'accepter de vous une lettre qui renferme de l'argent.

FERNAU.

Comment! ne savez-vous donc pas que votre maître a tout perdu au jeu? tout abso-lument?

JACQUES.

Que chacun réponde de ses faits. Voilà votre lettre. (*Il la pose sur la table.*) C'est ainsi que je mets ma responsabilité à couvert.

(*Il sort.*)

FERNAU, *seul.*

Comment se fait-il qu'un homme tombe aussi bas que Wallenfeld conserve encore un pareil ami?

SCÈNE II.

FERNAU, MADAME DE WALLENFELD.

FERNAU.

Ma chère cousine...

MADAME DE WALLENFELD.

Monsieur de Fernau, je m'étonne que vous ayez eu le courage de venir chez nous.

FERNAU.

N'est-ce pas aujourd'hui l'anniversaire de la naissance de Wallenfeld?

MADAME DE WALLENFELD.

Hélas! quelle est la personne de votre fa-mille qui voit revenir ce jour sans m'accabler de reproches?

FERNAU.

Vous ne connaissez pas notre vieil oncle; il est orgueilleux à la vérité, il est opiniâtre; mais il est généreux; je suis en état de vous en donner des preuves.

MADAME DE WALLENFELD.

Mon pauvre mari est réduit aux dernières extrémités.

FERNAU.

Oh! le funeste jeu!

MADAME DE WALLENFELD, *apercevant la lettre sur la table.*

Que veut dire ceci, monsieur de Fernau?

FERNAU.

Si vous daignez agréer mon amitié, qu'il ne soit pas question de cette lettre.

MADAME DE WALLENFELD.

Vous voulez qu'il n'en soit pas question! en ce cas je la renverrai sans la lire.

FERNAU.

Ce serait une humiliation pour moi si vous refusiez d'accepter cette légère offrande. Que je voudrais pouvoir en faire davantage! ou du moins, si je possédais plus d'influence sur mon oncle...

MADAME DE WALLENFELD.

Vous ne me connaissez pas, monsieur de Fernau.

(*Elle lui rend la lettre.*)

FERNAU.

Oh! oui, je vous connais bien, femme ado-rable; mais vous, vous ne connaissez point tout votre malheur.

MADAME DE WALLENFELD.

Sont-ce là les souhaits que vous m'offrez à l'occasion de l'anniversaire de mon mari?

FERNAU.

Puis-je voir d'un œil indifférent la ruine de tant de vertus et de tant de magnanimité?

MADAME DE WALLENFELD.

De grace, changeons de conversation.

FERNAU.

Qu'allez-vous devenir?

MADAME DE WALLENFELD.

Je n'ai aucune inquiétude sur mon sort.

FERNAU.

Et votre enfant? (*Madame de Wallenfeld détourne la tête.*) Et votre mari lui-même? (*Madame de Wallenfeld s'essuie les yeux.*) Déshérité par son oncle, vivant dans la plus détestable société, devant de tous côtés, il perd journellement de grosses sommes au jeu, sans réfléchir...

MADAME DE WALLENFELD.

Je vous prie de cesser. Je n'oublierai jamais que la fidélité avec laquelle mon mari m'a tenu parole a été la première cause de son malheur. Déshérité par son oncle parce que je suis née pauvre et roturière...

FERNAU.

Il lui restait encore dix mille écus avec lesquels il aurait pu...

MADAME DE WALLENFELD.

Avec lesquels nous aurions pu être heureux; cela est vrai. Aussi a-t-il essayé de bien des moyens; il a cherché des places, il a formé des liaisons; mais la haine et les persécutions de son oncle ne lui ont-elles pas fermé toutes les routes? Le désespoir, le besoin de gagner de l'argent ont fait de lui un joueur. Il est malheureux; faut-il envenimer son malheur par des reproches?

FERNAU.

Mais... vous me forcez de dire ce que j'aurais préféré vous laisser deviner... il faut bien en définitive que vous viviez.

MADAME DE WALLENFELD.

Il est vrai; mais aussi il suffit de vivre, et il m'importe peu comment je vis. Je vous assure que ce n'est pas le courage qui me manque.

FERNAU.

Mais, au nom du ciel! où vivrez-vous?

MADAME DE WALLENFELD.

Cela m'est fort indifférent.

FERNAU.

Ici... je ne sais... ici...

MADAME DE WALLENFELD.

J'aimerais mieux que ce fût autre part.

FERNAU.

A dire vrai, je conseillerais à votre mari de faire encore une démarche auprès de son oncle. Ne pensez-vous pas qu'il y consente?

MADAME DE WALLENFELD.

Je n'en doute pas.

FERNAU, *embarrassé.*

En vérité! Vous ne sauriez croire dans quel embarras cela me met de voir que moi, précisément moi, je sois si favorisé par mon oncle.

MADAME DE WALLENFELD.

Pourquoi? Vous êtes, après mon mari, son plus proche parent.

FERNAU.

Aussi m'a-t-il en quelque sorte forcé de consentir à épouser la comtesse Bildau, qui était destinée à votre mari. Je n'ai pu résister à ses instances. Faites part, je vous en prie, à votre mari de mon prochain mariage.

MADAME DE WALLENFELD.

Soyez heureux; je le désire de tout mon cœur.

FERNAU.

Oh! pour cela, vous pouvez être tranquille. Tout le monde est d'accord... l'oncle de ma fiancée, le vieux général Bildau, ministre de la guerre, est enchanté de ce mariage. A propos, le général avait autrefois beaucoup d'amitié pour votre mari; pourquoi ne va-t-il pas le trouver?

MADAME DE WALLENFELD.

Sous quel prétexte?

FERNAU.

Que sais-je? Il était l'ami de son père; il est riche, très riche.

MADAME DE WALLENFELD.

Voudriez-vous qu'il lui demandât la charité?

FERNAU.

Quelle idée! non; mais entre gens bien nés on s'aide mutuellement.

MADAME DE WALLENFELD.

Entre hommes on s'aide mutuellement; c'est dans l'humanité en général que je mets ma confiance.

SCÈNE III.

LES PRÉCÉDENTS, JACQUES.

JACQUES.

Le secrétaire particulier du vieux M. de Wallenfeld désire parler à madame la baronne.

MADAME DE WALLENFELD.

Il peut entrer. (*Jacques sort.*) Il veut me parler! Cela m'étonne.

FERNAU.

C'est un vieillard sec et désagréable. Il exerce un pouvoir absolu sur l'esprit de mon oncle, comme sur son argent. Ce n'est pas

sans doute un motif consolant qui l'amène
auprès de vous; quoi qu'il en soit, ne le
heurtez pas. Il est très important pour vous
qu'il ne soit pas votre ennemi. Quant à ceci,
il faut que vous le gardiez.

(*Il s'éloigne en lui mettant sa lettre dans la
main.*)

MADAME DE WALLENFELD.

Monsieur le conseiller...

(*Le secrétaire entre; en apercevant M. de Fernau
il fait une profonde révérence. Fernau sort.*)

SCÈNE IV.

MADAME DE WALLENFELD, LE SECRÉTAIRE.

LE SECRÉTAIRE.

Son Excellence, mon très gracieux maître,
M. le conseiller privé, baron de Wallenfeld, m'envoie auprès de mademoiselle Stern.

MADAME DE WALLENFELD.

C'était là mon nom avant mon mariage
avec Wallenfeld.

LE SECRÉTAIRE.

Pour ce qui concerne le mariage, une fois
pour toutes, Son Excellence n'y veut avoir
aucun égard.

MADAME DE WALLENFELD.

Cela est cruel! Monsieur, vous êtes âgé,
on m'a dit que vous étiez père...

LE SECRÉTAIRE.

De quatre enfants bien portants; l'aîné
était lieutenant et vient d'être nommé capitaine dans le régiment de...

MADAME DE WALLENFELD.

Si vous avez des sentiments paternels, je
vous demanderai...

LE SECRÉTAIRE.

Comment donc! Qui est-ce qui n'a pas des
sentiments paternels?

MADAME DE WALLENFELD.

Je vous demanderai si vous trouvez qu'il
y ait de la justice dans la conduite de Son
Excellence envers mon pauvre mari.

LE SECRÉTAIRE.

Je sers monseigneur depuis trente-huit
ans; je touche mes appointements avec la
plus grande régularité tous les trimestres;
je fais ce que Son Excellence me commande,
et je ne me permets point d'avoir une opinion sur la justice de ses actions.

MADAME DE WALLENFELD.

Vraiment! Eh bien! puisqu'il en est ainsi,
je vous prie de m'apprendre, sans plus tar-
der, le sujet qui vous amène auprès de moi.

LE SECRÉTAIRE.

Le voici.

(*Il lui remet plusieurs lettres.*)

MADAME DE WALLENFELD.

Ce sont là des mémoires de créanciers de
mon mari.

LE SECRÉTAIRE.

De M. le baron Frédéric de Wallenfeld,
dont vous prétendez être l'épouse.

MADAME DE WALLENFELD.

Et que voulez-vous donc que je fasse de
ces papiers?

LE SECRÉTAIRE.

Ce que vous jugerez convenable. Ces indi-
vidus sont accourus auprès de Son Excellence, ceux-ci avec des lamentations, ceux-
là avec des menaces d'incarcération et autres
avanies qu'ils disent vouloir faire à M. le
baron Frédéric. En un mot, Son Excellence
ne veut point entendre parler de toute cette
affaire; elle a renvoyé les susdits créanciers
à vous, mademoiselle Stern, afin que vous
les satisfassiez avec les rentrées qui peuvent
vous arriver.

MADAME DE WALLENFELD.

A moi?

LE SECRÉTAIRE.

Que répond à cela mademoiselle?

MADAME DE WALLENFELD.

Que le malheur de mon mari et même
les torts qu'il a pu avoir envers moi... dites
bien cela à votre maître... ne m'ont jamais
fait regretter d'être sa femme. Je suis pauvre; je n'ai apporté en mariage à mon mari
qu'un cœur qui l'aime et des mains en état
de travailler. Si je possédais des richesses,
je m'en servirais aujourd'hui pour dégager le
nom de Wallenfeld; n'en ayant pas, je suis
trop heureuse de pouvoir, comme une honnête femme, soutenir mon mari par mon travail, puisque Son Excellence l'abandonne.
Monsieur le secrétaire...

(*Elle fait une révérence.*)

LE SECRÉTAIRE, *sans bouger.*

Je ne saurais rapporter en ces termes votre
réponse: en premier lieu parce qu'elle est un
peu longue, et secondement parce qu'elle
n'est pas rédigée dans un langage bien com-
préhensible. Qu'avez-vous voulu dire *bre-
viter?*

MADAME DE WALLENFELD.

Que je suis pauvre, mais que je ne déses-
père pas de mon sort.

LE SECRÉTAIRE.

Son Excellence ne vous demande point si
vous désespérez, mais si vous payez.

MADAME DE WALLENFELD.

Je ne puis pas payer.

LE SECRÉTAIRE.

Son Excellence ne veut pas payer; et le
résultat sera la prise de corps avec toute la
honte qui l'accompagne. Si j'avais un con-

seil à donner à M. le baron, il ferait bien,
demain matin de bonne heure... Mais ne me
trahissez pas... A l'ouverture des portes...
hem, hem! les nuits sont encore longues...

MADAME DE WALLENFELD.

Dites à votre maître que c'est aujourd'hui
l'anniversaire de mon mari.

LE SECRÉTAIRE.

Cet anniversaire, conformément au très
gracieux commandement de Son Excellence,
est mis en oubli depuis la mésalliance; en
attendant j'ai, selon l'usage, l'honneur d'ê-
tre le très humble serviteur de madame, en
sa qualité de personne du sexe, mais faisant, comme de droit, les réserves et pro-
testations nécessaires contre toutes inductions que l'on voudrait tirer de cet acte de
civilité relativement aux relations de famille.

(Il sort.)

MADAME DE WALLENFELD, *parcourant les*
papiers.

Hélas! voilà d'affreux désastres; mais il
faudra bien que cela finisse.

SCÈNE V.

MADAME DE WALLENFELD, CHARLES.

CHARLES.

Maman, je sais maintenant par cœur, d'un
bout à l'autre, mon compliment pour papa.

MADAME DE WALLENFELD.

C'est fort bien, mon enfant.

CHARLES.

Le voici. *(Il lui donne un papier.)* Veux-tu
que je le récite?

MADAME DE WALLENFELD.

Quand ton père viendra.

CHARLES.

Je l'ai récité à Jacques qui a pleuré en l'é-
coutant.

MADAME DE WALLENFELD.

Jacques est un bon vieillard.

CHARLES.

Comment faudra-t-il que je me pose quand
je réciterai mon compliment?

MADAME DE WALLENFELD.

Comme tu voudras, mon cher enfant.

SCÈNE VI.

LES PRÉCÉDENTS, M. DE WALLENFELD, *les*
cheveux en désordre.

WALLENFELD.

Bonjour[1], Marie. *(Il s'essuie le front.)* Ah!
qu'il fait chaud! Déjà levé, petit?

[1] Tous les mots en italique sont en français dans l'o-
riginal.

Note du traducteur.

CHARLES.

Depuis quatre heures du matin.

WALLENFELD, *s'asseyant.*

Quelle heure est-il donc?

MADAME DE WALLENFELD.

Sept heures et demie.

CHARLES.

A six heures maman m'a arrangé les cheveux.

WALLENFELD, *le regardant d'un air*
distrait.

C'est vrai, tu es paré.

MADAME DE WALLENFELD, *s'approchant de son*
mari et lui donnant un baiser sur le front.

C'est ton anniversaire, mon cher Fritz.

WALLENFELD.

Ah! vraiment. *(Il lui prend la main.)* Je te
remercie.

CHARLES, *tirant sa mère par la robe.*

Maman, faut-il à présent...

(Madame de Wallenfeld fait un signe affirmatif.)

CHARLES, *reculant de quelques pas.*

Mon cher père, c'est aujourd'hui l'heureux
jour qui t'a vu naître; nous nous réjouissons
tous sincèrement et avec bonheur.

WALLENFELD, *vite et avec humeur.*

Qu'est-ce que cela veut dire?

(Madame de Wallenfeld lui pose la main sur l'é-
paule.)

CHARLES.

... Nous nous réjouissons tous sincèrement
et nous voulons... et nous voulons...

(Il regarde sa mère d'un air inquiet.)

MADAME DE WALLENFELD, *le soufflant.*

... Et nous voulons toujours aller au-devant de tes désirs.

CHARLES.

... Sincèrement... voulons... voulons toujours...

WALLENFELD.

C'est assez. *(Il se lève.)* Je te remercie;
c'est fort bien comme cela.

CHARLES, *restant à sa place.*

Je le savais sans faute par cœur; mais...

WALLENFELD.

C'est charmant; tu es un bon enfant. *(Il*
cherche dans sa poche et ne trouve rien.) Plus tard
je te donnerai... attends... tiens! *(Il trouve*
une fiche en nacre.) voilà un petit poisson; va
jouer.

CHARLES.

Non, je ne puis rien prendre; je n'ai pas
bien récité mon compliment.

(Il se sauve.)

SCÈNE VII.

M. DE WALLENFELD, MADAME DE WAL-
LENFELD.

MADAME DE WALLENFELD.

Tu aurais dû au moins le laisser achever.
Il s'en faisait une si grande fête !

WALLENFELD, *se promenant avec humeur.*

Bah ! ce sont des jeux d'enfant.

MADAME DE WALLENFELD.

Ces jeux-là du moins sont innocents.

M. DE WALLENFELD.

Bien obligé, madame.

MADAME DE WALLENFELD.

Tu n'es pas aimable pour moi.

WALLENFELD, *avec un peu de vivacité.*

Et toi tu es...

(*Il se retient et continue à marcher.*)

MADAME DE WALLENFELD, *profitant d'un moment où il s'arrête et s'approchant de lui.*

Que suis-je, mon cher Fritz ?

M. DE WALLENFELD, *avec brusquerie.*

Trop aimable. (*Madame de Wallenfeld se détourne pour cacher son émotion.*) J'ai besoin de
dormir pendant une heure ; qu'on ne me réveille point.

(*Il sort.*)

MADAME DE WALLENFELD, *seule.*

Je vois qu'il me faudra de la patience et du
courage pour supporter des épreuves plus
cruelles. (*Elle se promène et puis s'arrête.*) Il
aura sans doute encore perdu. Il n'a maintenant plus rien à perdre. Peut-être est-ce
là un gain pour lui ; veuille le ciel qu'il en
soit ainsi !

SCÈNE VIII.

MADAME DE WALLENFELD, JACQUES.

JACQUES, *entrant précipitamment et avec une
colère concentrée.*

Madame la baronne !

MADAME DE WALLENFELD.

Qu'y a-t-il ?

JACQUES.

Il est là-bas.

MADAME DE WALLENFELD.

Qui ?

JACQUES.

Satan ! Laissez-moi faire ; je veux l'étrangler.

MADAME DE WALLENFELD.

Sois donc raisonnable, reprends tes sens.
Qui est là ?

JACQUES.

Celui qui tient la banque, celui qui possède maintenant tout ce qui était autrefois à
nous.. l'argent, la paix, la joie, le bonheur
de notre maison, voilà ce que tous les soirs
cet homme emportait avec lui dans son chapeau. Il demande M. le baron, mais... je veux
l'étrangler... je veux...

MADAME DE WALLENFELD.

Jacques, au nom du ciel !

JACQUES.

Et puis, après cela, j'irai me livrer au tribunal ; il me fera la grace de me faire tran-
cher la tête [1]. Ce sera là une mort bien douce ;
car je songerai à tous les honnêtes gens dont
ce misérable aurait fait le malheur si je n'en
avais pas délivré le monde.

SCÈNE IX.

LES PRÉCÉDENTS, M. DE POSERT *en surtout
gris, un œil couvert d'un ruban noir, chapeau
rond et épée avec porte-épée.*

POSERT.

Eh ! mais, j'entends parler... par conséquent...

MADAME DE WALLENFELD.

Va-t-en, Jacques. (*Jacques s'approche de M. de
Posert.*) Jacques !

JACQUES.

Soit ! Je souhaite beaucoup de plaisir au
démon.

(*Il sort précipitamment.*)

POSERT.

Que veut cet homme ? Sa conduite... est
celle... d'un insensé. (*Il s'assoit.*) Avec votre
permission. (*Il ôte son chapeau.*) Vous êtes...

MADAME DE WALLENFELD.

La femme de M. de Wallenfeld.

POSERT.

Ah ! vraiment ? Vous pardonnez. (*Il se
lève.*) La jeune femme. Hum ! hum ! (*Il la regarde en s'appuyant le côté sur sa canne.*) Une très
jolie femme. (*Il lui présente un siège.*) Asseyez-
vous, ma très chère, ma toute belle.

MADAME DE WALLENFELD.

Je vous remercie, monsieur.

POSERT.

Je suis un peu fatigué.

MADAME DE WALLENFELD.

Ne vous gênez pas.

POSERT, *s'asseyant.*

La séance a été un peu longue aujour-
d'hui. (*Il joue avec la pomme de sa canne dans la
bouche.*) D'ailleurs j'ai un peu de faiblesse
dans les jambes. L'âge commence à se faire

(1) En opposition au gibet qui est un supplice infa-
mant.

(*Note du traducteur.*)

sentir. On a servi, voyez-vous; on s'est laissé employer en plus d'un lieu pour le bien public. (*Il tousse.*) La vapeur des bougies et la fumée du tabac. (*Il tousse.*) le punch et puis cette attention perpétuelle que l'on est obligé de fixer sur le cher tapis vert... Ha ! ha ! ha ! (*A force de rire il recommence à tousser.*) Chienne de toux ! (*Il répond haleine.*) Au diable ! Oserais-je vous demander une tasse de thé, ou bien un verre d'orgeat ?

(*Il tousse.*)

MADAME DE WALLENFELD.

Je vous en ferai donner... Mais, monsieur, votre nom ?

POSERT.

De Posert, le capitaine de Posert, ci-devant au service de la république de Gênes.

(*Il tousse.*)

MADAME DE WALLENFELD.

En vérité, capitaine, vous devriez prendre du repos.

POSERT.

Oh ! bon Dieu, non ; quand j'ai dormi une couple d'heures, il n'y paraît plus. C'est qu'aujourd'hui précisément je n'ai personne à qui je puisse me fier ; il faut par conséquent (*Il tousse.*) que je reste jusqu'au dernier moment ; et il en résulte... (*Il prend sa tête entre ses deux mains.*) Eh ! qu'est-ce que cela veut dire? un étourdissement ! mille diables ! D'ailleurs, il fait un peu frais dans cette pièce ; ne permettez-vous pas que je me couvre?

MADAME DE WALLENFELD.

Vous vous permettez tant de choses, monsieur, qu'en vérité...

POSERT, *se couvrant*.

Je vous demande mille pardons, ma très chère, ma toute belle...

SCÈNE X.

LES PRÉCÉDENTS, M. DE WALLENFELD.

WALLENFELD.

Que demandez-vous?

POSERT.

Comment! vous avez déjà dormi? moi pas encore; je ne me sais pas encore couché. Il faut convenir que vous êtes un fier original. Là! de par tous les diables! qu'est-ce qui vous avait fait venir l'idée, avec votre bourse étique, de pousser le huit d'une manière si infernale? Eh!

WALLENFELD.

Voici ma femme... monsieur de Posert !

POSERT.

Je sais déjà. (*à madame de Wallenfeld.*) Imaginez-vous, ma très chère, qu'il a la rage de

10. Acte I. Scène II. 10.

mettre toujours sur la même carte. (*M. de Wallenfeld lui ôte le chapeau de dessus la tête.*) Elle l'avait permis.

(*Il se tient la tête.*)

WALLENFELD, *à sa femme*.

Le capitaine Posert...

MADAME DE WALLENFELD.

Tu as des affaires avec monsieur?... termine-les... s'il est possible.

(*Elle sort.*)

SCÈNE XI.

M. DE WALLENFELD, M. DE POSERT.

WALLENFELD, *lui remettant le chapeau sur la tête*.

Rappelez-vous bien que ma femme n'a pas joué avec nous.

POSERT.

Voyez un peu comme ces hommes sont étranges ! hors de chez eux ce sont *d'aimables libertins*... à peu près ce que nos pères appelaient du gibier de potence ; à la maison, de hauts et puissants seigneurs suzerains, ayant le plus parfait *ton de salon*. Je conviens que madame la baronne n'a pas précisément joué avec nous en personne ; mais son estomac n'en a pas moins risqué son enjeu, car... (*Il tousse.*) ce qui a roulé sur mon tapis vert n'y est point entré. Ha ! ha ! ha ! (*Il tousse.*) Maudites plaisanteries !

WALLENFELD.

Monsieur de Posert !...

POSERT.

Eh bien !

WALLENFELD.

Allez au diable !

POSERT.

J'attends une tasse de thé, et...

WALLENFELD.

Allez au café.

POSERT.

Et de l'argent ? car jouer sur parole à une banque publique est un trait d'insolence quand on n'est pas sûr de sa caisse. (*Il tire de sa poche des tablettes.*) J'ai à recevoir de vous...

WALLENFELD.

Pas une obole, par le ciel ! pas une obole.

POSERT *tousse et compte*.

Quarante-cinq ducats ! c'est bien cela. (*Il remet les tablettes dans sa poche.*) Eh bien ! quand paierez-vous?

WALLENFELD.

Vous avez gagné tout ce que j'avais au monde.

POSERT.

C'est du bonheur, mon cher enfant, rien que du bonheur.

WALLENFELD.

Et de l'adresse... n'est-il pas vrai? un peu d'adresse.

POSERT.

Sur mon âme! Mais enfin... payez sans bruit, ou je vous ferai un affront.

WALLENFELD.

Avec quoi voulez-vous que je paie? Je suis l'homme le plus pauvre de la ville.

POSERT.

Allons donc!

WALLENFELD.

Je vous jure que je n'ai pas un liard au monde.

POSERT.

Comment avez-vous donc pu?... Ahi!... toujours ce maudit point dans les jambes. Avez-vous déjà éprouvé des points dans les jambes?... Ahi!... que le... Ahi!... le point est pour le banquier.

WALLENFELD.

Pénètre-t-il jusqu'à la conscience?

POSERT, *se frottant le bras.*

Voilà tout le fruit qu'on retire de sa complaisance, en offrant aux plaisirs des autres le peu de bien que l'on a amassé à la sueur de son front! Il faut qu'on fasse les frais des bougies et du tapis vert; on y gagne des rhumatismes, des étourdissements, la goutte, et puis on est payé en beaux discours. (*avec amitié.*) Ah! mon cher petit baron, ayez la charité de m'approcher cette chaise.

(*Wallenfeld pousse la chaise avec le pied.*)

POSERT, *étendant la jambe sur la chaise.*

Comment avez-vous donc pu aller à la banque sans argent?

WALLENFELD.

Je suis un insensé de le faire! un misérable!

POSERT.

Et jouer encore, eh? Car enfin, quand on...

WALLENFELD.

Je vole ma femme et mon enfant!

POSERT.

Quand on n'a pas d'argent on ne doit pas jouer.

WALLENFELD.

Point de leçons de votre bouche, je vous en prie! Je pourrais les rétorquer d'une façon terrible.

POSERT.

Sur mon âme! vous avez tout l'air d'un étudiant qui ne sait plus que devenir. Vous devriez rougir! Combien nous avez-vous donc apporté depuis que vous jouez? combien?

WALLENFELD.

Huit mille écus.

POSERT, *toussant.*

Une vraie misère pour un homme bien né.

WALLENFELD.

Un trésor pour un père de famille.

POSERT.

Et mon paiement?

WALLENFELD.

Je ne puis pas, je ne puis pas, je ne puis pas.

(*Madame de Wallenfeld apporte du thé, le pose à côté de M. de Posert et sort.*)

POSERT.

Merci, merci. — Elle a la taille bien prise. Son papa est lieutenant?

WALLENFELD.

Oui.

POSERT.

Vous ne pouvez donc pas payer? Que faudra-t-il que je fasse?

(*il verse le thé.*)

WALLENFELD.

Ce qui vous plaira.

POSERT.

Vous attaquer?

WALLENFELD.

Au nom du ciel!

POSERT.

Je serais un grand imbécile! Mais (*il boit.*) publier la chose...

(*M. de Wallenfeld se promène dans la chambre.*)

POSERT, *buvant.*

Si vous osez revenir à la banque, vous arracher des mains les tablettes à pointer...

(*il boit.*)

WALLENFELD.

Malheureux!

POSERT.

Vous êtes donc complètement dans la misère?

WALLENFELD.

Plus que complètement.

POSERT.

Ha! ha! ha! Je l'ai dit tout de suite à mon petit Aron, la première fois que vous êtes venu jouer chez nous. «Prends garde, Aron, lui dis-je, ce papillon-là va se brûler les ailes.» Ha! ha! J'ai l'œil exercé, je connais mes gens.

WALLENFELD.

Moi, pour mon malheur, je ne les ai pas connus!

POSERT.

Je n'ai qu'un œil, mais... oh! je vois à travers une planche. Hem! la jeunesse! le sang bouillant!... Ah! ça, parlons raison. Écoutez-moi... Vous voilà donc un oiseau sans plumes. Que voulez-vous? (*il tousse.*) Il faut venir à votre secours.

WALLENFELD.

A mon secours?

POSERT.

Oui, oui. Asseyez-vous... là... à côté de moi. (*Wallenfeld s'assied.*) Versez. (*Wallenfeld verse du thé.*) J'ai le gosier (*il tousse.*) si sec... Le vieux docteur sourd était placé si loin de moi... j'ai été obligé de crier horriblement en taillant. Écoutez-moi. (*Il boit.*) Je vais renvoyer Aron.

WALLENFELD.

Pourquoi?

POSERT.

Cet homme, voyez-vous, tient de petites banques pour son compte, et il est d'ailleurs imprudent. Il a gagné chez moi une dizaine de mille écus, et maintenant il tient des banques où il donne à jouer à des maîtres d'école et à des barbiers, qui tous... (*Il rit et tousse.*) Mais c'est ignoble... D'ailleurs, comme je vous disais, il est imprudent, et...

WALLENFELD.

Laissons cela, et dites-moi comment vous voulez venir à mon secours.

POSERT.

M'y voici. Vous avez une jolie femme... (*Wallenfeld se lève.*) Eh bien! qu'avez-vous?

WALLENFELD.

Qu'est-ce que ma femme a de commun avec ce que nous disions? Par le ciel! misérable, je te ferai sauter par la fenêtre.

POSERT, *toussant.*

Patience; voici ce que je voulais dire: Vous êtes, de votre côté, un jeune homme présentable, et je viens d'avoir la preuve que vous avez du cœur. Les joueurs ruinés acquièrent tous une terrible opiniâtreté, qui finit par se changer en simple *contenance.*

WALLENFELD.

Poursuivez.

POSERT.

Je vais partir au premier jour pour les eaux; là nous aurons besoin d'hommes spirituels, galants, bien tournés, solides. Ici, tout est fini pour vous; si vous voulez m'accompagner et prendre la place d'Aron...

WALLENFELD.

Comment, monsieur? Infâme proposition! (*Il s'éloigne.*)

POSERT, *toussant.*

Demander l'aumône est pis encore. (*Il boit.*)

WALLENFELD.

Oui, quand c'est à vos pareils qu'on s'adresse.

POSERT.

En ce cas je vous aurais donné des instructions pour jouer avec prudence... Bien entendu, seulement avec prudence, contre les personnes riches et hardies; car chez moi (*il se lève.*) tout se fait de la meilleure foi du monde; et mon intention était, (*Il tousse.*) mon intention était, sans que vous entrassiez en aucune façon dans les pertes de la banque, de vous intéresser, chaque soir, pour un dixième dans les profits. Qu'en dites-vous?

WALLENFELD.

Ce n'est rien.

POSERT.

Comment! un dixième n'est rien? Eh! bon Dieu! mon seul motif est de pouvoir, quand il n'y a pas grand monde, me retirer chez moi à minuit. Car enfin, je n'ai pas mal travaillé depuis que je suis sur la terre, et j'ai bien mérité, je pense, (*il tousse.*) de jouir un peu de la vie. Eh?

WALLENFELD.

Jouissez-en et laissez-moi demander l'aumône.

POSERT.

Et quant à votre épouse, qui est une jeune et aimable femme, nous la ferions asseoir, comme pour s'amuser, dans le salon, son tricot à la main...

WALLENFELD.

Tais-toi.

POSERT.

Seulement pour regarder jouer.

WALLENFELD.

Et pour être regardée? Où en suis-je réduit, d'être obligé d'écouter de pareilles choses? Va-t-en!

POSERT.

Mon cher enfant, songe bien que tu ne peux plus arriver à rien dans le monde; (*il regarde l'heure et dit froidement.*) tu t'es cassé le cou.

(*Il tousse.*)

WALLENFELD.

J'en suis convaincu.

POSERT.

Tu es déshérité et en outre accablé de dettes. Il faut que tu vives, et tu n'as rien. Tes créanciers te feront mettre en prison. Ta femme restera libre, à la vérité; quant à elle, on ne la renfermera pas. Du moins la justice la laissera tranquille. Reste à savoir ce que fera la misère. Car la misère fait un terrible feu de mousqueterie contre les principes les plus vertueux, et les emporte par rangs tout entiers. (*Il tousse.*) D'un autre côté, il y a à la fois du profit et de la sécurité à être croupier. Eh bien!

WALLENFELD.

Écoutez! vous êtes effrayant! Le prédicateur le plus éloquent n'aurait pu faire autant d'effet sur mon cœur que votre charité chré-

tienne. Je vous en remercie bien sincèrement.

POSERT.

Je ne vous comprends pas. (*Il tousse.*) Si
vous venez avec moi, je vous remets votre
dette, et dans le cas où vous auriez besoin
d'une centaine de louis ils sont à votre service. Mais il faudra partir demain. Si vous
ne venez pas et surtout si vous ne payez pas,
(*il bâille.*) je vous ferai un affront.

WALLENFELD.

J'ai perdu tant d'argent avec vous.

POSERT.

J'aurai pu en perdre autant avec vous.

WALLENFELD.

Dites-moi... me plaignez-vous?

POSERT, *tranquillement.*

Non! voyez-vous... Au jeu, il ne faut point
avoir de sensibilité. On gagne, on perd; on
perd, on gagne; tout cela est indifférent.
Les vieilles cartes servent à faire des livrets,
les joueurs mis à sec deviennent des valets.

WALLENFELD.

Mais une fois qu'un homme a une tache, il
la conserve à jamais.

POSERT.

La carte se jette sous la table et l'homme
se perd dans la foule. On refait le jeu avec
des cartes neuves et d'autres hommes. (*Il
tousse.*) Viendrez-vous avec moi?

WALLENFELD.

Jamais! Je resterai ici au risque de ce qui
peut m'arriver.

POSERT.

La prison?

WALLENFELD.

La prison...

POSERT.

La honte?

WALLENFELD.

Je la rachèterai par la gloire d'avoir rejeté
votre proposition.

POSERT.

Singulière gloire que de perdre son bien
et de ne pas vouloir gagner celui des autres!
(*Il tousse.*) Eh bien!... Réfléchissez à ce que je
viens de vous dire. Je vous donne jusqu'à
deux heures; j'ai besoin de prendre un peu
de repos. Notre pêche a été bonne hier. *Il
tousse.*) Il y a un grand dîner chez Simoni. Le
fils d'un pasteur, qui a recueilli un héritage
considérable, vient d'arriver ici; si vous
voulez avoir le tiers du manteau noir du papa,
vous n'avez qu'à venir. Ce garçon est bête
comme un pot.

(*Il sort.*)

WALLENFELD.

Non, non! jamais, jamais! Plus de cartes!

SCÈNE XII.

M. DE WALLENFELD, MADAME DE WAL-
LENFELD.

MADAME DE WALLENFELD.

Es-tu seul!

WALLENFELD.

Ton bon ange est avec moi, Marie!

MADAME DE WALLENFELD, *avec tendresse.*

Cher Fritz, tu as beaucoup de chagrin!
Je le conçois bien.

WALLENFELD, *après un silence.*

Crois-tu, Marie... parle-moi franchement,
regardes-tu comme possible que je redevienne
un honnête homme? Il y a des moments où
je doute de moi-même.

MADAME DE WALLENFELD.

Je te regarde comme un bijou précieux
enseveli sous un tas de décombres.

WALLENFELD.

Profondément enseveli! oh! beaucoup trop
profondément!

MADAME DE WALLENFELD, *lui prenant la main.*

Non, non. Nous trouverons moyen, Charles et moi, de les déblayer. (*Elle prend les papiers.*) Voyons, d'abord, comment nous dé-
barrasser de ce poids.

WALLENFELD, *les parcourant et avec tristesse.*

Sans le secours de mon oncle, nous n'y
parviendrons jamais.

MADAME DE WALLENFELD.

Fais une tentative. Ces gens sont pressants.

WALLENFELD.

J'irai trouver mon oncle... Mais de quoi
vivrons-nous?

MADAME DE WALLENFELD.

Je puis travailler; ce n'est pas cela qui
m'inquiète.

WALLENFELD.

Moi, je ne le puis pas. On m'a élevé pour
les richesses.

MADAME DE WALLENFELD.

Tu as des dispositions, tu es encore
jeune; tu ne sais pas toi-même ce que tu es
en état de faire. D'ailleurs, tu es père; quel
stimulant pour un cœur généreux!

WALLENFELD.

Grand Dieu! quel doux sentiment j'é-
prouve quand je me figure la possibilité d'un
temps où l'innocence et la paix habiteront
de nouveau parmi nous!

SCÈNE XIII.

LES PRÉCÉDENTS. CHARLES.

CHARLES.

Papa! Jacques m'a fait répéter encore une

fois mon compliment. Si tu veux bien ne pas
m'interrompre, je suis sûr de pouvoir maintenant te le réciter sans faute. Me le per-
mets-tu ?

WALLENFELD, *passant son bras autour de la*
taille de sa femme.

Oui, mon cher Charles.

CHARLES, *se posant à quelques pas de son père.*

Mon cher père, c'est aujourd'hui l'heureux
jour qui t'a vu naître. Nous nous réjouissons
tous sincèrement et nous voulons toujours
aller au-devant de tes désirs avec amour et
fidélité. Aime-nous toujours et prends plaisir à être auprès de nous. S'il te manque
quelque chose, nous travaillerons tous afin

que ton cœur soit toujours riche. Pourvu
que cela soit, je ne désire rien autre chose
pour ma mère ni pour moi, si ce n'est que le
bon Dieu te laisse bien long-temps avec nous,
et alors nous serons tous riches.

(Il salue.)

WALLENFELD, *s'approchant vivement de son fils,*
le prend dans ses bras et le presse contre son
cœur, pendant qu'il passe un de ses bras autour
de la taille de sa femme

Cette richesse, je la possède. Pourquoi en
chercherais-je d'autre ! Je veux apprendre à
la mériter.

(Ils sortent en s'embrassant.)

ACTE DEUXIEME.

Le théâtre représente une chambre à coucher chez le conseiller privé. Au fond de la scène on voit un lit fort
riche avec une galerie devant.

SCENE I.

LE SECRÉTAIRE, M. DE FERNAU.

(Le secrétaire apporte sur le devant du théâtre
un fauteuil et place à côté une petite table
avec les objets nécessaires pour écrire.)

FERNAU, *en entrant.*

Bonjour, mon vieil ami.

LE SECRÉTAIRE.

M'apportez-vous une prise de tabac d'Espagne frais ?

FERNAU.

Je ne vous ai point oublié.

(Il lui remet une petite boîte de fer-blanc.)

LE SECRÉTAIRE, *flairant la boîte.*

C'est délicieux, c'est vivifiant, c'est un
vrai baume !

FERNAU.

Mon oncle a-t-il bien dormi ?

LE SECRÉTAIRE.

Fort bien. *(Il prend une prise.)* Mais... que
vois-je ?... Il y a de l'or dans cette boîte.

FERNAU, *lui serrant la main.*

Pour de si bon tabac, il faut une plus
belle tabatière.

LE SECRÉTAIRE.

Vous êtes trop bon !

(Il veut lui baiser la main.)

FERNAU.

Eh ! vieux père, qu'est-ce que cela veut
dire ?

(Il l'embrasse.)

LE SECRÉTAIRE.

Je puis bien déclarer que je vous aime
comme si vous étiez mon fils... Quant à

monsieur le baron Fritz, au contraire, je
n'ai jamais pu le souffrir.

FERNAU.

C'est un mauvais sujet.

LE SECRÉTAIRE.

Depuis son enfance il n'a cessé de me jouer
toutes sortes de tours... et je suis sûr que
s'il n'était pas tombé dans la disgrace de
monsieur le conseiller privé, il aurait fini
par me faire perdre ma pauvre place.

FERNAU.

Regardez-vous sa disgrace comme irrévo-
cable ? pour moi je suis convaincu que mon
oncle lui pardonnera tôt ou tard.

LE SECRÉTAIRE.

Que le ciel nous en préserve ! nous connaissons tous et vénérons comme il convient
le seul héritier de monseigneur.

(Il salue.)

FERNAU.

Puisque Wallenfeld est déshérité, je crois
en effet que la succession m'est destinée.

LE SECRÉTAIRE.

Pressez seulement le mariage avec la comtesse Bildau, car monseigneur met la plus
grande importance à cette affaire à cause de
l'illustre alliance de son oncle, le général.

SCENE II.

LES PRÉCÉDENTS, LE CONSEILLER PRIVÉ DE WALLENFELD.

LE CONSEILLER PRIVÉ, *dans la porte.*

Gabriel !

LE SECRÉTAIRE.

Excellence !

LE CONSEILLER PRIVÉ.

Qui est là ?

FERNAU.

Mon très cher oncle...

LE CONSEILLER PRIVÉ, *entrant.*

Ah! c'est le bon Fernau... *Embrassez-moi.*

FERNAU.

Votre santé, monsieur et cher oncle, est ma première pensée.

LE CONSEILLER PRIVÉ, *au secrétaire.*

C'est un excellent homme !

LE SECRÉTAIRE.

Oh !... un cœur parfait.

FERNAU.

Permettez que je vous soumette un nouveau morceau de musique, c'est un adagio...

LE CONSEILLER PRIVÉ.

De qui ?

FERNAU.

Le compositeur demande à être jugé avec indulgence.

LE CONSEILLER PRIVÉ.

Comment ! il est de vous ?

FERNAU.

Inspiré par ma reconnaissance pour le meilleur des oncles.

LE CONSEILLER PRIVÉ.

Je l'accepte. Comment vont les amours avec la comtesse ?

FERNAU.

Si mon oncle veut bien le permettre, je recevrai aujourd'hui, avec sa bénédiction, la signature de la jeune comtesse.

LE CONSEILLER PRIVÉ.

Que le ciel en soit loué!... Il faut que cela se passe ici, chez moi.

FERNAU, *lui baisant la main.*

Mon père !

LE CONSEILLER PRIVÉ.

Vous demeurerez avec moi... Gabrecht !

LE SECRÉTAIRE.

Excellence !

LE CONSEILLER PRIVÉ.

Grand gala pour ce soir.

FERNAU.

Maintenant mon bonheur est complet; mais mon pauvre cousin !

LE CONSEILLER PRIVÉ.

Qui, Wallenfeld ?... mauvais sujet.

FERNAU.

Sa misère !... j'ai fait à cette pauvre femme, son épouse... la charité, autant que mes faibles moyens me l'ont permis... Si monsieur et cher oncle voulait y ajouter quelque petite chose...

LE CONSEILLER PRIVÉ.

Rien ! Il était mon héritier; il devait, en épousant la comtesse, ajouter au lustre de ma maison... il a pris une petite bourgeoise... c'est un libertin, un joueur...

LE SECRÉTAIRE.

Il n'est que trop vrai, et il renvoie ses créanciers à monseigneur son oncle...

LE CONSEILLER PRIVÉ.

Il me brutalise !

LE SECRÉTAIRE.

Et cette pasquinade que l'on a affichée en dernier lieu à l'hôtel contre notre excellent maître; on assure qu'elle était de lui.

LE CONSEILLER PRIVÉ.

Ah! le traître.

LE SECRÉTAIRE.

Je ne suis certes pas homme à vouloir faire tort à qui que ce soit; mais mon *devoir* envers mon noble bienfaiteur passe avant toutes choses.

LE CONSEILLER PRIVÉ.

Mon neveu, il faudra que vous preniez mon nom. Je vous adopte...

FERNAU, *se mettant à genoux et lui baisant la main.*

Que le ciel prolonge vos jours afin que je puisse pendant de longues années encore vous appeler mon père !

LE CONSEILLER PRIVÉ.

Maintenant allez saluer la comtesse de ma part; je lui enverrai plus tard un bouquet.

FERNAU.

Puisse le ciel m'accorder un cœur comme le vôtre !

(*Il sort.*)

SCÈNE III.

LE CONSEILLER PRIVÉ, LE SECRÉTAIRE, *ensuite* LE VALET DE CHAMBRE.

LE SECRÉTAIRE.

Combien ce jeune seigneur ressemble peu à cet indigne joueur !

LE CONSEILLER PRIVÉ.

Il est vertueux, plein de talents...

LE SECRÉTAIRE.

Compatissant... N'a-t-il pas eu la bonté de porter de l'argent à cette créature ?

LE CONSEILLER PRIVÉ.

A celle de Wallenfeld? Il ne faut plus qu'il y aille à l'avenir.

LE SECRÉTAIRE.

C'est ce que je dis.

LE CONSEILLER PRIVÉ.

Cela n'est pas convenable.

LE SECRÉTAIRE.

Cette femme a même une mauvaise réputation. La noble fiancée de monsieur le conseiller de cour pourrait s'en formaliser.

LE CONSEILLER PRIVÉ.

Serait-elle coquette cette femme?

LE SECRÉTAIRE.

Pas que cela. Votre Excellence.

LE CONSEILLER PRIVÉ.

Fi donc! je voudrais que monsieur mon neveu quittât la ville.

LE SECRÉTAIRE.

Ses dettes et son libertinage le forceront à la fin de partir.

LE CONSEILLER PRIVÉ.

Eh bien! (*Il s'asseoit.*) mes gens!

LE SECRÉTAIRE *sonne, et le valet de chambre entre.*

Les gens de Son Excellence.

LE CONSEILLER PRIVÉ.

Et Jean avec son violon. (*Le valet de chambre sort.*) Aujourd'hui il ne faut rien épargner.

LE SECRÉTAIRE.

Oui, monseigneur.

SCÈNE IV.

LES PRÉCÉDENTS, LE VALET DE CHAMBRE, L'ÉCUYER, LE MAITRE-D'HOTEL, JEAN, *avec son violon et un pupitre.*

LE CONSEILLER PRIVÉ.

Jean... par ici. (*Jean se place avec son pupitre à côté du conseiller qui donne la musique au secrétaire.*) Qu'on exécute ceci! (*Le secrétaire donne la musique a Jean qui se pose.*) Maitre-d'hôtel. (*Le maitre-d'hôtel s'approche.*) Que l'on commence!

(*Jean joue un adagio.*)

LE CONSEILLER PRIVÉ, *après quelques mesures.*

Bravo! (*au maitre-d'hôtel.*) Point de dîner... (*Le maitre-d'hôtel fait la révérence.*) le soir, jeu... souper de trente couverts... puis *bal paré*... la vaisselle neuve. (*a Jean.*) Ce passage encore une fois...

(*Jean répète le passage.*)

LE CONSEILLER PRIVÉ, *joignant les mains.*

Mon Dieu que cela est touchant! (*Il s'essuie les yeux, puis il dit au maitre-d'hôtel.*) Des glaces à l'ananas. (*Il lui fait signe de se retirer.*)

(*Le maitre-d'hôtel s'éloigne. Un laquais vient dire quelques mots a l'oreille du valet de chambre, qui le redit au secrétaire, qui parle bas au conseiller privé.*)

LE CONSEILLER PRIVÉ.

Non.

LE SECRÉTAIRE, *au valet de chambre.*

Non.

LE VALET DE CHAMBRE, *au laquais.*

Non.

(*Le laquais sort.*)

LE CONSEILLER PRIVÉ.

Quand il demanderait l'aumône, je ne m'en inquiéterais pas. (*Jean cesse de jouer du violon.*) Que l'on continue!

(*Jean continue.*)

SCÈNE V.

LES PRÉCÉDENTS, M. DE WALLENFELD.

WALLENFELD, *entrant avec précipitation.*

Je vous demande pardon, mon cher oncle, si j'ai forcé la consigne...

LE CONSEILLER PRIVÉ, *applaudissant.*

Bravissimo, ce passage!

WALLENFELD.

Ne me connaissez-vous plus?

LE CONSEILLER PRIVÉ.

Non!

WALLENFELD, *s'approchant avec attendrissement.*

Autrefois j'étais votre favori.

LE CONSEILLER PRIVÉ.

Ecuyer. (*L'écuyer s'approche et M. de Wallenfeld recule.*) Ce matin l'attelage de poste gris pommelé; j'irai à *Sans-Pareil;* à quatre heures le carrosse de parade, les chevaux pie à tous crins, harnais bleu et argent, crins nattés. (*Il lui fait signe de s'éloigner, et l'écuyer se retire.*) Les signatures.

(*Le secrétaire approche la petite table.*)

LE CONSEILLER PRIVÉ, *à Jean.*

Cela suffit. (*Le secrétaire donne quelques ducats a Jean.*) Ce morceau est de monsieur de Fernau. On le jouera ce soir à la fête.

(*Jean salue et s'éloigne avec son pupitre.*)

WALLENFELD.

Mon oncle!

LE CONSEILLER PRIVÉ, *au secrétaire.*

Comment va la nouvelle fonderie?

LE SECRÉTAIRE.

J'ai l'honneur d'en présenter à Votre Excellence l'état de situation.

LE CONSEILLER PRIVÉ, *examinant le compte.*

Douze cents écus de bénéfice? c'est fort bien! on peut établir encore un fourneau.

LE SECRÉTAIRE.

En voici le devis pour l'approbation de Votre Excellence.

LE CONSEILLER PRIVÉ, *signant.*

Il sera pour vous.

LE SECRÉTAIRE.

Comment?

LE CONSEILLER PRIVÉ.

Pour votre compte... de fidèles serviteurs doivent être récompensés.

LE SECRÉTAIRE.

Les bontés de monseigneur m'inspirent la plus profonde reconnaissance.

LE CONSEILLER PRIVÉ.

Qu'on ôte la table ! (*Le secrétaire ôte la table et le valet de chambre la porte près du lit. Le conseiller privé se lève et le laquais retire le fauteuil.*) Qu'on sorte !

(*A un signe du secrétaire, le valet de chambre, Jean, l'écuyer et le maître-d'hôtel sortent.*)

LE CONSEILLER PRIVÉ, a *Wallenfeld.*

Que demandez-vous?

WALLENFELD.

Mon cher oncle, j'ai eu de grands torts envers vous, je le sais.

LE CONSEILLER PRIVÉ.

Marié sans mon consentement.

WALLENFELD.

J'ai commis de plus grandes fautes encore envers vous et envers ma femme...

LE CONSEILLER PRIVÉ.

Ma femme !... ma femme !... Quelle manière populaire de s'exprimer !

WALLENFELD.

J'ai manqué envers tous deux...

LE CONSEILLER PRIVÉ.

J'oserai prier qu'on ne me mette pas sur le même rang que cette merveille de la nature.

WALLENFELD.

Ma vie a été bien coupable depuis mon mariage.

LE CONSEILLER PRIVÉ.

Poursuivez !

WALLENFELD.

Elevé par votre générosité de la manière la plus brillante, autorisé à former les plus grandes espérances, je me suis oublié au point de faire des dépenses plus conformes a mon ancien état qu'à celui que j'occupe aujourd'hui. Je sais que cela est impardonnable ; mais je suis si malheureux...

LE CONSEILLER PRIVÉ.

Je ne paierai rien.

WALLENFELD.

Je serai déshonoré !

LE CONSEILLER PRIVÉ.

Vous l'aurez mérité.

WALLENFELD.

Je n'ai plus aucune ressource.

LE CONSEILLER PRIVÉ.

Vous avez dix mille écus de la succession de votre père.

WALLENFELD, *avec embarras.*

Je les avais ! Mon pauvre enfant... Il n'y a que mon enfant que je plaigne !

LE CONSEILLER PRIVÉ.

Il ne m'est rien, cet enfant.

WALLENFELD.

Mon cher oncle, si vous me repoussez vous me réduisez au désespoir. Tout ce que je vous demande, c'est de me délivrer de la honte du moment; sauvez-moi pour le nom que nous portons tous deux. Après cela je m'en irai loin d'ici et je ne réclamerai plus jamais vos bontés.

LE CONSEILLER PRIVÉ.

J'ai déjà disposé de tout en faveur de M. de Fernau. C'est lui qui épouse la comtesse, c'est lui que j'adopte pour fils. En attendant, puisque vous consentez à vous éloigner pour toujours d'ici...

WALLENFELD.

Je ne demanderais pas mieux que de pouvoir m'en aller, et cela le plus tôt possible.

LE CONSEILLER PRIVÉ.

Gabrecht !

LE SECRÉTAIRE.

Excellence !

LE CONSEILLER PRIVÉ, à *Wallenfeld, après avoir parlé pendant quelque temps à l'oreille de son secrétaire.*

Cet homme vous fera connaître mes intentions.

WALLENFELD, *avec instance.*

Mon cher oncle... soyez...

LE CONSEILLER PRIVÉ.

Cet homme, vous dis-je...

WALLENFELD.

N'accorderez-vous pas un mot de compassion au malheureux que vous appeliez autrefois votre Fritz, votre fils ?

LE CONSEILLER PRIVÉ.

Cela me fatigue... de tant parler. *Adieu pour jamais.*

(*Il sort.*)

SCÈNE VI.

M. DE WALLENFELD, LE SECRÉTAIRE.

WALLENFELD.

Eh bien! que va-t-on me dire?

LE SECRÉTAIRE.

Vous allez recevoir une preuve de la magnanimité de Son Excellence. Votre prétendu mariage lui est une fois pour toutes antipathique.

WALLENFELD.

Poursuivez !

LE SECRÉTAIRE.

D'après cela, si vous consentez à le rompre par un divorce en règle et à élever l'enfant qui en a été le fruit sous le nom de *monsieur Stern,* Son Excellence paiera vos dettes et daignera en outre vous faire un cadeau qui pourra servir à défrayer votre voyage.

WALLENFELD.

Il l'espère en vain; ma légitime épouse conservera son mari et mon fils son nom.

LE SECRÉTAIRE.

Hem! un nom illustre est un fardeau bien pesant quand il est joint à la *pauvreté!*

Et madame la baronne s'arrangera sans
doute aussi de votre décision?

WALLENFELD.

Pourquoi en douteriez-vous?

LE SECRÉTAIRE.

Bon Dieu... c'est que la faim fait mal.

WALLENFELD, *avec amertume.*

Je ne le sais que trop!

LE SECRÉTAIRE.

Et quand on est jeune et belle, et qu'on se
voit mourir de faim, lorsqu'on pourrait vivre
dans l'abondance, il survient des réflexions...

WALLENFELD.

Sot et méchant!

LE SECRÉTAIRE, *avec dépit.*

Je vous demande pardon, je suis trop
vieux pour être un sot. D'ailleurs je ne mérite point votre colère, car aujourd'hui
même je lui ai procuré un secours d'argent...

WALLENFELD.

A qui? à ma femme?

LE SECRÉTAIRE.

Oui.

WALLENFELD.

Par qui?

LE SECRÉTAIRE.

Par monsieur de Fernau.

WALLENFELD.

Je ne veux rien recevoir de lui.

LE SECRÉTAIRE.

La faim et la misère sont...

WALLENFELD.

Plus faciles à supporter que l'aumône et
votre pitié... L'a-t-elle accepté?

LE SECRÉTAIRE.

Certainement... avec reconnaissance...
avec joie.

WALLENFELD.

On le rendra! Je ne veux pas que par un
seul service qu'il m'aurait rendu il soulage
sa conscience, et je ne veux pas non plus
charger la mienne d'un nouveau tort envers
ma femme. Dites cela à mon oncle. Dites-lui
qu'il ne me reste plus rien au monde, rien,
et que je suis réduit au désespoir. Dieu seul
sait ce que je deviendrai. Si je me vois en
droit d'espérer encore quelque chose du sort,
c'est parce que je m'éloigne d'ici avec la
conviction de n'avoir pas violé le plus saint
des devoirs envers ma malheureuse femme.
Je ne remettrai plus le pied dans cet hôtel.

(*Il sort.*)

LE SECRÉTAIRE, *seul.*

Tant mieux! tant mieux! De cette façon
nous jouirons de notre bien en paix et en
tranquillité.

(*Il sort.*)

SCÈNE VII.

Le théâtre représente le salon du premier acte, chez
madame de Wallenfeld.

M. DE FERNAU, JACQUES, *ensuite* MADAME
DE WALLENFELD.

FERNAU.

Que me veut donc madame la baronne? je
suis très pressé!

JACQUES.

Madame ne tardera pas à venir.

(*Il entre dans le cabinet.*)

FERNAU, *seul.*

Peut-être proposera-t-elle quelque accom-
modement. S'ils avaient enfin pris la résolution de s'en aller! Je les aiderais de tout mon
cœur s'ils consentaient à quitter le pays.

MADAME DE WALLENFELD.

Je vous remercie d'être venu. Ayez la bonté
de reprendre votre lettre. Je ne désire ni posséder, ni même savoir ce qu'elle renferme.

FERNAU.

Vous avez grand tort. Songez que vous
êtes mère. Je vous le répète, sauvez-vous
vous-même ainsi que votre fils ; votre mari
s'est perdu par son inexplicable conduite. Il
va être arrêté.

MADAME DE WALLENFELD.

Ciel! que dites-vous?

FERNAU.

Pour une lettre de change de mille écus.
En ce moment même on la lui présente pour
la dernière fois. J'en suis certain.

MADAME DE WALLENFELD.

Qu'est-ce que je peux y faire, moi? Donnez-moi un conseil.

FERNAU.

Il faut vous sauver, vous et votre enfant :
vous en aller d'ici. Mon oncle vous donnera,
je pense, de quoi faire votre voyage.

MADAME DE WALLENFELD.

Et mon mari?

FERNAU, *haussant les épaules.*

Oh! pour lui il est tout-à-fait indigne...

MADAME DE WALLENFELD.

Nous n'avons plus rien à nous dire, monsieur le baron.

FERNAU.

Quand il sera en prison, qu'est-ce qu'il ga-
gnera à vous voir partager sa ruine? Cependant, si vous jugiez plus convenable de vous
sauver par une séparation volontaire...

(*Madame Wallenfeld le regarde d'un air de mépris
et sort.*)

FERNAU, *seul.*

Malédiction! si sa femme ne fait pas quelque trait qui le pousse au désespoir, nous ne
nous débarrasserons pas du co-héritier.

11

SCÈNE VIII.

FERNAU, LE RECTEUR BERGER.

BERGER.

Votre très humble serviteur...

FERNAU.

Qui êtes-vous?

BERGER.

Godofredus Berger! Licei nostri majoris rector.

FERNAU.

Adieu, monsieur le recteur.

(*Il sort.*)

BERGER, *seul, le regardant aller.*

Il n'est pas très poli! Il est même un peu incivil! C'est sans doute un de ces hommes du Nord que Tacite a peints dans son traité *De Moribus Germanorum.*

SCÈNE IX.

BERGER, M. DE WALLENFELD.

WALLENFELD, *entrant précipitamment le chapeau enfoncé sur les yeux.*

Deux heures!... Il ne me reste plus que deux heures! Et le choix entre l'ignominie et la bassesse. O Dieu! je n'ai plus qu'un moyen de salut... La mort est placée entre deux, la mort me délivrera de l'une et de l'autre... Mais... (*Il se jette sur une chaise.*) je suis père!

BERGER, *après l'avoir écouté attentivement et être resté immobile pendant qu'il parlait, s'approche de lui.*

En ce cas, c'est le devoir qui est placé entre deux.

WALLENFELD, *sautant de sa chaise.*

Qui êtes-vous?

BERGER.

Le recteur Berger. Et vous?...

WALLENFELD.

Je m'appelle Wallenfeld.

BERGER.

Ah! je demande mille fois pardon à votre gracieuse seigneurie... Je ne sais si c'est bien là le titre que l'on vous donne...

WALLENFELD, *à demi-voix.*

Vous feriez mieux de dire ma malheureuse seigneurie; car je suis né pour le malheur.

BERGER.

Oh non! cela ne peut pas être.

WALLENFELD, *d'un air distrait.*

Pourquoi pas?

BERGER.

Parce que personne ne naît pour le mal-

heur. *Astra regunt homines, sed regit astra Deus* [1].

WALLENFELD.

Monsieur, en quoi puis-je vous être utile?

BERGER.

N'êtes-vous pas ce gracieux, ou pour mieux dire ce bon baron de Wallenfeld qui, dans le café anglais, à la banque de jeu et de boucherie de certain corsaire borgne, avez sauvé un jeune homme sur le bord de l'abîme?

WALLENFELD.

Oui, j'y ai vu en effet un jeune homme qui, plein d'inquiétude et dépourvu d'argent, jouait avec ardeur, imprudence et témérité...

BERGER.

C'était mon fils, qui avait déjà perdu sept louis d'or, somme immense pour moi, et je suis venu honorer en vous, qui l'avez arraché au chemin du vice, l'instrument de la Providence.

WALLENFELD.

Hélas! monsieur, vous n'avez point d'honneur à me rendre.

BERGER.

Cette belle action à l'égard de mon fils...

WALLENFELD.

A été l'effet du hasard... d'un pur hasard. J'étais déjà mis à sec; je me tenais nonchalamment près de la table de jeu. L'embarras, la jeunesse, les traits de cet enfant m'inspirèrent de l'intérêt. C'est l'effet du hasard, vous dis-je.

BERGER.

Je ne reconnais point de hasard.

WALLENFELD.

Point de hasard! Veuillez donc me dire d'où vient que moi, qui, aujourd'hui même, ai sauvé votre fils, je suis le joueur le plus effréné, un misérable qui a eu si peu de soin de sa fortune, de sa femme et de son enfant, qu'en ce moment il ne me reste pas une obole dans le monde!

BERGER.

Mon cher monsieur, vous me causez le plus grand étonnement. Mais... c'est que sans doute vous n'aurez pas prêté l'oreille à ceux qui, sur la route, vous avertissaient de ne plus aller en avant; vous aurez passé légèrement à côté des balises qui vous indiquaient les écueils qu'il fallait éviter.

WALLENFELD.

Il est possible.

[1] Nous avons été obligés de modifier cette partie de dialogue qu'il était impossible de traduire littéralement.

(*Note des traducteurs.*)

BERGER.

Dans l'ardeur du plaisir, vous ne les aurez pas remarquées.

WALLENFELD.

Oui, j'en conviens, cela se peut ; mais maintenant que le mal est fait, quelle espérance me reste-t-il ?

BERGER.

Si vous vouliez permettre à un homme reconnaissant du service que vous lui avez rendu, de vous dire un mot, il vous ferait observer que la bonne action que vous avez faite à l'égard de son fils pourrait convenablement vous servir de point de départ pour changer de vie...

WALLENFELD.

Avec cela on ne paie point une lettre de change échue.

BERGER.

Vous persévéreriez ensuite avec un courage chrétien...

WALLENFELD.

Cela ne donnera point à manger à ma femme et à mon enfant qui meurent de faim par ma faute.

BERGER.

Mourir de faim ! Des personnes si distinguées... quel malheur ! Mais puisque vous en êtes là, je vous prie, comme une faible marque de ma reconnaissance, de vouloir bien permettre que je vous prête cinq louis d'or que vous me rendrez dans des temps plus heureux.

WALLENFELD.

Excellent homme ! je n'ose pas les accepter, car pour moi il ne viendra jamais de temps plus heureux.

BERGER.

Je reconnais en ces paroles votre doctrine du hasard. Moi qui suis au contraire celle de la confiance chrétienne, je vous dis que votre sort s'améliorera. Veuillez donc m'accompagner. Je viens de recevoir d'un libraire, pour une traduction de grec, dix louis d'or, dont je n'ai point de compte à rendre à ma femme. Je vous en offre la moitié... homme honnête et malheureux !

WALLENFELD.

Monsieur le recteur, tout cela est sans doute fort bien pensé ; mais misérable que je suis... Hélas !

(Il se frappe le front.)

BERGER.

Acceptez donc le peu que je vous offre de bon cœur. Quand je songe à vous et à mon fils, je ne puis pourtant m'empêcher de pen-

ser que dans notre Europe, que l'on dit si civilisée, nous sommes de singulières gens.

WALLENFELD.

Pourquoi dites-vous cela ?

BERGER.

Réfléchissez vous-même ! Nous avons des ordres religieux qui demandent l'aumône pour les captifs pris par les pirates, et nous leur donnons sans hésiter notre argent : nous nous battons contre les corsaires barbaresques ; nous élevons des gibets pour pendre les voleurs qui pénètrent chez nous la nuit, et nous les y attachons, tant pour les punir de leur propre crime que pour servir d'exemple aux autres ; et en même temps nous regardons tranquillement et sans rien dire, un brigand, un pirate de terre ferme, au milieu d'une nombreuse compagnie et à l'éclat des bougies, par un tour de pouce adroit, dépouiller, l'un après l'autre, une foule de jeunes chrétiens, les piller, les réduire au désespoir, souvent même les entraîner dans le crime.

WALLENFELD, soupirant.

C'est vrai !

BERGER.

Si un malheureux vole une paire de boucles d'argent, tous les limiers de la justice sont sur pied pour courir après lui ; mais si un homme à qui le tapis vert a tout enlevé, et qui voit sa femme et son enfant réduits à demander la charité, se jette à l'eau, nous regardons son corps d'un air indifférent et nous rentrons tranquillement chez nous en disant : Le pharaon l'a ruiné. Le brigand roule carrosse, ceux qu'il a dépouillés le saluent humblement ; la justice le voit, reste immobile et dit : Le pharaon l'a enrichi... Le monde trouve cela fort naturel. Cependant, tout bien considéré, cela est fort peu naturel et cela s'appelle expliquer bien faussement la doctrine du libre arbitre.

WALLENFELD.

Si je ne puis plus rien faire pour moi-même, je veux du moins tâcher d'être utile aux autres. Allons ensemble chez votre fils. Je veux lui peindre ma position afin qu'elle lui serve d'exemple.

BERGER.

Ce triste tableau fera sans doute plus d'effet que tous les sermons que je pourrais lui faire. Suivez votre projet par amour pour un vieux père.

WALLENFELD.

Je le ferai. La pensée de le sauver de l'abîme où je suis tombé apaisera peut-être la tempête qui agite mon sein.

SCÈNE X.

LES PRÉCÉDENTS, MADAME DE WALLEN-
FELD, JACQUES.

MADAME DE WALLENFELD.
Mon cher mari !

WALLENFELD, en sortant.
Je reviens à l'instant.

MADAME DE WALLENFELD.
Où va-t-il et avec qui ?

JACQUES.
Madame la baronne, ses affaires vont bien
mal !

MADAME DE WALLENFELD.
Mais où va-t-il ?

JACQUES.
Dieu le sait, mais... que Dieu me le pardonne, je voudrais qu'il s'en allât bien loin !
S'il reste, les oiseaux de proie s'en empare-
ront. Ce vieux coquin, avec sa lettre de
change, et... vous verrez... il le fera arrêter.
Et puis qu'en arrivera-t-il? La honte et le
mépris. Avant que je sois témoin de cela,
j'aimerais mieux qu'il s'en allât d'ici.

SCÈNE XI.

LES PRÉCÉDENTS, CHARLES.

CHARLES.
Maman, n'allons-nous pas bientôt déjeu-
ner ? Il est tard et j'ai bien faim.

MADAME DE WALLENFELD.
Tout à l'heure... tout à l'heure... hélas !
Jacques.

JACQUES, donnant un petit pain à l'enfant.
Tenez, mon petit Charles... allez trouver
la cuisinière...

CHARLES.
Elle est sortie. Et il n'y a point de feu
dans la cuisine !

(Madame de Wallenfeld s'assied et pleure.)

JACQUES, en s'efforçant de cacher ses larmes.
Allons... je vous apporterai tout à l'heure
du lait... Allez toujours devant... allez devant !

CHARLES.
Où faut-il donc que j'aille? Il n'y a personne
à la maison.

JACQUES.
Je vous accompagnerai. (Il fait quelques pas
avec l'enfant, puis le laisse, se rapproche de madame de Wallenfeld, lui baise la main et lui donne
un petit morceau de papier.) Ne vous fâchez pas,
ma chère maîtresse. Venez, mon petit Charles.

(Il s'éloigne.)

MADAME DE WALLENFELD, se tournant vers lui
avec attendrissement.
Jacques !

JACQUES, en s'en allant.
Il faut que nous allions chercher du lait.

CHARLES.
Oh oui ! oh oui !

(Il sort en sautant.)

SCÈNE XII.

MADAME DE WALLENFELD, seule.

Qu'est-ce que cela veut dire ? Que veut ce
bon vieillard ? (Elle lit la suscription.) « A ma
bonne maîtresse. » (Elle ouvre le billet et lit.)
« Je vous conjure, excellente et malheureuse
dame, de faire usage des épargnes du vieux
Jacques, jusqu'à ce que la fortune change.
Si vous me refusez cela, j'en mourrai de
chagrin. Ci-inclus quinze écus en or. Votre
fidèle serviteur jusqu'à la mort. Jacques
Stormann. » Oui certes, il est fidèle, même
dans le malheur. Je l'accepte, quoique cela
me déchire le cœur.

SCÈNE XIII.

MADAME DE WALLENFELD, LE LIEUTENANT
STERN.

(Le lieutenant, en entrant, embrasse madame de
Wallenfeld.)

MADAME DE WALLENFELD, hésitant entre la
frayeur et la joie.
O mon Dieu !

STERN.
Que Dieu te bénisse, Marie !

MADAME DE WALLENFELD.
Mon père ! mon père !

(Elle se jette à son cou.)

STERN, lui relevant la tête pour la regarder.
Il y a long-temps que nous ne nous sommes
vus.

MADAME DE WALLENFELD, l'embrasse, et puis
lui baise la main.
O mon cher père ! vous consentez donc
enfin à nous voir ?

STERN.
Il est nécessaire, je pense, que toi et moi
nous nous voyions et nous parlions.

MADAME DE WALLENFELD.
La joie, la surprise me coupent la parole.

STERN.
C'est apparemment la première joie que
tu éprouves depuis cinq ans que tu m'as
quitté; car je sais tout, quoique tu ne m'aies
rien dit dans tes lettres.

MADAME DE WALLENFELD.

Vous avez donc pu passer cinq ans sans me voir ! sans embrasser votre petit-fils ! Venez donc voir mon Charles.

STERN.

Plus tard, ma chère Marie, plus tard. (Il l'embrasse.) Que Dieu te bénisse ! Tu pleures?... Eh bien ! j'en fais presque autant. Mais je ne veux pas pleurer; je veux me réjouir de ce que je te vois, de ce que je te possède. Je n'ai plus que toi sur la terre, et désormais je ne veux plus te quitter.

MADAME DE WALLENFELD.

Vous restez auprès de nous ?

STERN.

Non.

MADAME DE WALLENFELD.

Du moins pendant quelque temps?

STERN.

Le moins long-temps possible. Je suis fatigué, mon enfant ; (il s'assied.) assieds-toi à côté de moi.

MADAME DE WALLENFELD, se mettant à côté de lui et lui prenant la main.

Vous avez, grace au ciel, toute l'apparence de la santé.

STERN.

Je suis encore assez bien portant; mais mon cœur finira par se briser. Ma chère enfant, tu es dans la misère.

MADAME DE WALLENFELD.

Grand Dieu, ayez pitié de nous !

(Elle se couvre le visage avec son mouchoir.)

STERN.

Ton mari, monsieur le baron est un mauvais sujet.

MADAME DE WALLENFELD.

Vous êtes sévère, mon cher père.

STERN.

Quand la passion vous aveuglait tous deux, c'est alors que j'aurais dû être sévère et l'ordonner de le laisser partir. Mais tu aimais, tu pleurais, tu te chagrinais; il pleurait aussi de son côté; des rêves de bonheur obscurcirent ma raison et je consentis à ta perte. Pardonne-moi cette faute. Je veux faire maintenant tout ce qui dépendra de moi pour la réparer.

MADAME DE WALLENFELD, se levant.

Mon mari est coupable ; mais il peut offrir des excuses pour sa conduite.

STERN.

Devant le tribunal de l'amour, peut-être. Tu es une bonne épouse. Mais c'est devant celui de l'honneur qu'il doit se présenter et rendre compte de ses actions à son père.

MADAME DE WALLENFELD.

Ecoutez-moi...

STERN.

Et s'il ne peut pas se justifier là...

MADAME DE WALLENFELD.

Le père jugera son fils avec un cœur paternel.

STERN.

Bonne épouse ! Je le répète encore une fois. Je ne possède rien sur la terre que toi et l'honneur ! Mon honneur n'a été que trop souvent blessé par la toute-puissance du ministre de la guerre. J'ai plusieurs années de service et pour ma récompense on m'a fait des passe-droits, et l'on s'est moqué de moi ; puis on m'a employé de rechef et puis toujours nouveaux passe-droits. J'ai serré les dents et posant la main sur la blessure qu'une baïonnette ennemie m'avait faite à la poitrine, je me suis dit : Celle-là a du moins marqué la place que le cordon aurait dû couvrir ; il ne la couvre pas, qu'importe? La conscience d'avoir mérité la croix pourra me tenir lieu de la croix que je n'ai point. En attendant, tous mes chagrins se dissipaient du moment où je pensais à toi. Mais maintenant, hélas ! ton bonheur est perdu aussi ; et qu'est-ce qui me consolera, à mon âge, et quand on vient précisément de me faire un dernier passe-droit.

MADAME DE WALLENFELD.

Comment ! Serait-ce possible ?

STERN.

Oui, mon enfant; un jeune blanc-bec va devenir mon capitaine. Cette indignité a r'ouvert toutes mes blessures et tes larmes achèvent de briser mon cœur. Je veux obtenir satisfaction comme soldat, comme père. C'est pour cela que je suis venu ici.

MADAME DE WALLENFELD.

Mon cher père, ne voulez-vous pas encore voir mon Charles?

STERN.

Oui... Ressemble-t-il à ton mari?

MADAME DE WALLENFELD.

Il a beaucoup de ressemblance avec moi.

STERN.

Cet enfant m'attendrira.

MADAME DE WALLENFELD.

Il priera pour son père.

STERN.

Mais je n'en resterai pas moins inexorable; car tes larmes, Marie, sont plus éloquentes que ne peuvent l'être les prières de l'enfant. Allons, conduis-moi auprès de lui.

(Ils sortent.)

ACTE TROISIÈME.

La même décoration.

SCÈNE 1.

M. DE WALLENFELD, *entrant précipitamment*,
MADAME DE WALLENFELD *le suit.*

MADAME DE WALLENFELD.

Qu'as-tu? que t'est-il arrivé? Tu es fâché
contre moi!... Parle franchement!

WALLENFELD.

Eh bien! oui. (*Il la regarde fixement.*) Ton
père est ici?

MADAME DE WALLENFELD.

Il est arrivé tout-à-fait à l'improviste, il y
a une demi-heure.

WALLENFELD, *vivement.*

A l'improviste?... Hem! Je veux le croire!
(*d'un air d'indifférence.*) Où est-il allé?

MADAME DE WALLENFELD.

Je l'ignore.

WALLENFELD.

Pourquoi m'évite-t-il? Comment?

MADAME DE WALLENFELD.

Je ne pense pas précisément qu'il t'évite...
Mais... à dire vrai... il est un peu irrité
contre toi. Tu connais ses principes.

WALLENFELD, *vivement.*

Allons, pour tout dire en un mot, c'est
toi qui l'as fait venir.

MADAME DE WALLENFELD.

Fritz!

WALLENFELD.

Tu l'as appelé à ton secours.

MADAME DE WALLENFELD.

Ne m'afflige pas.

WALLENFELD.

Tu m'as dénoncé.

MADAME DE WALLENFELD.

Si c'est l'humeur qui te fait parler ainsi,
je te pardonne.

WALLENFELD.

Ce n'est pas l'humeur seule, c'est la conviction... jointe à l'humeur que doit donner
cette conviction. A la vérité, j'ai mérité de ta
part une semblable démarche, et pourtant je
n'aurais pas cru que tu la fisses; non, je ne
l'aurais pas cru.

MADAME DE WALLENFELD.

Wallenfeld, quoique tu m'aies fait souffrir,
tu n'as pas encore entendu une plainte sortir de ma bouche. J'ai passé les nuits à pleurer et j'ai fait des efforts inouïs pour qu'au

retour du jour tu ne remarquasses pas sur
mon visage la trace de mes larmes. Mon fils
et moi, nous avons souffert aujourd'hui de la
faim comme ceux qui mendient leur pain
dans les rues, et je ne t'en ai rien dit. Maintenant tu m'obliges malgré moi à te rappeler cette patience qui aurait dû m'épargner
ta question et la peine d'y répondre.

WALLENFELD.

Cela est vrai, et je n'aurais pas le courage
de lever les yeux sur toi, si je pouvais attribuer cette patience à ton dévouement et à
ton amour. Mais si, par hasard, ce n'était
que l'insouciance... et... ce que je viens
d'apprendre chez mon oncle... on m'a dit
que tu avais accepté de l'argent de Fernau, de celui qui m'a dépouillé, de l'hypocrite qui, par des bassesses sans nombre,
cherche à gagner les bonnes grâces de mon
oncle; de l'homme qui, comme un brigand,
s'est emparé de ton bien et de celui de ton
pauvre enfant! O Marie!... comment as-tu
pu agir ainsi!

MADAME DE WALLENFELD.

J'ai reçu une lettre de Fernau. Elle renfer-
mait de l'argent; je la lui ai rendue sans
l'ouvrir.

WALLENFELD.

Que dis-tu? il serait vrai?

MADAME DE WALLENFELD.

Je m'en rapporte à l'opinion que tu as de
moi. Me crois-tu capable d'une bassesse?

WALLENFELD.

Je sais malheureusement qu'il n'y avait
plus d'argent du tout dans la maison... et je
vois pourtant, aux préparatifs du dîner, que
tu en possèdes. De qui l'as-tu reçu?

MADAME DE WALLENFELD, *lui donnant la lettre de Jacques.*

Lis. (*M. de Wallenfeld lit et baisse les yeux.*)
Je l'ai accepté de l'honnête Jacques, et n'ai
point voulu le prendre de Fernau.

WALLENFELD, *lui donnant de l'argent.*

Rembourse Jacques... Qu'est-ce que Fernau pouvait vouloir t'écrire! Comment a-t-il
eu l'idée de t'envoyer de l'argent? Il faut
pourtant qu'il se soit passé d'avance des
choses... qu'il y ait eu des conversations...
des suppositions, sans quoi il n'aurait pas
osé courir ce risque.

MADAME DE WALLENFELD.

Mon ami, je n'ai parlé que pour moi, je
n'ai pas eu la prétention de prendre la défense de Fernau.

WALLENFELD.

Je veux lui défendre ma porte.

MADAME DE WALLENFELD.

Tu feras bien.

WALLENFELD.

Marie. *(Il la regarde avec admiration.)* peux-
tu me pardonner?

MADAME DE WALLENFELD.

Si tu perds si facilement ta confiance en
moi, que deviendront le bonheur et la paix
de notre intérieur?

SCÈNE II.

LES PRÉCÉDENTS, LE LIEUTENANT STERN.

STERN.

Voici donc enfin M. de Wallenfeld!

WALLENFELD, *cherchant à lui prendre la main.*

Mon cher père, j'apprends avec joie...

STERN, *à madame de Wallenfeld.*

Laisse-nous seuls, mon enfant.

MADAME DE WALLENFELD.

Permettez au contraire que je reste.

STERN.

Ma chère fille, obéis à ton père.

*(Madame de Wallenfeld les regarde tous deux d'un
air triste et sort.)*

SCÈNE III.

WALLENFELD, LE LIEUTENANT STERN.

*(Wallenfeld se tient les bras croisés et les yeux
baissés.)*

STERN, *après un silence.*

Eh bien! monsieur le baron, qu'avez-vous
appris avec joie?

WALLENFELD, *avec abattement.*

Que vous étiez venu nous voir. Je sais, à
la vérité, que ce n'est pas à moi de vous recevoir... Mais, parlez, je dois tout écouter
sans rien répondre.

STERN.

Vous vous trompez, monsieur, je n'ai
que fort peu de chose à vous dire.

WALLENFELD.

Pensez-vous donc que ce serait perdre
votre temps que de vous occuper de moi?

STERN.

L'homme que n'ont pu émouvoir les prières,
les larmes d'une épouse comme la vôtre, et
l'aspect d'un aussi aimable enfant, est irré-
vocablement perdu; il est tombé dans un
état purement animal. En pareille circon-

stance, serait-il de la dignité d'un beau-
père de pleurer ou de quereller? non! Aussi
l'affaire que j'ai à traiter avec vous sera
promptement terminée. Je désire...

WALLENFELD.

Je mérite votre colère; mais si vous saviez...

STERN.

Ma colère? non, monsieur; vous êtes au-
dessous de ma colère; ce n'est plus le
châtiment que vous méritez. Celui qui joue
son honneur et sa fortune, qui laisse sa
femme et son enfant sans pain, qui porte
son dernier sou aux escrocs, qui aime mieux
rester oisif que de travailler, celui-là... En
un mot, je ne vous ai point averti, parce
que je savais que les paroles que l'on adresse
aux joueurs sont perdues; j'ai préféré attendre que vous fussiez réduit à la misère...
Maintenant je me présente et je reprends ma
fille.

WALLENFELD.

Comment, monsieur! vous pousseriez à
ce point l'inhumanité!

STERN.

Il vous sied bien de vous servir de ce
mot en parlant de moi.

WALLENFELD.

Si je perds Marie...

STERN.

Remerciez le ciel de ce que je l'emmène,
et épargnez-vous des plaintes sentimentales.
Pour parler clairement, avez-vous de quoi
lui donner à manger? Votre intention est-
elle que votre femme vende des cure-dents et
des devises aux habitués d'un tripot? Je suis
pauvre moi-même. Ce qu'elle deviendra
après ma mort, Dieu le sait; mais du moins
jusqu'alors elle aura vécu. Et puis, Dieu
viendra à son secours. Quant à son enfant...
ce charmant enfant! hélas!... c'est aujour-
d'hui pour la première fois que je regrette
de n'être pas riche.

WALLENFELD.

O vous de qui je crains et évite le regard
plus que l'aspect d'un tribunal! traitez-moi
avec miséricorde. Je suis sur le bord de l'a-
bîme: ne m'y précipitez pas.

STERN.

Que prétendez-vous? Avez-vous montré
de la miséricorde pour votre femme et votre
enfant? Et moi... vous ai-je demandé compte
des insomnies que vous m'avez coûtées? de la
fleur que j'avais cultivée et que vous avez
écrasée? Qu'est-ce que je vous demande? ma
fille et mon petit-fils; voilà tout. Quant à
vous, je vous laisse dans les mains de Dieu.
Demain, à six heures du matin, je pars avec
ma fille et son enfant.

WALLENFELD.

Croirez-vous n'avoir encouru aucune responsabilité, si le désespoir me pousse à quelque acte horrible?

STERN.

Aucune. Je retire ma vertueuse fille des mains de mon gendre vicieux.

WALLENFELD.

Si je me corrigeais. .

STERN.

Un joueur ne se corrige jamais.

WALLENFELD.

Comment!

STERN.

Quand on a joué comme vous, on joue toute sa vie.

WALLENFELD.

Mais qu'arrive-t-il si l'on n'a plus le moyen de jouer, si la misère le rend impossible?

STERN.

Alors la misère, l'avidité, l'habitude, l'avarice, l'oisiveté, le désespoir et la rage changent un joueur dépouillé en un monstre si épouvantable qu'un père honnête homme doit préférer voir sa fille au tombeau qu'auprès d'un pareil homme, qui, d'un moment à l'autre, peut devenir un brigand et un assassin... Nous partons à six heures.

(Il veut sortir.)

WALLENFELD, *le suivant.*

Mon père! mon père!

STERN.

Je suis le père de ma fille.

WALLENFELD, *lui prenant la main.*

Y êtes-vous décidé?

STERN.

Oui.

WALLENFELD.

L'oserez-vous?

STERN.

Je m'en remets à Dieu!... Que prétendez-vous? J'ai soixante-quatre ans; depuis cinquante ans ma première pensée quand je me réveille est de confier à Dieu mes sentiments, après quoi j'entre dans le tumulte du monde. Je vous le répète donc; j'emmène ma fille.

WALLENFELD, *vivement.*

En ce cas je vous dis que je me...

STERN.

Arrêtez! *(d'un ton menaçant et en levant le doigt au ciel.)* Jeune homme! prenez garde à ce que vous faites!

(Il sort.)

WALLENFELD, *seul.*

Non, je n'y survivrai pas!... Il est impossible que j'y survive.

SCÈNE IV.

M. DE WALLENFELD, **MADAME DE WALLENFELD**, *puis* **JACQUES.**

WALLENFELD.

Sais-tu ce qui se passe? Non, tu ne peux le savoir. La pitié et l'amour brillent dans tes yeux. Tu n'en sais rien et tu ne peux pas le vouloir.

MADAME DE WALLENFELD, *avec étonnement.*

Que veux-tu dire?

WALLENFELD.

Marie!... approche... regarde-moi en face. Sais-tu ce que ton père m'a dit?

MADAME DE WALLENFELD.

Non, je te jure que je n'en sais rien.

WALLENFELD.

Tu vas me quitter.

MADAME DE WALLENFELD.

Est-ce mon père qui dit cela?

WALLENFELD.

Il veut t'emmener avec lui, toi et notre enfant.

MADAME DE WALLENFELD.

Je n'irai point avec lui.

WALLENFELD.

Je ne puis t'engager à rester auprès de moi. Je suis repoussé, malheureux, déshonoré; je suis réduit à la mendicité. Ton père n'a que trop raison; je ne sais pas de quoi je mangerai demain. Je suis un homme méprisable. Si tu te décides à briser le lien qui t'attache à la misère et à la faim, je n'aurai aucun droit de me plaindre; mais...

MADAME DE WALLENFELD.

Fritz!

WALLENFELD.

Mais cela serait affreux! affreux! Songe que je n'ai plus ni père, ni ami; tout le monde m'abandonne; la paix et le repos sont à jamais perdus pour moi. Si tu me quittes aussi, si mon fils s'éloigne de moi, que deviendrai-je?... O Marie! Marie! j'ai été bien coupable, mais je suis bien cruellement puni! Ton père est juste, mais la justice est froide; l'amour ne l'est pas. Si tu m'aimes, aie pitié de moi; ne m'abandonne pas, moi qui suis le rebut du monde entier.

(Il lui embrasse les genoux.)

MADAME DE WALLENFELD.

Écoute-moi.

WALLENFELD.

Ce n'est pas de la bonté que je te demande; ne me parle pas avec douceur... la douceur de tes paroles m'humilierait trop. Décide seulement; dis oui ou non. Si c'est oui, laisse-moi partir et chercher quelque moyen de nous tirer d'embarras. Si c'est non...

laisse-moi encore partir, mais ne t'informe jamais où j'aurai fini mes jours.

MADAME DE WALLENFELD.

Oui, oui, oui! je reste auprès de toi... je partagerai ton sort, je ne t'abandonnerai pas.

WALLENFELD, *se levant précipitamment.*

Marie!... Ah! que puis-je t'offrir? la misère.

MADAME DE WALLENFELD.

La pauvreté a aussi son charme. Prenons pour devise : pauvreté et vertu, travail et pain, amour et fidélité, amour et reconnaissance!

WALLENFELD.

Prends-moi sous ta protection... tu m'as sauvé... Que ma vie t'appartienne!... Je veux travailler... Que le ciel vienne à mon secours, afin que l'avenir te fasse oublier le passé.

MADAME DE WALLENFELD.

Je l'oublierai, pourvu que tu cesses de jouer.

WALLENFELD.

Jamais plus je ne jouerai, jamais!

MADAME DE WALLENFELD.

Ne me trompe pas... Cette espérance pourra seule me soutenir. Ne joueras-tu plus jamais?

WALLENFELD.

Jamais!

MADAME DE WALLENFELD.

Donne-moi ta parole.

WALLENFELD, *soupirant.*

Hélas! Marie, a-t-elle encore quelque prix?

MADAME DE WALLENFELD.

Ton cœur en a beaucoup; c'est à lui que je me suis donnée. Je risque tout sur la foi de ce serment.

WALLENFELD.

Si jamais mon cœur te trompait... abandonne-moi alors; prends ton enfant... et pars sans me prévenir.

MADAME DE WALLENFELD.

Le pacte est conclu. (*Elle l'embrasse.*) Je parlerai à mon père. Je ne t'abandonnerai jamais.

(*Elle sort.*)

WALLENFELD, *seul.*

Maintenant, je vais m'occuper de prévenir la prise de corps. (*Il sonne et Jacques entre.*) Mon chapeau!

JACQUES.

Oui, monsieur.

(*Il veut sortir.*)

WALLENFELD.

Jacques!... Brave homme! pauvre malheureux! que Dieu te récompense!... Moi, je n'en ai pas le moyen... Mais, écoute!... je

suis corrigé; je ne joue plus. Ce soir nous nous consulterons pour savoir comment il faudra que je fasse pour travailler et gagner de l'argent. Fais tes réflexions : je prendrai avec plaisir tes conseils. Arrache les parements de ton habit; à compter de ce moment tu es l'ami de la maison... Des jours heureux nous sont encore réservés.

JACQUES, *lui baisant la main.*

Monsieur!... je n'ai pas la force de parler... Souffrez que je me retire.

WALLENFELD.

Si la seule résolution de s'améliorer rend si heureux, que doit-on éprouver quand on est réellement devenu meilleur? Laisse-moi... je prendrai mon chapeau moi-même. Je ne veux plus accepter de services de toi; je ne veux que de l'amitié; et nous nous en témoignerons réciproquement tant que nous vivrons!

(*Il veut sortir et rencontre M. de Posert.*)

SCÈNE V.

M. DE WALLENFELD, M. DE POSERT, JACQUES.

WALLENFELD.

Ah! monsieur de Posert!

POSERT.

Je voulais demander encore une fois quelle résolution vous aviez prise au sujet du dixième en question. *Comment?*

WALLENFELD.

Je n'irai jamais avec vous... jamais! Que le ciel m'en préserve!

POSERT.

Ah!... en vérité! C'est parler en homme bien résolu.

WALLENFELD.

Le travail et l'amour sont désormais mon but, ma récompense, mon gain! Sachez, Posert, que votre banque n'est qu'une misère auprès du trésor que j'ai dans mon cœur.

POSERT *tousse, le regarde, et dit avec un grand sang-froid.*

Vous vous échauffez beaucoup.

WALLENFELD.

Jacques, va dire à ma femme ce que tu viens d'entendre. Dis-lui que j'ai parlé à monsieur de Posert, qui tient la banque au café anglais. Dis-lui tout.

JACQUES.

J'y vais, le cœur rempli de joie, et Dieu vous en récompensera.

(*Il sort.*)

POSERT, *s'asseyant.*

Hum ! voilà une étrange circonstance. Cette gaîté ne laisse pas que de m'étonner.

WALLENFELD.

Maintenant, adieu; que le ciel vous pardonne ce que vous m'avez pris ! Vous ne me reverrez plus; mais si jamais un pauvre diable, insensé comme moi, ardent comme moi, époux et père comme moi, vient s'asseoir à votre banque et met son salut sur une carte, repoussez son argent, dites-lui de s'en aller... Si vous agissez ainsi envers un seul homme, je vous laisse sans regret mon argent. Adieu. (*Il s'éloigne.*) Nous n'avons plus rien de commun ensemble.

POSERT, *toussant.*

Wallenfeld !

WALLENFELD, *revenant.*

Qu'y a-t-il ?

POSERT.

C'est là une proposition absurde. Où a-t-on jamais entendu dire qu'à une banque on refusât l'argent d'un joueur ? eh ?

WALLENFELD.

Faites comme il vous plaira; adieu.

POSERT.

Eh !... et mon argent ? ce que vous me devez ?

WALLENFELD.

Demain... après-demain.

POSERT.

Le dix-sept de la présente année, dans la vie éternelle ? (*Il monte sa montre.*) Non, non, agissez honnêtement et... et payez.

(*Il tousse.*)

WALLENFELD

Je ne le puis.

POSERT.

Vous ne le pouvez pas ! (*Il tousse.*) Il me semble pourtant que vous devriez faire à ma pauvre banque une petite part des immenses richesses que vous possédez dans votre cœur.

WALLENFELD.

Entendez-moi bien...

POSERT.

Je n'entends que ce qui résonne.

SCÈNE VI.

LES PRÉCÉDENTS, JACQUES.

JACQUES.

Monsieur le baron...

(*Il fait un signe à son maître; M. de Wallenfeld s'approche de lui et ils se parlent bas.*)

POSERT.

Eh bien ! mon argent !

WALLENFELD.

Allez au diable !

POSERT.

Quand on veut faire le fier, il faut payer comptant; sans cela l'effet est manqué.

WALLENFELD, *à Jacques.*

Dis-lui que je vais venir sur-le-champ.

(*Jacques sort. — Wallenfeld se promène d'un air pensif.*)

POSERT, *toussant.*

Quelle est donc la personne qui vous attend là dehors ? Il paraît (*Il tousse.*) que les actions ont baissé. Ah ! ah ! ah ! la richesse de l'âme n'a plus de cours. Eh ?

WALLENFELD.

Posert, vous reste-t-il une étincelle d'humanité ?

POSERT.

Sans doute.

WALLENFELD.

Mettez-vous à ma place.

POSERT, *se levant.*

Cela m'incommoderait; ma place est meilleure.

WALLENFELD.

Je suis en si bon chemin !

POSERT.

Payez-moi donc !

WALLENFELD.

Posert, je suis dans un grand embarras ; je ne vous le cache pas, j'ai une sentence de prise de corps contre moi pour une lettre de change.

POSERT.

En vérité ! (*Il tousse.*) Quand on ne paie pas exactement, et quand avec cela on est si... si... capricieux...

WALLENFELD.

Il s'agit de mille écus.

POSERT.

Et puis encore... (*Il bâille.*) quand on est dans une situation si misérable, c'est d'ordinaire ainsi que cela se passe.

WALLENFELD.

Changez pour une fois de caractère; soyez généreux; placez votre argent sur la carte du bonheur d'une famille entière, et prenez sa reconnaissance pour intérêts. Prêtez-moi mille écus.

POSERT.

Que le ciel m'en préserve ! Donner ainsi...

WALLENFELD.

Posert, je suis sur le bord d'un abîme.

POSERT.

Le peu d'argent comptant que je possède et que...

WALLENFELD.

Vous avez gagné tout ce que j'avais au monde...

POSERT.

Que je fais rouler dans la banque, j'avouerai...

WALLENFELD.

Sur huit mille écus qui m'appartenaient et dont vous vous êtes emparé, prêtez-m'en mille.

POSERT, d'un ton faux.

Que j'y attache une idée superstitieuse. Il me semble que si je retirais la moindre chose de la banque, je perdrais tout mon bonheur.

WALLENFELD.

Eh bien ! je n'ai donc plus d'espoir ? Je vais être arrêté; je suis déshonoré !

JACQUES, entrant.

Monsieur le baron...

WALLENFELD.

Ne fais point de mystère ; mon malheur ne tardera pas à être connu de tout le monde.

JACQUES.

Le porteur de la lettre de change est... il est très violent; il menace...

WALLENFELD.

Je le connais.

JACQUES.

Il exige que vous vous rendiez en prison.

WALLENFELD.

Comment ?

JACQUES.

C'est que l'on répand dans la ville que vous avez l'intention de prendre la fuite.

POSERT.

Cela est vrai, on le dit.

JACQUES.

C'est pour cela qu'il veut absolument mettre à exécution la prise de corps.

WALLENFELD.

Tout est donc perdu et je n'ai plus de ressources !

POSERT.

Que voulez-vous? chacun prend ses mesures comme il l'entend. Vous avouerez du moins que je suis plus compatissant.

(Un sous-officier entr'ouvre la porte et jette un regard dans la salle.)

WALLENFELD.

Je suis à vous tout de suite, monsieur ; je ne demande qu'un moment de patience. (Le sous-officier referme la porte.) Jacques, va trouver ma femme; occupe son attention pendant quelques instants, afin qu'elle ne se doute de rien.

(Jacques sort)

WALLENFELD.

Posert... par tout ce qui vous a jamais été cher, je vous conjure de m'aider !

POSERT.

A la vérité, (Il tousse.) il est probable qu'une fois que vous serez arrêté, les autres créanciers se présenteront...

WALLENFELD.

Faudra-t-il que ma femme gémisse devant la porte de ma prison?

POSERT.

Il y a moyen de vous aider... Du courage !

WALLENFELD.

Quel moyen?

POSERT.

Devenez mon croupier... Je suis un bon enfant, et si vous consentez à cet arrangement, je paierai la lettre de change en avance sur votre dixième.

WALLENFELD.

Non, non, jamais! je ne le puis, je ne le puis !

POSERT.

Je paierai cet homme.

WALLENFELD.

J'aime mieux aller en prison.

POSERT.

Quand vous aurez partagé ainsi pendant une dizaine d'années, vous pourrez établir une banque pour votre compte, et si alors les dévots murmurent encore... ou, que sais-je? la noblesse peut-être... Eh bien ! vous n'aurez qu'à fonder un hôpital pour les enfants trouvés, et léguer une somme d'argent pour (Il tousse.) faire prononcer tous les ans votre panégyrique.

WALLENFELD.

Posert, une bonne action porte avec elle sa récompense.

POSERT.

Vous accorder un dixième net, c'est, je pense, une action bonne et généreuse. (Le sous officier ouvre la porte tout-à-fait. On aperçoit trois soldats. M. de Wallenfeld se tord les mains. Posert regarde sa montre et continue.) Il paraît que vous aimez mieux aller en prison et laisser votre femme errer à l'abandon. Cela m'est égal. Vous pourrez amuser vos loisirs à faire des vers ; je souscrirai pour dix exemplaires de vos œuvres, et je vous laisserai du temps pour payer mes quarante-cinq ducats.

(Il va pour sortir.)

WALLENFELD.

Posert!

POSERT, revenant.

Que désirez-vous ?

WALLENFELD.

Posert!... Non, rien, allez!... Je vous en prie... allez-vous-en bien vite. Ce moment est affreux !... Allez!

POSERT, s'éloignant lentement.

Eh bien! soit, je m'en vais.

WALLENFELD, désespéré.

Posert!

POSERT.

Encore une fois, que voulez-vous?

WALLENFELD, *lui tendant la main.*

Tiens.

POSERT.

Que voulez-vous dire?

WALLENFELD.

Prends-moi, possède-moi; je me vends à toi corps et ame. Dieu te la redemandera, cette ame pour moi, je ne puis faire autrement. Maintenant, paie.

POSERT.

Êtes-vous mon croupier?

WALLENFELD.

Eh oui! de par tous les diables! je le suis.

POSERT.

Comment peut-on blasphémer ainsi?

WALLENFELD.

Paie!

POSERT.

Que Dieu bénisse notre association et nous accorde du bonheur! (*Il tousse.*) Je parlerai à cet homme.

WALLENFELD.

Il faut payer!

POSERT.

Je répondrai pour vous; il me connaît.

WALLENFELD.

Il faut payer comptant; je ne me vends pas pour une simple caution; il me faut de l'argent.

POSERT.

Ce soir donc vous viendrez tenir la banque?

WALLENFELD.

Et demain j'irai en enfer, n'est-il pas vrai? Allons, camarade, des écus!

POSERT.

C'est de ce soir que commence votre traitement; mais il faudra faire attention, car...

WALLENFELD, *se frappant le front.*

J'ai de l'intelligence.

POSERT.

Car il y a des hommes d'expérience parmi nos joueurs. Eh bien donc! la main.

WALLENFELD, *lui tendant la main.*

Là... non, pas *cette* main; c'est celle que j'ai donnée à ma femme, c'est celle qui a été garant d'un lien vertueux. Ah! Dieu! Ah! Marie! Marie! Marie! L'amour, la vertu, la nécessité me vendent au vice! Là, prends-les toutes deux, mes mains; prends-moi tout entier; embrasse-moi; fais que je ne puisse plus me tirer de tes griffes... Mais maintenant, donne de l'argent.

POSERT.

Voici un diamant qui vaut douze cents écus: laissez-le-leur en gage; dans une heure vous pourrez venir chercher l'argent chez moi.

WALLENFELD.

Allons, va pour ce diamant!

(*Il sort.*)

POSERT, *seul.*

Je tiens donc enfin mon homme! Maintenant je pourrai, quand le jeu ne sera pas trop fortement engagé, m'aller coucher à minuit. Avec cela, il est noble, cela a meilleure apparence; cela prévient bien des questions impertinentes. Il est d'ailleurs un peu chatouilleux sur le point d'honneur, et, par ce moyen, on peut parfois (*Il tousse.*) châtier les insolents questionneurs. Il y a certaines choses auxquelles on s'accoutume: et pour moi, grace au ciel, j'ai su me faire un front d'airain. Quand on est jeune comme lui, on se tient mieux sur la brèche; et une fois qu'il aura réalisé une somme raisonnable, il mordra à l'hameçon. Dès les commencements, il se montrera sans doute un peu généreux; mais avec le temps cela se perd.

WALLENFELD, *revenant.*

Le coquin est payé! Notre affaire est conclue; quand faudra-t-il que j'abjure ma conscience?

POSERT.

Que Dieu nous soit en aide! Jamais! pourvu que vous ne me manquiez pas de parole.

WALLENFELD.

Soyez tranquille. Maintenant, apprenez-moi sur-le-champ toutes vos infernales pratiques; que faudra-t-il que je fasse pour vous être utile?

POSERT.

C'est singulier! (*Il tousse.*) Parler de vertu! Mais on ne peut pas être vertueux quand on n'a pas de quoi manger.

WALLENFELD.

C'est fort juste; votre philosophie me paraît très honorable; et il est vrai, par le ciel! que je ne deviens un escroc que pour donner du pain à ma femme.

POSERT, *toussant.*

De pareils discours m'irritent.

WALLENFELD.

Donnez-moi encore de l'argent! de l'argent!

POSERT

Comment! il vous faut encore de l'argent?

WALLENFELD.

Oui, je veux emprunter encore sur le salut de mon ame. Je veux faire des cadeaux à ma femme et à mon vieux serviteur; je veux payer les larmes déjà versées et avancer sur les malédictions à venir.

POSERT.

Combien vous faut-il donc?

WALLENFELD.

Quinze louis.

POSERT.

Je vous en donnerai un.

WALLENFELD.

Malheureux! ma pauvre ame vaut plus que cela.

POSERT.

Eh bien donc! en voilà trois.

WALLENFELD.

Cinq, pas une obole de moins, ou je romps notre traité. Cinq louis!

POSERT.

Tenez, les voilà; (Il tousse.) mais c'est énorme!

WALLENFELD.

Mais songez aussi à ce que vous recevez! Maintenant, afin que je ne vous trompe pas dans l'honorable pacte que nous avons fait ensemble, dites-moi sur-le-champ toutes les qualités auxquelles il faut encore que je renonce.

POSERT.

Que le ciel vous soit en aide! Ne dirait-on pas...

WALLENFELD.

Que je connais mon métier? Non. pas encore. Vous avez fait en moi une bonne prise.

POSERT.

Tout se passe chez moi d'une manière honnête et convenable.

WALLENFELD.

Écoutez: commencez promptement mon éducation: (avec mystère.) et si vous connaissez un oncle riche comme un nabab, dur comme un rocher et brigand comme vous, livrez-le à ma banque; je le dépouillerai si complétement, qu'il finira par mettre chez vous son cadavre en apprentissage.

POSERT, l'embrassant.

Tu es un plaisant diable.

WALLENFELD.

Arrière! Ma femme m'a baisé en cet endroit-là. Mais quand un pauvre diable comme moi viendra, Posert, alors chassez-moi de la banque; car je suis capable de lui crier tout haut: «Retirez-vous, nous sommes à l'affût de votre ame.» Après cela, je me livrerais, je lui raconterais mon histoire. — Il se couvre le visage de ses deux mains.) Allons, patience! Allons boire du vin de Champagne; buvons jusqu'à la nuit; et toutes les fois qu'une conscience voudra élever la voix, du champagne! Toutes les fois qu'à vos côtés vous me verrez saisi d'un frisson, que la pétillante liqueur coule dans mes veines et y noie ce faible reste de vertu! Pillage et champagne! c'est là notre mot d'ordre. (Il frémit et réfléchit, puis il ajoute avec attendrissement:) J'en avais pourtant donné un autre à ma pauvre Marie! Qu'importe? Elle n'avait fait que me prier; vous

m'avez acheté. Oui, oui, pillage et champagne! que ce soit là notre mot d'ordre!

(Il veut sortir; mais il aperçoit sa femme et s'arrête effrayé.)

SCÈNE VII.

LES PRÉCÉDENTS, MADAME DE WALLENFELD.

WALLENFELD.

Ah! te voilà? que me veux-tu? veux-tu me voir encore une fois?

MADAME DE WALLENFELD.

Tu m'as fait dire des choses si aimables par Jacques.

WALLENFELD.

N'est-il pas vrai? oh! oui. Notre sort est bien changé; je suis devenu riche!

MADAME DE WALLENFELD.

Mon cher Fritz, faut-il que je te croie?

WALLENFELD.

Ce n'est pas moi qu'il faut regarder avec tant d'attention. Voilà l'homme, voilà l'instrument de notre bonheur. (Il prend la main de sa femme et la pousse vers Posert.) C'est lui qui a donné l'argent, c'est lui qui a payé ta lettre de change. Car, sais-tu bien que j'allais être arrêté?

MADAME DE WALLENFELD.

Monsieur, votre bonté mérite...

WALLENFELD, la retirant avec vivacité.

Paix! ne le remercie pas, ne le remercie pas. (Il lâche sa main et s'éloigne d'elle.) Il t'a indignement volée.

POSERT.

Madame la baronne ne sait que penser...

WALLENFELD.

Elle ne le sait pas! Que le ciel en soit loué! Mais elle le saura, et alors... Adieu, Marie; embrasse-moi.

MADAME DE WALLENFELD.

Fritz, au nom du ciel! qu'as-tu?

WALLENFELD.

Mes mains sont encore pures de tout crime; je n'ai fait encore pleurer personne que toi... Il n'en sera pas toujours ainsi! Oh! Dieu! Dieu! c'est la misère et non pas ma volonté qui m'y a entraîné; non, ce n'était pas ma volonté!

POSERT, avec humeur.

Écoutez, en voilà assez; je m'en vais.

WALLENFELD.

Vous avez raison, monsieur de Posert; pardonnez-moi... Embrasse-moi, Marie, embrasse-moi de tout ton cœur.

MADAME DE WALLENFELD, l'embrassant.

Faudra-t-il donc nous séparer, Fritz?

WALLENFELD

Moi, je ne m'en irai pas... Ce qu'il faudra que tu fasses un jour... reste encore enseveli dans le livre du destin. (*Il se jette aux genoux de sa femme et les embrasse.*) Vertu, reçois mes hommages ! (*Il se relève précipitamment et prend*

la main de Posert.) Partons, camarade ! Pillage et champagne !

(*Ils sortent.*)

MADAME DE WALLENFELD.

Fritz ! Fritz ! au nom du ciel, écoute-moi !

(*Elle le suit.*)

ACTE QUATRIÈME.

Le théâtre représente un salon chez le conseiller privé.

SCÈNE I.

M. DE FERNAU, LE SECRÉTAIRE, *tous deux en habit de gala.*

FERNAU.

C'est comme je vous le dis : Wallenfeld a acquitté la lettre de change et s'est engagé envers Posert à lui servir de croupier ou de valet de banque.

LE SECRÉTAIRE.

Croupier de monsieur Posert? En ce cas, il est assez vicieux, mais non pas assez pauvre.

FERNAU.

Posert cherche à se donner par-là une sorte de considération en associant le nom de Wallenfeld au sien. Cet homme est vaniteux.

LE SECRÉTAIRE.

Nous saurons facilement comment tout cela s'est fait. Posert avait auparavant un autre aide dans ses friponneries, un certain Aron; mais il l'a renvoyé. Cet Aron quitte la ville; il a changé ce matin de l'argent chez moi. Si vous pouviez parvenir à le trouver. Cet homme est d'ailleurs mécontent de Posert.

FERNAU.

C'est fort bien imaginé.

LE SECRÉTAIRE.

Je ne puis sortir de la maison pour le moment, à cause de la cérémonie qui doit avoir lieu aujourd'hui. Mais je sais que cet homme est logé au café anglais.

FERNAU.

Je le ferai venir chez moi.

LE SECRÉTAIRE.

Croyez-moi, ne perdez pas de temps. Si tout ce que l'on dit du baron est vrai, on peut tourner la chose de façon que mon noble patron le fasse mettre en prison.

FERNAU.

Il tient à l'honneur de sa famille.

LE SECRÉTAIRE.

Il ne fait point de grace à cet égard. Mais

comment s'y prendra-t-on pour l'emmener

FERNAU.

Si mon oncle le faisait arrêter?

LE SECRÉTAIRE.

Par des agents de police? Il n'y consentira jamais; l'honneur de la famille ne le permettrait pas. (*Il réfléchit.*) Hum ! il faut que ce soit une... une... comment dirai-je? une arrestation honorable; vous me comprenez?... comme si l'on agissait pour son propre bien, sans instruction, subitement, comme un coup de foudre.

FERNAU.

On pourrait s'adresser pour cela au ministre de la guerre, au vieux général, qui ne peut d'ailleurs pas le souffrir.

LE SECRÉTAIRE.

On prendrait pour prétexte sa prodigalité ou une conduite dérogatoire à sa noblesse; et il faudrait le faire enlever la nuit dans un carrosse et conduire dans une forteresse. Votre oncle paierait volontiers tous les frais.

FERNAU.

C'est fort bien imaginé; il faudra que cela se fasse ainsi... cela se fera. Il est venu chez moi une espèce de maître d'école qui paraissait vouloir intercéder pour lui. Je l'ai renvoyé à mon oncle en lui disant qu'il n'aurait qu'à peindre en couleurs bien noires le malheur de Wallenfeld, pour être sûr de toucher le conseiller privé.

LE SECRÉTAIRE.

Quand il l'aura vu, laissez-moi le soin d'envenimer la chose. A l'ouvrage, mon cher monsieur.

FERNAU.

C'est fort bien; mais, à propos, le lieutenant Stern, le père de la femme vient d'arriver. Cela ne dérangerait-il pas un peu nos calculs?

LE SECRÉTAIRE.

Pas le moins du monde. Ce ne sera pas lui qui mettra des obstacles dans notre route. Hâtez-vous seulement, mon très cher.

FERNAU.

Surtout ne perdons pas de vue mon oncle; il faut qu'aujourd'hui même tout ce qui a rapport à la succession soit mis au net et signé. Quant à votre part, mon cher Gabrecht, vous n'avez qu'à la proportionner à ma reconnaissance.

LE SECRÉTAIRE.

Nous nous connaissons.

FERNAU.

Adieu, papa.

(Il sort.)

LE SECRÉTAIRE, seul.

S'il n'héritait pas, cela me dérangerait fort. Si jamais monsieur Fritz rentrait en grace, il n'aurait rien de plus pressé que de me prier de quitter la maison. Est-ce qu'il aurait de nouveau de l'argent? Malédiction! il faut qu'il parte, sans quoi je n'aurai pas un moment de repos.

SCÈNE II.

LE LIEUTENANT STERN, LE SECRÉTAIRE, UN DOMESTIQUE.

LE DOMESTIQUE.

Si vous ne voulez pas me croire, voici monsieur le secrétaire; vous n'avez qu'à le lui demander.

LE SECRÉTAIRE.

Que veut-on?

LE DOMESTIQUE.

Monsieur ne veut pas croire que Son Excellence n'est pas chez elle. Maintenant vous allez savoir ce qui en est.

(Il sort.)

LE SECRÉTAIRE.

Une fois pour toutes, sachez que monseigneur n'est pas chez lui. Que lui voulez-vous?

STERN.

En ce cas, j'attendrai ici qu'il rentre.

LE SECRÉTAIRE.

Hum! c'est singulier! Mais, c'est que j'ai affaire; je ne puis pas vous tenir compagnie.

STERN.

Je vous prie de ne pas vous gêner.

LE SECRÉTAIRE.

Il n'est pas d'usage que l'on attende ici sans permission. Comment s'appelle monsieur?

STERN.

Le lieutenant Stern.

LE SECRÉTAIRE.

Ah! je comprends... C'est cela... monsieur le lieutenant? le père de...

STERN.

Précisément.

LE SECRÉTAIRE, d'un air de pitié.

Monsieur le lieutenant? (Il hausse les épaules.) Ah! que le bon Dieu vous soit en aide!... Venillez vous asseoir, monsieur le lieutenant.

STERN.

C'est inutile.

LE SECRÉTAIRE.

Ah! ce sont... vraiment... de tristes circonstances...

STERN.

Je vous prie de m'épargner vos compliments de condoléance.

LE SECRÉTAIRE.

C'est fort bien. Si vous le désirez; je puis vous offrir un verre de vin. (Stern secoue la tête.) Un peu de malaga, ou bien...

STERN.

Je n'attends rien d'agréable ici [1].

LE SECRÉTAIRE.

Sérieusement, ne faites point de façons.

STERN.

Je n'ai point l'habitude d'en faire.

LE SECRÉTAIRE.

C'est fort bien. Qu'est-ce que monsieur le lieutenant aurait à dire à Son Excellence?

STERN.

Vous êtes un vieillard curieux.

LE SECRÉTAIRE, d'un air important.

Nullement. Mais c'est qu'en général tout a coutume de passer par mes mains dans cette maison.

STERN.

Mes affaires n'y passeront pas.

SCÈNE III.

LES PRÉCÉDENTS, UN DOMESTIQUE, entrant par une coulisse et ouvrant la porte du fond, LE CONSEILLER PRIVÉ.

STERN.

C'est là sans doute monsieur le conseiller privé... Permettez, monsieur le baron...

LE SECRÉTAIRE.

Chut! chut! pas à présent, chut!

LE CONSEILLER PRIVÉ, s'arrêtant et les regardant l'un après l'autre.

Que me veut-on?

LE SECRÉTAIRE.

C'est...

STERN.

Un homme qui désire vous parler.

LE CONSEILLER PRIVÉ.

Me parler?

(Il fait quelques pas en avant.)

_____

[1]. L'original dit nichts süsses, rien de sucré ou de doux, ce qui fait un assez fade jeu de mots.

(Note du traducteur.)

STERN.

Monsieur le baron, nous avons le malheur d'être alliés !...

LE CONSEILLER PRIVÉ, *regardant le secrétaire.*

Alliés?... je n'en savais rien.

LE SECRÉTAIRE, *riant.*

C'est le lieutenant Stern.

STERN.

Veuillez avoir la bonté de renvoyer ces personnes ; il faut que je vous parle seul.

LE CONSEILLER PRIVÉ, *avec embarras.*

Seul?

LE SECRÉTAIRE.

Votre Excellence!

STERN.

Au fond cela m'est égal ; ce sera comme vous voudrez.

LE CONSEILLER PRIVÉ, *au domestique.*

Sortez. (*au secrétaire.*) Vous, restez. Eh bien ! qu'avez-vous à dire ?

STERN.

Votre neveu déshonore mon nom.

LE CONSEILLER PRIVÉ.

Et quel est votre nom?

STERN.

Je m'appelle Stern, et ce nom est partout respecté.

LE CONSEILLER PRIVÉ.

J'ai déshérité mon neveu, et ce qu'il fait ne me regarde plus.

STERN.

Je vais emmener avec moi ma fille et mon petit-fils.

LE CONSEILLER PRIVÉ.

Vous ferez fort bien.

STERN.

Ce n'est pas de cela que je viens vous parler, mais de votre neveu. Il ne vaut pas grand' chose à la vérité, mais il ne faut pas pour cela qu'il meure de faim. Je suis pauvre, vous êtes riche; souffrirez-vous qu'il demande la charité?

LE CONSEILLER PRIVÉ.

Je ne lui donnerai rien, rien du tout.

STERN.

C'est injuste de votre part.

LE SECRÉTAIRE.

Voyez un peu !

LE CONSEILLER PRIVÉ.

Je suis fatigué de ses demandes. En attendant, s'il divorce d'avec votre fille et s'il se trouve quelque jour dans le cas de faire sa fortune par un mariage sortable, j'en serai bien aise; mais pour le moment je ne ferai rien pour lui.

STERN.

Il ne gardera pas ma fille, quand vous lui donneriez un million; mais il est de votre devoir de ne pas le laisser périr.

LE CONSEILLER PRIVÉ, *au secrétaire.*

Mon devoir ! Qu'en dites-vous?

STERN.

Je le répète, c'est votre devoir ; vous l'avez élevé à ne pouvoir travailler. Qu'a-t-il appris? à monter à cheval, à tirer des armes, à danser, à jouer, à chanter et à signer son nom d'une façon illisible. S'il avait de l'instruction, il n'aurait pas aujourd'hui besoin de vos secours.

LE CONSEILLER PRIVÉ.

Adieu, monsieur Stern.

STERN.

Le roi m'appelle lieutenant... Vous ne donnez donc rien à votre neveu?

LE CONSEILLER PRIVÉ.

Non.

STERN.

Eh bien !... arrangez - vous avec votre conscience. Maintenant il me reste encore une affaire à traiter avec vous, ou, pour mieux dire, avec votre écusson.

LE CONSEILLER PRIVÉ.

Avec mon écusson ! qui oserait l'attaquer?

STERN.

Vous-même.

LE CONSEILLER PRIVÉ.

Je ne me connais plus.

STERN.

Je vous demande si c'est une action honorable, de la part d'un homme de votre rang, de se servir de moyens détournés pour priver un officier, blanchi dans le service, de l'avancement auquel il avait droit.

LE CONSEILLER PRIVÉ.

A qui ai-je fait cela?

STERN.

A moi.

LE CONSEILLER PRIVÉ.

Comment?

STERN.

Un jeune homme, un certain Gabrecht, à peine âgé de vingt-deux ans va devenir mon capitaine par votre protection.

LE SECRÉTAIRE.

Ménagez-vos termes ; ce Gabrecht est mon fils.

STERN.

Monsieur le conseiller privé, vous me connaissez maintenant. Vous voyez sur mon front l'empreinte de la douleur causée par de nombreux passe-droits, tandis que ces papiers vous feront connaître mes services et mes blessures. Comme homme d'honneur, vous êtes obligé d'instruire le ministre de la guerre, dont vos sollicitations en faveur de Gabrecht ont surpris la religion, que vous avez commis une erreur.

LE CONSEILLER PRIVÉ.

Comment?

STERN.

Et cela, vous devez le faire le plus tôt possible, car l'état de ma fortune ne me permet pas de prolonger mon séjour dans la capitale. Demain à six heures du matin je repars. Remettez mes papiers au ministre de la guerre. Aussitôt que vous aurez fait pour moi cet acte de justice, je me présenterai chez Son Excellence.

LE CONSEILLER PRIVÉ.

Vous avez souffert... des passe-droits?

LE SECRÉTAIRE.

Vous devez comprendre que mon patron a le droit d'accorder sa protection à qui lui plaît, sans que personne ait rien à dire là-dessus.

STERN.

Un lieutenant de soixante ans... Monsieur le baron! monsieur le baron!

LE CONSEILLER PRIVÉ, au secrétaire.

Il faut convenir que c'est fort... mais... ne pourrait-on pas voir votre fils; il consentirait peut-être...

LE SECRÉTAIRE.

Oh! non, cela ne regarde pas mon fils. Monsieur le lieutenant n'a qu'à suivre la marche ordinaire et à se présenter au ministre de la guerre.

STERN.

Vous voyez bien que je ne veux pas suivre la marche ordinaire; il y a long-temps que je la suis; j'ai été oublié, négligé. Le nom de Wallenfeld m'a fait verser assez de larmes, il m'a trop remué la bile. Un Wallenfeld me déchire le cœur et un autre m'enlève l'honneur. Vous avez eu des torts envers moi; réparez-les, ou bien le vieux soldat demandera satisfaction au gentilhomme. Il faudra que vous fassiez l'un ou l'autre, choisissez.

LE CONSEILLER PRIVÉ.

Gabrecht... qu'en pensez-vous?

LE SECRÉTAIRE.

Monsieur le lieutenant, vous êtes âgé; ne pourrait-on pas avec de l'argent...

STERN, au conseiller privé.

Puisque vous payez les gens qui sont à votre service, vous pourriez vous procurer un meilleur organe de vos instructions que ce vieil étui à plume.

LE CONSEILLER PRIVÉ.

Que faut-il donc que je fasse? que désirez-vous?

STERN.

Que vous répariez le mal que vous m'avez fait ou que vous vous battiez avec moi.

LE SECRÉTAIRE.

Que le bon Dieu nous soit en aide! c'est un

TH. ALLEM. Série II. Tome 5.

guet-à-pens, un attentat contre votre illustre personne!

STERN.

Ce sont des choses auxquelles vous n'entendez rien. Monsieur le baron est gentilhomme.

LE CONSEILLER PRIVÉ.

C'est juste.

STERN.

L'heure avance...

LE CONSEILLER PRIVÉ.

Je donne ce soir une fête dont je ne puis me dispenser. Eh bien! puisqu'il le faut! oui!... au nom du ciel!... oui, je réparerai le mal.

STERN.

Je vous remercie; c'est agir en homme d'honneur.

LE CONSEILLER PRIVÉ.

On n'a jamais douté que je le fusse. Je parlerai au ministre de la guerre.

LE SECRÉTAIRE.

Mais, mon fils...

STERN.

Quand lui parlerez-vous?

LE CONSEILLER PRIVÉ.

Dans... dans... oui... dans une heure.

STERN.

C'est fort bien. Au bout d'une heure je me présenterai chez le ministre de la guerre. Monsieur le baron se charge de lui remettre mes états de service. Nous n'avons plus rien à nous dire.

(Il sort.)

SCÈNE IV.

LE CONSEILLER PRIVÉ, LE SECRÉTAIRE.

LE CONSEILLER PRIVÉ.

Gabrecht!

LE SECRÉTAIRE.

Excellence!

LE CONSEILLER PRIVÉ.

Il m'a fait venir la chair de poule, et...

LE SECRÉTAIRE.

Quel homme audacieux!

LE CONSEILLER PRIVÉ.

J'ai été mal appuyé dans cette affaire... par vous.

LE SECRÉTAIRE.

Que voulez-vous, monseigneur, je suis père. Faudra-t-il que mon pauvre fils soit la victime?

LE CONSEILLER PRIVÉ.

Vaut-il mieux que je me batte?

LE SECRÉTAIRE.

Que le ciel vous en préserve!

LE CONSEILLER PRIVÉ.

Votre fils est soldat...

LE SECRÉTAIRE.

Oui, cela est vrai.

LE CONSEILLER PRIVÉ.

Il peut demander raison au lieutenant.

LE SECRÉTAIRE.

Juste ciel !

LE CONSEILLER PRIVÉ.

Puisqu'il veut être capitaine, il faudra bien qu'il fasse ses preuves.

LE SECRÉTAIRE.

Cet enfant est si délicat !

LE CONSEILLER PRIVÉ.

Et moi donc ?

LE SECRÉTAIRE.

Monseigneur n'y pense pas ! votre personne est sacrée pour nous ! il vaudrait mieux que nous périssions tous ! mais faut-il donc que ce grossier personnage obtienne ce qu'il désire ?

LE CONSEILLER PRIVÉ, *en réfléchissant.*

Je crois en effet qu'il a été grossier.

LE SECRÉTAIRE.

Envers un homme comme monseigneur !

LE CONSEILLER PRIVÉ.

C'est bien vrai.

LE SECRÉTAIRE.

Vous dicter des conditions ! Et ne s'est-il pas en outre permis de parler avec la méfiance la plus condamnable de Son Excellence le ministre de la guerre ?

LE CONSEILLER PRIVÉ.

Vous avez raison.

LE SECRÉTAIRE.

Je puis le certifier ; il vous a porté un défi. Eh ! n'avons-nous pas une ordonnance contre le duel ?

LE CONSEILLER PRIVÉ.

C'est vrai, mais les personnes de notre rang...

LE SECRÉTAIRE.

Provoquer un seigneur de votre âge !

LE CONSEILLER PRIVÉ.

Le lieutenant a douze ans de plus que moi.

LE SECRÉTAIRE.

Tant pis. C'est un invalide. Qu'a-t-il besoin d'avancement ?

LE CONSEILLER PRIVÉ.

Il devrait solliciter sa retraite.

LE SECRÉTAIRE.

Avec le grade de capitaine.

LE CONSEILLER PRIVÉ.

C'est ce qu'on pourrait demander. Vous avez raison.

LE SECRÉTAIRE.

Monseigneur pourrait aller trouver le ministre de la guerre et lui en faire la proposition.

LE CONSEILLER PRIVÉ.

Mais il prouvera qu'il est état de servir... et puis ces papiers, ces états de service qu'il faudra que je présente moi-même au ministre...

LE SECRÉTAIRE.

Hum !... ne pourriez-vous pas dire que vous les avez oubliés.

LE CONSEILLER PRIVÉ.

J'ai donné ma parole...

LE SECRÉTAIRE.

Alors vous n'avez qu'à vous plaindre de sa brutalité.

LE CONSEILLER PRIVÉ.

Cela peut se faire.

LE SECRÉTAIRE.

Vous parleriez d'un attentat, d'un projet de duel.

LE CONSEILLER.

Cela se peut encore.

LE SECRÉTAIRE.

Votre illustre nom... opposé au lieutenant qui est un sot...

LE CONSEILLER PRIVÉ.

Une tête chaude.

LE SECRÉTAIRE.

Un don Quichotte.

LE CONSEILLER PRIVÉ.

Un homme dangereux.

LE SECRÉTAIRE.

Il faut qu'il parte.

LE CONSEILLER PRIVÉ.

C'est juste. Faites avancer la voiture...

LE SECRÉTAIRE.

Oui, monseigneur.

(Il sort.)

LE CONSEILLER PRIVÉ, *seul, s'essuyant le front.*

Il m'a échauffé... cet homme déplaisant. A la vérité il est pauvre. Eh bien !... je lui ferai un cadeau.

SCÈNE V.

LE CONSEILLER PRIVÉ, LE SECRÉTAIRE, *puis* LE RECTEUR BERGER.

LE SECRÉTAIRE.

Il y a là un honnête homme, un certain recteur Berger, qui demande respectueusement et avec la soumission convenable s'il peut avoir l'honneur de faire sa cour à monseigneur.

LE CONSEILLER PRIVÉ.

Que me veut ce maître d'école ?

LE SECRÉTAIRE.

Son langage est si plein d'humilité !

LE CONSEILLER PRIVÉ.

Qu'il entre! (*Le secrétaire sort.*) Ce sera pour une quête.

(*Il tire sa bourse.*)

LE SECRÉTAIRE, *entrant avec le recteur.*

Voilà Son Excellence... Vous pouvez parler sans crainte.

BERGER.

Votre très humble...

LE CONSEILLER PRIVÉ

Une quête?

BERGER.

Elle pourra devenir nécessaire, mais je désire auparavant faire un appel à votre humanité et à votre générosité en particulier. L'infortuné pour qui...

SCÈNE VI.

LES PRÉCÉDENTS *et* UN DOMESTIQUE.

LE DOMESTIQUE.

La voiture est à la porte.

LE CONSEILLER PRIVÉ, *à Berger.*

Les malheureux ont toujours de longs récits à faire. Je n'ai pas besoin de savoir cette histoire, voici de l'argent.

BERGER.

Si monsieur le baron a coutume de donner ainsi, moi je n'ai pas l'habitude de prendre de cette manière. L'infortuné dont je parle est votre neveu, monsieur le baron de Wallenfeld.

LE CONSEILLER PRIVÉ, *remettant l'argent dans sa poche.*

Lui! A celui-là je ne donne rien. Parlez à mon secrétaire... Il faut que je sorte.

LE SECRÉTAIRE.

Que Votre Excellence daigne attendre un instant; il s'agit peut-être de quelque grand malheur.

BERGER.

Oh! oui! il s'agit du feu de l'enfer.

LE CONSEILLER PRIVÉ.

Parlez.

LE SECRÉTAIRE.

Dites donc, de grace, honnête homme, qu'est-il arrivé au baron?

BERGER.

Dans l'excès du désespoir et de la misère, il s'est associé avec des escrocs.

LE SECRÉTAIRE.

Que Dieu ait pitié de lui!

BERGER.

C'est juste. Mais comment Dieu prend-il pitié des hommes? en envoyant d'autres hommes à leur secours. Voici monsieur le conseiller privé qui est l'oncle paternel...

LE SECRÉTAIRE.

Mais Son Excellence est fort irritée, et avec raison.

BERGER.

En attendant, son neveu risque le salut de son ame. Le suppôt de Satan qui le tient dans ses griffes, ce M. de Posert, est un de ces hommes que le Seigneur a marqués au front, et je sais que la police a les yeux sur toute cette bande infernale.

LE SECRÉTAIRE.

Quelle affreuse nouvelle! Votre Excellence! La police! L'illustre nom de Wallenfeld! Ah! mon Dieu, mon Dieu!

LE CONSEILLER PRIVÉ.

C'est effroyable! Mais que puis-je y faire? (*Le secrétaire parle bas au conseiller privé.*) Vous croyez?

LE SECRÉTAIRE.

Oui, car sans cela...

(*Il parle bas.*)

LE CONSEILLER PRIVÉ.

C'est vrai.

BERGER.

On a dépouillé un jeune homme, et son tuteur veut déférer l'affaire à la justice. Je connais le jeune homme et le tuteur. C'est une mauvaise affaire... très mauvaise! Comme je dois de la reconnaissance à M. le baron votre neveu, je suis venu vous supplier de le tirer de là et de le sauver avant que le bruit ne se répande dans le public.

LE SECRÉTAIRE.

Nous verrons. Quel est le jeune homme qui a été dépouillé?

BERGER.

Le fils d'un ecclésiastique, qui était venu ici recueillir une succession pour son père.

LE CONSEILLER PRIVÉ.

Et c'est lui qu'on a trompé au jeu?

BERGER.

C'est du moins ce que dit le licencié Wieder.

LE CONSEILLER PRIVÉ.

Et mon neveu était présent?

BERGER.

Hélas! oui.

LE SECRÉTAIRE.

Et il savait que l'on trompait?

BERGER.

Mon fils le craint.

LE SECRÉTAIRE.

Eh bien! Votre Excellence?

LE CONSEILLER PRIVÉ.

Vous avez raison; il faut partir[1].

(*Il sort.*)

_____

[1] Il y a ici une équivoque impossible à traduire. *Muss fort* peut signifier également *il faut qu'il parte* et *il faut que je m'en aille*, selon que l'on sous-entend *er* ou *ich.*

BERGER.

Qui doit partir ? Où doit-il aller ? qui ?

LE SECRÉTAIRE.

Son Excellence se rend chez le ministre de la guerre.

BERGER.

Ah ! et je m'y rends aussi.

LE SECRÉTAIRE.

Comment ? chez...

BERGER.

Le ministre de la guerre. Oui, oui ! Malgré la proche parenté, j'ai remarqué ici beaucoup de froideur ; qui sait si là-bas on ne mettra pas une ardeur d'autant plus grande à envenimer la chose. Moi, j'ai voulu servir l'âme sans perdre le corps, aussi je vais y courir...

LE SECRÉTAIRE.

Croyez-moi, allez plutôt trouver le baron...

BERGER.

Non, je comprends le devoir qui m'est imposé. Avec l'aide de Dieu, je le remplirai avec courage. Il s'agit de faire une patrouille spirituelle contre le malin esprit.

(Il sort précipitamment.)

LE SECRÉTAIRE , seul.

Ceci me dérange un peu. Hum ! hum ! *(Il réfléchit.)* Le baron est dans l'embarras... moyennant un peu d'argent... il me mettra en repos du côté du vieux lieutenant... D'une autre part, je l'effraierai en lui parlant d'une forteresse et je le pousserai à se sauver en province. De cette façon tout s'arrangera. Courage ! Il s'agit de faire une patrouille mondaine pour défendre son bien.

(Il sort.)

SCÈNE VII.

Le théâtre représente un salon chez M. de Wallenfeld.

M. DE WALLENFELD, JACQUES, *faisant une malle au fond du théâtre.*

WALLENFELD *entre, le chapeau sens devant derrière, la cravate dénouée, et en un mot dans l'état d'une personne échauffée par le vin.*

Holà !... Jacques !... Jacques ! vite, vieux garçon ! viens par ici.

JACQUES.

Monsieur le baron.

WALLENFELD.

Que fais-tu là ? une malle ? Qui t'a ordonné cela ?

JACQUES.

M. le lieutenant...

WALLENFELD.

Défais tout de suite cette malle ! Réveille-toi, vieux rêveur ! Prends courage ! *(Il lui jette un écu.)* Voilà de l'argent ! Où est ma femme ?

JACQUES.

Dans son appartement. Elle donne une leçon de lecture à l'enfant.

WALLENFELD.

Appelle-la !... Mets l'argent dans ta poche !... Appelle-la, dis-je ! Et cet argent, il faut l'emporter. *(Jacques prend l'argent et s'éloigne.)* Jacques !

JACQUES.

Monsieur le baron.

WALLENFELD.

Va chercher du vin de Champagne.

JACQUES.

Ah ! Dieu !

WALLENFELD.

C'est du vin de Champagne que je te dis de chercher ! Je veux que tu boives.

JACQUES.

Du vin de Champagne trempé de larmes ? Hélas !

WALLENFELD.

C'est une sottise que de verser des larmes ; il faut les essuyer ! *(Il l'embrasse.)* Vivent le jeu et le vin de Champagne ! Voilà de l'argent... va... cherche du vin !... Allons, émoustille-toi ! Nos chagrins sont finis. Va ! *(Jacques sort. — Wallenfeld appelle dans le cabinet.)* Marie !... femme !... Marie !... viens par ici, viens !

SCÈNE VIII.

M. DE WALLENFELD, MADAME DE WALLENFELD **, CHARLES.**

WALLENFELD.

As-tu dîné, ma pauvre femme ? *(Il prend son fils dans ses bras.)* Viens dans mes bras, mon enfant ! Voilà de l'argent, Marie ! Tiens, Charles, voilà de l'argent ! C'est pour acheter des joujoux. Allons, sois gaie, Marie, sois gaie ! Il faut que je reparte sur-le-champ : je ne suis revenu que pour être encore une fois témoin de votre bonheur.

CHARLES.

Tiens, maman, prends cet argent, tu n'en as point.

WALLENFELD.

Je veux que tu le gardes. Joue avec, donnes-en à tes camarades, achète des images... la roue a tourné... Va, mon garçon, amuse-toi ! Ton père est content ! saute, danse, mon fils, ton père est gai !

MADAME DE WALLENFELD.

Que veux-tu dire? Comment dois-je expliquer ce changement?

WALLENFELD.

Bonheur, vin et amour! Le bonheur a apporté de l'argent, le vin a donné de la raison (*Il l'embrasse.*) et l'amour couronne l'un et l'autre! Nous partons demain pour Aix-la-Chapelle.

MADAME DE WALLENFELD.

Ta gaîté ressemble à de l'égarement; elle m'effraie.

WALLENFELD.

Ne parle pas de cela! arrière la prudence! arrière la tristesse et le chagrin! Nous allons devenir riches. Le vin m'a rendu sage et juste à ton égard.

MADAME DE WALLENFELD.

Écoute-moi. Tant que tu étais malheureux...

WALLENFELD.

Point de morale! Elle fait les pauvres, et les pauvres honteux. Je suis riche depuis que je suis gai.

MADAME DE WALLENFELD.

Depuis quand es-tu gai? Oses-tu bien l'être?

WALLENFELD.

Si je l'ose? (*Il soupire.*) Marie! (*Il lui tend la main.*) chère Marie!

(*Il la contemple pendant quelques instants.*)

MADAME DE WALLENFELD.

Qu'as-tu?

WALLENFELD.

C'est ce qu'il ne faut pas me demander, pas à présent, du moins. (*vivement.*) Mais je puis te dire une chose, c'est que les hommes sont des animaux de proie. Tous, tous!... ils m'ont rongé d'une manière si avide, si cruelle... que tu as été sur le point de mourir de faim. (*avec bonté.*) Mais as-tu dîné. pauvre Marie? On va sur-le-champ t'apporter tout ce qu'il te faudra. On apportera aussi du vin... Comment te sens-tu, ma pauvre femme?

MADAME DE WALLENFELD.

Tu as donc encore joué?

WALLENFELD.

Oui, j'ai joué; c'était mon devoir. Il faut que je retrouve ce qui était à moi. Moi, et toi, et Charles. (*Il lui met le bras autour de la taille.*) Il faut que tes joues reprennent leurs couleurs, que l'aisance y forme de nouveau des fossettes; que les sourires effacent la trace profonde de tes larmes. (*Il l'embrasse avec ardeur.*) C'est pour cela que j'ai joué. Me blâmerais-tu?

MADAME DE WALLENFELD.

Et ton serment?

WALLENFELD.

... et la honte m'en ont ôtées. Ne

me regarde pas d'un air équivoque. Le monde entier n'est qu'un jeu où les gagnants sont ceux qui donnent les cartes. La seule différence entre le joueur du tapis vert et celui du bureau, c'est que chez le premier la chance se décide plus vite.

MADAME DE WALLENFELD.

Tout est donc perdu, je n'ai plus d'espérance!

WALLENFELD.

Qu'as-tu besoin d'espérance, puisque tu as de l'argent?

MADAME DE WALLENFELD.

Garde cet argent; je reste pauvre, je te quitte, j'emmène mon enfant et je suis mon père.

WALLENFELD.

Je te le défends. C'est par amour pour toi que je suis devenu ce que je suis; il faut que mon sacrifice te profite. Je suis ton maître, tu dois obéir.

MADAME DE WALLENFELD.

J'obéis à l'honneur, à mon devoir de mère et je te quitte.

WALLENFELD.

Tu ne feras pas un pas pour t'éloigner.

MADAME DE WALLENFELD.

Mon pauvre père n'avait que trop raison: un joueur comme toi ne se corrige jamais. Malheureuse que je suis!

WALLENFELD.

Voici de l'argent et tu en auras encore davantage... Mais que je ne voie plus de larmes!... Je hais les larmes... Je veux te les acheter. Marie... tâche de te monter à mon diapason...Soutiens-moi dans mon sol... car si jamais je me lassais nous serions tous perdus.

MADAME DE WALLENFELD.

D'où vient cet argent?

WALLENFELD.

Pas de questions! pas de réflexions! En avant! toujours en avant!... Vivent Posert et la richesse!

SCÈNE IX.

LES PRÉCÉDENTS, LE SECRÉTAIRE, *ensuite*
JACQUES.

LE SECRÉTAIRE.

Monsieur le baron...

WALLENFELD.

Va-t-en, pipeur!

LE SECRÉTAIRE.

Comment?

WALLENFELD.

Vois-tu, Marie, à côté de cet homme, je suis un ange. C'est là un de ces escrocs de bureau dont je te parlais. Il marche le front levé dans le monde, il fait ses prières et ne

voudrait pas mettre un denier sur une carte.
Et pourtant il m'a volé ma succession. Mais
ne parlons pas de cela! Oui, vieux fripon,
tu as terriblement triché en me donnant mes
cartes.

LE SECRÉTAIRE.

Je ne comprends pas...

WALLENFELD.

Mais vous ne m'avez pas fait grand tort.
Sachez que je serai bientôt aussi riche que
vous.

LE SECRÉTAIRE.

Cela serait bien à désirer...

WALLENFELD.

A désirer! non, de par tous les diables!
mais nécessaire... très nécessaire! Car, voyez-
vous, je ne puis pas laisser mourir de faim
ma femme ni mon pauvre Charles. La faim
renverse toutes les barrières, la faim est
toute-puissante! C'est ce que vous saviez fort
bien, mon honnête cousin Fernau et vous.
Au fait! que venez-vous faire ici?

LE SECRÉTAIRE.

Une proposition toute d'humanité; mais
vous ne me laissez pas le temps de parler.

WALLENFELD.

Allons, je vous écoute.

LE SECRÉTAIRE.

Monsieur le lieutenant Stern est fâché contre moi, parce que mon fils a obtenu la préférence sur lui et a été nommé capitaine.

WALLENFELD.

Il faudra donc qu'il vous tue, vous ou
votre fils.

(Jacques entre avec du vin.)

LE SECRÉTAIRE.

Je voulais, d'après cela, vous proposer...
de...

WALLENFELD.

Écoute bien ce qu'il va dire; il mêle les
cartes.

LE SECRÉTAIRE.

Attendu que vous n'êtes pas très riche...

WALLENFELD.

Vous mentez... voici de l'argent.

LE SECRÉTAIRE.

Qu'il serait avantageux pour vous, ainsi
que pour votre femme et votre enfant...

WALLENFELD.

Ne mets point d'argent sur cette carte,
Marie...

LE SECRÉTAIRE.

D'accepter...

WALLENFELD.

Verse, Jacques.

LE SECRÉTAIRE.

D'accepter de moi une somme d'argent, et
par contre...

WALLENFELD.

Du vin!

(Jacques apporte du vin.)

LE SECRÉTAIRE.

Et par contre, vous engageriez monsieur
le lieutenant à rester lieutenant, et à souffrir que mon bon fils passât capitaine sans
lui faire de querelle.

WALLENFELD.

Non.

LE SECRÉTAIRE.

Je paierai la somme comptant.

WALLENFELD.

Non, dis-je! nous jouons pour de l'argent
et non pas pour des postes d'honneur. Du
vin!

LE SECRÉTAIRE.

Monsieur le lieutenant est un vieillard
pauvre qui serait trop heureux de recevoir
la moitié de l'argent.

WALLENFELD.

Quand on sert pour l'honneur on veut de
l'honneur; or, vous ne pouvez point en
donner à mon beau-père, et si vous prétendez lui en ôter, je vous tords le cou.

LE SECRÉTAIRE.

Hum! mon cher monsieur, ne vous fâchez
pas... Vous faites en ce moment toutes sortes de métiers.

WALLENFELD.

Grace à vous et au mauvais génie de mon
oncle!... Mais dites à votre fils que s'il essaie
de se pousser aux dépens de mon vieux et
honorable beau-père... je saurais bien débar-
rasser monsieur Sterne de cet obstacle.

MADAME DE WALLENFELD.

Fritz!

LE SECRÉTAIRE.

Monsieur le baron... vous prenez bien chau-
dement le parti de monsieur votre beau-père.

WALLENFELD.

Je lui ai enlevé son enfant et tout son bonheur. Arrivé au bord de la tombe, il veut
saisir le fantôme de l'honneur... et il l'ob-
tiendra, dussé-je entreprendre un combat à
mort contre le brigand qui veut l'en priver.

MADAME DE WALLENFELD.

Fritz... je te pardonne tout.

(Elle l'embrasse.)

WALLENFELD.

Contentez-vous des profits de l'usure et
ne butinez pas sur les domaines de l'honneur.

MADAME DE WALLENFELD.

Fille, je verse des larmes de joie et j'oublie toutes les peines de l'épouse. Fritz, ton
cœur est toujours bon. Je n'oublierai jamais
ce moment. (Elle veut l'embrasser.) Je te promets...

WALLENFELD, *la repoussant.*

Ne promets rien... Je ne veux point te tromper... ame pure.

LE SECRÉTAIRE.

Si monsieur le baron retourne au tripot où le fils du riche pasteur vient d'être dépouillé...

WALLENFELD.

Sors! Ce n'est pas de ta main que ma pauvre femme doit recevoir la coupe empoisonnée.

MADAME DE WALLENFELD.

Fritz, Fritz! Au nom du ciel, qu'est-ce qu'il a voulu dire?

LE SECRÉTAIRE.

Oui, oui! L'avocat de ce jeune homme s'est adressé à la police, et si Son Excellence, l'oncle de monsieur le baron, n'intervient pas généreusement pour mettre un terme à ce scandale, par le moyen de la forteresse...

WALLENFELD.

Sors, charitable assassin! Je n'ai point épargné ma femme et mon fils, pourquoi t'épargnerais-je? (*Madame de Wallenfeld le prend dans ses bras.*) Sois tranquille. Dans une heure, nous partons, Posert et moi... Voici l'argent du péché; (*Il vide ses poches sur la table.*) prends-le... ne le prends pas... Suis-nous... va devant... ou ne fais ni l'un ni l'autre... Je ne puis te donner aucun conseil, te faire aucune prière; je ne l'ose pas.

MADAME DE WALLENFELD.

Dieu tout-puissant!

(*Le secrétaire sort.*)

WALLENFELD.

J'ai voulu, en feignant de la gaîté, t'engager à m'accompagner... J'ai voulu te tromper... Maintenant tu sais tout; c'est peut-être ton salut... Ne prends plus conseil que de toi-même... je n'ose t'en donner... mais laisse-moi partir, car maintenant que tu sais tout, je ne puis plus supporter ton regard.

(*Il veut sortir.*)

MADAME DE WALLENFELD, *le retenant.*

Reste... Ecoute-moi... Rends cet argent...

WALLENFELD.

Non.

MADAME DE WALLENFELD.

Permets que je le rende, moi.

WALLENFELD.

Non.

MADAME DE WALLENFELD.

Je suis ta femme, je suis mère; écoute ma prière! Fritz, c'est ton bon ange qui te parle par ma bouche.

WALLENFELD.

Il m'a abandonné.

MADAME DE WALLENFELD.

Non, non, non! Il t'embrasse, il te retient sur le bord de l'abîme. Recule.

WALLENFELD.

Et demande l'aumône.

MADAME DE WALLENFELD.

Conserve ta vertu; garde pour ton fils un nom honorable. Dis; où faut-il que je porte cet argent? Parle! ce moment est terrible; parle! Nous serons pauvres, il est vrai, mais ne serai-je pas assez riche avec un mari vertueux?

WALLENFELD.

Il est trop tard. Mon nom est effacé d'entre ceux des honnêtes gens.

MADAME DE WALLENFELD.

Ici seulement; mais la terre est vaste. La patrie du malheureux est partout, et une conscience pure est en tout lieu un trésor. A qui appartient cet argent? Où faut-il que je le porte? Oh! parle, je t'en prie, parle. L'inquiétude me dévore.

WALLENFELD.

Un moment affreux a décidé de mon sort; je me suis arraché moi-même de tes bras. Abandonne-moi, mais prends cet argent.

MADAME DE WALLENFELD.

Où faut-il que je le porte? Où?

WALLENFELD.

Je voulais te sauver... et je t'ai précipitée dans l'abîme... Pardonne-moi, et qu'après cela la destinée épuise sur moi sa rigueur.

(*Il l'embrasse.*)

SCENE X.

LES PRÉCÉDENTS, LE LIEUTENANT STERN.

STERN.

Arrière! scélérat! (*Wallenfeld recule.*) Oses-tu bien presser ce sein vertueux contre ton coupable cœur? Un grand malheur, Marie, demande de la résolution; abandonne-le et suis-moi.

MADAME DE WALLENFELD.

Je ne le puis.

STERN.

Comment?

MADAME DE WALLENFELD.

Cela ne m'est point permis.

STERN.

Marie, tu ne le connais pas.

MADAME DE WALLENFELD.

Je le connais; chacun l'abandonne; il est seul dans le monde; désormais pas une voix ne prendra sa défense; comment puis-je l'abandonner?

STERN.

Tu es mère...

MADAME DE WALLENFELD.

Je suis épouse!

WALLENFELD , *ému.*

Marie, suis ton père... Il a raison, je ne mérite point ton amour.

MADAME DE WALLENFELD.

Accepte donc ma pitié. S'il le faut, je ne te verrai plus... Si tu me délies sérieusement du serment que j'ai prêté... et si tu as le courage de l'arracher de moi... je m'éloignerai... Mais auparavant je veux te sauver ! Mon père, c'est un devoir que l'humanité impose.

STERN.

Il ne l'a point écoutée.

MADAME DE WALLENFELD.

Mais il en a besoin. Fritz, sauve-toi... En rendant cet argent, ton ame se lave du péché. La blessure laissera dans ta mémoire une cicatrice qui te préservera de nouvelles chutes.

WALLENFELD.

O mon père ! faut-il que je me bannisse d'un semblable paradis ? Vous connaissez les hommes... décidez pour moi... Je ne l'ose... Puis-je promettre à Marie de me corriger ?

STERN.

Marie, si tu le suis, si tu rends toi-même ta réputation douteuse, que veux-tu que le monde pense de toi et de moi? Des larmes d'amour coulent de tes yeux... Les miens, appesantis par l'âge, laissent échapper des gouttes brûlantes qu'y appellent l'honneur et la vertu... Tu ne m'écoutes pas? Eh bien! confie ton salut aux serments d'un joueur ; donne-moi ton enfant et que mon cœur se brise par la perte de ton honneur.

WALLENFELD.

Non, Marie ! adieu !

(*Il veut sortir et rencontre Charles.*)

SCÈNE XI.

LES PRÉCÉDENTS, CHARLES, UN AIDE-DE-CAMP.

CHARLES.

Les voilà tous. Voilà mon père...

WALLENFELD , *le prenant dans ses bras.*

Charles !

CHARLES.

Et celui-là est mon grand-père.

(*Wallenfeld veut sortir.*)

L'AIDE-DE-CAMP.

Où voulez-vous aller, monsieur?

WALLENFELD.

Je n'en sais rien moi-même.

L'AIDE-DE-CAMP.

Vous ne partirez point; vous m'accompagnerez chez le ministre de la guerre.

WALLENFELD.

Pour quel motif?

L'AIDE-DE-CAMP.

Ce sont mes ordres. Je ne vous quitte plus... Et vous êtes monsieur le lieutenant Stern?

STERN.

Oui.

L'AIDE-DE-CAMP.

Remettez-moi votre épée.

STERN.

Suis-je aux arrêts?

L'AIDE-DE-CAMP.

Oui.

STERN.

Par quel motif?

(*L'aide-de-camp hausse les épaules.*)

WALLENFELD.

Je jure par Dieu que c'est le plus honnête de tous les hommes qui portent l'épée du monarque.

STERN.

Veuillez me montrer vos ordres, monsieur.

L'AIDE-DE-CAMP.

Auriez-vous des doutes?

STERN.

J'en cherche.

L'AIDE-DE-CAMP.

Voici mes ordres.

(*Il montre un papier.*)

STERN *lit le papier, le rend, se frappe le front et détache son épée.*

Voici mon épée. (*Au moment de la remettre il la garde.*) A Minden il m'en a coûté quelques blessures pour n'avoir pas voulu m'en séparer ; à dire vrai, elle ne m'avait jamais encore été demandée... quoi qu'il en soit... la voilà.

L'AIDE-DE-CAMP , *à Wallenfeld.*

Partons, monsieur le baron.

WALLENFELD.

Je n'ai plus qu'un mot à dire. (*à sa femme.*) Oublie-moi !... sois veuve ; mais ne me méprise point ! (*il lui remet son fils.*) Toi, reste auprès de ta mère. Que Dieu vous protège tous !... Venez, monsieur l'aide-de-camp.

(*Ils sortent.*)

SCÈNE XII.

MADAME DE WALLENFELD, LE LIEUTENANT STERN, CHARLES.

CHARLES.

Où va donc mon papa?

MADAME DE WALLENFELD, *se jetant dans les bras de Stern.*

Mon père ! mon cher père !

STERN.

Tu n'as plus d'époux! tu n'as plus d'honneur! (*Il met la main au côté.*) et moi je n'ai plus d'épée! Repoussé par le gouvernement et par les hommes, que suis-je encore? (*Il regarde l'enfant.*) Grand-père! oui, c'est-là un brevet que m'a donné la nature et qu'aucun réglement ne peut m'enlever. Viens, Charles, (*Il l'attire à lui.*) nous allons jouer ensemble.

CHARLES.

Cher-grand papa, je voudrais bien jouer avec ton épée, mais tu l'as donnée.

STERN.

Ah! Marie, cela est triste! (*vivement.*) Plus d'épée! Je prendrai une bêche et je labourerai la terre pour te nourrir toi et ton fils. C'est là une arme utile, bienfaisante.

CHARLES.

Ne sois pas fâché, cher grand-papa.

STERN.

Mon garçon, apprends à cultiver la terre, à faire venir du blé; ainsi tu te procureras du pain, un asile et la paix ici, ici! (*Il lui montre le cœur.*) Les autres bagatelles pour lesquelles les hommes se disputent ne méritent pas qu'on étende la main pour les obtenir.

ACTE CINQUIÈME.

Le théâtre représente un salon chez le ministre de la guerre, général de Bildau.

SCÈNE I.

L'AIDE-DE-CAMP, *arrivant*, LE SECRÉTAIRE.

LE SECRÉTAIRE.

Est-ce à l'aide-de-camp de Son Excellence le général que j'ai l'honneur d'adresser respectueusement la parole?

L'AIDE-DE-CAMP.

Je suis aide-de-camp du général.

LE SECRÉTAIRE.

Son Excellence, mon très gracieux maître, monsieur le conseiller privé, baron de Wallenfeld, m'envoie auprès de Son Excellence le général...

L'AIDE-DE-CAMP.

Vous ne pouvez pas le voir en ce moment; le général est occupé d'affaires pressantes.

LE SECRÉTAIRE.

Nous savons cela. Avec notre neveu, n'est-ce pas?

L'AIDE-DE-CAMP.

Tout juste.

LE SECRÉTAIRE.

Ah! bon Dieu! quel malheur! mon pauvre maître ne sait que devenir. C'est précisément pour cela qu'il m'envoie, afin de prier monsieur le général de vouloir bien presser la chose autant que possible.

L'AIDE-DE-CAMP.

Le général examine l'affaire à fond. Il est très irrité.

LE SECRÉTAIRE.

N'est-il pas vrai? Quelle horrible perversité dans un si jeune homme! et d'une si *charmante* maison! Aussi mon très gracieux maître serait-il d'avis que monsieur le gé-

néral prît bien garde de se laisser attendrir, car il a une langue dorée; il ne faut pas trop examiner la chose, et comme malheureusement le mal que l'on dit de lui n'est que trop certain, ce qu'il y aurait de mieux serait d'envoyer ce joueur incorrigible en secret dans une forteresse. Mon maître se chargerait des frais d'entretien. Auriez-vous la bonté de faire part de ceci à monsieur le général?

SCÈNE II.

LES PRÉCÉDENTS, UN VALET DE CHAMBRE.

LE VALET DE CHAMBRE.

Le lieutenant de Baum est là avec monsieur de Posert.

L'AIDE-DE-CAMP.

Faites-les passer dans la petite salle à manger pour y attendre les ordres du général.

LE VALET DE CHAMBRE.

Oui, monsieur.

L'AIDE-DE-CAMP.

Surtout que le lieutenant ne le perde pas de vue... mais... il vaut mieux que je fasse la commission moi-même.

(*Il sort.*)

SCÈNE III.

LE SECRÉTAIRE, LE VALET DE CHAMBRE.

LE SECRÉTAIRE.

On a donc fait venir aussi ce Posert? En ce cas, on verra beau jeu.

LE VALET DE CHAMBRE.

C'est possible.

LE SECRÉTAIRE.

Monsieur le général est sévère; il voudra sans doute faire un exemple. Notre mauvais sujet de baron a-t-il déjà un factionnaire à sa porte?

LE VALET DE CHAMBRE.

Pas encore.

LE SECRÉTAIRE.

N'a-t-on pas pénétré quelles sont les intentions définitives de monsieur le général à son égard?

LE VALET DE CHAMBRE.

Le général est fort en colère.

LE SECRÉTAIRE.

Ah! cela est du moins certain?

SCÈNE IV.

LES PRÉCÉDENTS, LE GÉNÉRAL, L'AIDE-DE-CAMP *et* LE RECTEUR BERGER.

LE GÉNÉRAL.

Dites à votre maître qu'il sera impossible à la comtesse et à moi de nous rendre ce soir au souper et au bal. Je le prie de vouloir les remettre à un autre jour.

LE SECRÉTAIRE.

Ah! Dieu! cela lui fera une peine extrême.

LE GÉNÉRAL.

Je désire au contraire que monsieur le conseiller privé vienne chez moi. Je ne voudrais rien décider sans lui dans cette méchante affaire.

LE SECRÉTAIRE.

Pour ce qui est de cela, monsieur le général n'a pas besoin de se gêner le moins du monde.

LE GÉNÉRAL.

J'attends donc monsieur le conseiller privé.

LE SECRÉTAIRE.

Oserais-je demander où en est l'affaire de mon fils le capitaine? Je sais que monsieur le lieutenant Stern a sollicité.

LE GÉNÉRAL.

Votre fils reste capitaine.

LE SECRÉTAIRE.

Que Dieu bénisse Votre Excellence dans ce monde et dans l'autre!

LE GÉNÉRAL.

Votre serviteur. (*Le secrétaire salue et sort.*) Monsieur le recteur, je vous remercie de la confiance que vous m'avez témoignée en vous adressant à moi.

BERGER.

Daignez considérer qu'il n'est entré dans la carrière du vice qu'aujourd'hui et poussé par la nécessité.

LE GÉNÉRAL.

N'essayez point de le défendre. Mon seul but, comme gentilhomme et comme gouverneur, est de lui épargner la honte d'être arrêté publiquement par la police; mais je ne prétends point le dérober au châtiment. Tromper au jeu! J'ai de la peine à retenir ma colère.

BERGER.

L'avocat pense que le scélérat de Posert avait marqué les cartes.

LE GÉNÉRAL.

Cela suffit. Veuillez avoir la bonté d'aller chez l'avocat et de lui remettre ce papier; je réponds que son client recouvrera l'argent qu'on lui a volé. Pour le reste, qu'il se tienne tranquille.

BERGER.

Monsieur le général, le baron a sauvé mon fils, faut-il que j'aie à me reprocher de l'avoir précipité dans l'abîme?

LE GÉNÉRAL.

Allez d'abord chez l'avocat et revenez ensuite me trouver.

BERGER.

Ah! Dieu! je l'ai donc conduit entre Scylla et Charybde! Mais faisons cette course et revenons ici sur-le-champ. Je ne veux négliger ni prières ni supplications.

(*Il sort.*)

SCÈNE V.

LE GÉNÉRAL, L'AIDE-DE-CAMP.

LE GÉNÉRAL, *se promenant avec agitation.*

Maudite histoire! Que fait-il donc, ce malheureux Wallenfeld?

L'AIDE-DE-CAMP.

Il demeure pensif et sombre. J'ai laissé le sous-officier à sa porte.

LE GÉNÉRAL.

C'est bien. Verse-t-il des larmes?

L'AIDE-DE-CAMP.

Non.

LE GÉNÉRAL.

Donnez ordre que dans deux heures un carrosse escorté de quatre dragons se tienne prêt à la porte de derrière de l'hôtel.

L'AIDE-DE-CAMP.

Oui, général.

LE GÉNÉRAL.

On n'a pas oublié de dire à Posert d'apporter sa caisse avec lui?

L'AIDE-DE-CAMP.

On l'a dit.

LE GÉNÉRAL.

Maintenant je veux voir le lieutenant Stern. Qu'on me laisse seul avec lui. (*L'aide-*

...-camp sort; le général prend des papiers dans sa poche et lit. « Enlève la redoute... couvert la retraite... *(il continue à lire tout bas.)* s'est maintenu pendant huit heures dans cette position dangereuse contre un ennemi supérieur en nombre, a préparé par-là le résultat décisif de la journée, et a reçu à cette occasion quatre blessures. » Stern! et pourtant il n'est encore que lieutenant!

SCÈNE VI.

LE GÉNÉRAL. LE LIEUTENANT STERN.

STERN.

Votre Excellence m'a fait appeler, j'attends ses ordres.

LE GÉNÉRAL.

Lieutenant, vous êtes un homme inquiet, violent.

STERN.

A-t-on remis à Votre Excellence mes papiers?

LE GÉNÉRAL.

Je les tiens.

STERN.

Je me flatte en ce cas que leur contenu aura en partie répondu à vos observations.

LE GÉNÉRAL.

Ces papiers auxquels, pour plus d'une raison, je crois devoir ajouter une foi implicite, prouvent que vous avez servi avec bravoure, avec beaucoup de bravoure. *(Le lieutenant s'incline.)* Vous avez sans doute souffert bien des passe-droits?

STERN.

Beaucoup.

LE GÉNÉRAL.

Quelle en a été la cause?

STERN.

On n'a pas fait attention à moi.

LE GÉNÉRAL.

Cela était injuste.

STERN.

C'est ce que j'ai pensé.

LE GÉNÉRAL.

Pourquoi n'avez-vous pas sollicité?

STERN.

Je ne l'ai jamais voulu.

LE GÉNÉRAL.

Pourquoi pas? c'est une preuve d'entêtement, et cela ne me plaît pas. L'entêtement dépare le mérite.

STERN.

Une fierté convenable n'est point de l'entêtement, et je la crois même inséparable de l'âge et du sentiment de l'honneur.

LE GÉNÉRAL.

Avec les meilleures intentions un ministre de la guerre n'est, après tout, qu'un homme.

STERN.

Pourvu qu'il soit réellement un homme, l'armée ne peut qu'y gagner.

LE GÉNÉRAL.

Mais un homme peut manquer de mémoire. Celui qui est obligé de pourvoir à un grand ensemble peut parfois perdre de vue les cas particuliers.

STERN.

Parfois! il n'y a pas de mal à cela; mais si cela arrive souvent, c'est une grande faute.

LE GÉNÉRAL.

Vous avez donc été souvent oublié?

STERN.

Dans toutes les occasions.

LE GÉNÉRAL.

C'est affreux! c'est diffamer le monarque et le service. *(vivement.)* Je vous le répète, vous auriez dû solliciter.

STERN, *avec une noble chaleur*

Votre Excellence, quand les chefs peuvent oublier des services tels que ceux que j'ai eu le bonheur de rendre à la patrie, il est au-dessous de la dignité des personnes qui les ont rendus et qui ont souffert, de venir elles-mêmes s'en vanter. Alors la conscience vous donne le rang que l'Etat vous refuse, et l'on se glorifie de se présenter devant le ministre de la guerre avec autant d'intrépidité que devant les batteries de l'ennemi.

LE GÉNÉRAL.

Ce discours est orgueilleux.

STERN.

La première qualité du soldat est de savoir supporter les privations; quand on pousse cette vertu un peu loin elle dégénère souvent en orgueil.

LE GÉNÉRAL.

Votre silence est cause que vous avez supporté et que moi j'ai commis des injustices. *(Le lieutenant hausse les épaules.)* Et maintenant que vous êtes vieux, maintenant qu'il ne vous reste plus guère de temps pour jouir des honneurs et des avantages qui vous sont dus, c'est maintenant que vous vous présentez et que vous vous échauffez?

STERN.

La vieillesse ébranle souvent les principes; les sensations deviennent plus pénibles, la faiblesse s'exhale en actes de vivacité, car... je suis père.

LE GÉNÉRAL. *Il fait quelques pas; puis il s'approche de Stern et lui dit avec bonté.*

Vous n'êtes pas heureux père, monsieur le major.

STERN.

Votre Excellence... je suis lieutenant.

LE GÉNÉRAL.

Ah !... Cela ne serait plus convenable à présent ! Je dis que vous n'êtes pas heureux père, monsieur le major.

STERN, *avec émotion.*

Votre Excellence...

LE GÉNÉRAL.

J'aurai soin de m'accuser moi-même de négligence auprès de notre monarque ; peut-être obtiendrai-je mon pardon, grace à ce qu'il y a aussi des choses que je n'ai point oubliées. Afin de réparer autant que je puis l'injustice que j'ai commise envers vous, il ne refusera pas, je pense, d'approuver l'intention où je suis, attendu votre expérience, votre droiture, votre fermeté, et en récompense des services que vous avez rendus, de vous nommer major à notre école militaire. Le monarque est juste et bon.

STERN.

Oh ! oui, il l'est et que Dieu le conserve ! Ce n'est pas seulement sur son épée que j'ai porté son nom, mais encore dans mon cœur. Aussi ne me suis-je pas beaucoup inquiété de ce que cela me rapportait. Aujourd'hui même je me trouve assez riche pour un soldat ; mais comme père je suis pauvre.

LE GÉNÉRAL.

Je le sais.

STERN.

C'est comme père que je me suis échauffé, et comme homme, veuillez me le pardonner ; je me suis élevé contre une injustice que vieux, abandonné, malheureux, il me semblait que je n'avais plus la force de supporter.

LE GÉNÉRAL.

Vous avez provoqué le conseiller privé...

STERN.

Parce qu'il avait surpris à Votre Excellence une injustice.

LE GÉNÉRAL.

C'est pour cela que je vous ai mis aux arrêts, aussitôt que j'ai eu jeté un regard sur vos papiers. Je ne voulais pas vous laisser gâter votre bonne cause par un moment de vivacité.

STERN.

C'est là un acte d'humanité digne de vous et qui me touche infiniment.

LE GÉNÉRAL.

Bon Dieu ! aurais-je donc la réputation d'un mangeur ?

STERN.

Non, en vérité.

LE GÉNÉRAL.

En ce cas je vous demande encore une fois pourquoi ne vous êtes-vous pas présenté à moi beaucoup plus tôt ?

STERN.

Pour deux raisons.

LE GÉNÉRAL.

Je serais bien aise de les connaître.

STERN.

Votre Excellence m'ordonne-t-elle de parler ?

LE GÉNÉRAL.

Je le désire.

STERN.

Mon gendre était autrefois destiné à épouser la nièce de Votre Excellence...

LE GÉNÉRAL.

Et parce qu'il a préféré votre fille, vous craigniez que je ne voulusse m'en venger sur vous. Oh ! vous ne me connaissez point.

STERN.

Votre Excellence me pardonnera ; il y a bien long-temps que je la connais.

LE GÉNÉRAL.

Vous me connaissez depuis long-temps ? En quel lieu, en quelle occasion m'avez-vous connu ?

STERN.

J'ai eu le bonheur de vous rendre autrefois un service, et ce motif, bien plus que le mariage de ma fille, m'a empêché de me présenter à vous. Je ne voulais pas devoir mon avancement au souvenir d'une liaison de jeunesse, mais seulement à mes services et à l'ancienneté.

LE GÉNÉRAL.

Quand nous sommes-nous donc connus ?

STERN.

Il y a quarante ans. Votre Excellence venait d'entrer au service comme volontaire. J'étais arrivé peu de temps auparavant d'Iéna et je venais d'être nommé sous-officier. C'était devant Prague. Vous entrâtes un soir tout hors de vous dans votre tente et prîtes vos pistolets pour aller vous battre avec le propriétaire de votre régiment, par qui vous vous croyiez offensé...

LE GÉNÉRAL.

Comment ! *(il le regarde fixement.)* Stern ? Stern ?... Ah ! mon Dieu ! je m'en souviens, le sous-officier Stern... Oui... je sais... il me semble que j'y suis encore... Vous déchargeâtes mes pistolets en l'air, vous m'embrassâtes, vous ne voulûtes pas me laisser aller, jusqu'à ce qu'épuisé par ma colère convulsive, je tombai sans connaissance dans vos bras ! Sans vous j'aurais tué le propriétaire de mon régiment, et d'après les lois de la guerre, j'aurais été... Et c'est là l'homme qui a évité ma présence !

STERN.

Je ne voulais rien devoir au hasard.

LE GÉNÉRAL.

Stern... Stern! monsieur le major!... Homme! où serais-je sans vous?... Mon camarade!... mon frère!... mon ami! viens sur mon cœur, que je te remercie.

(Il l'embrasse.)

STERN.

Votre Excellence...

LE GÉNÉRAL.

Plus de cérémonie, là où une action si généreuse a fixé les rapports qui doivent exister entre deux cœurs. Je n'avais oublié ni l'action ni l'homme; le nom seul avait malheureusement été effacé de ma mémoire par le temps. Stern, je veux payer votre bienfait en homme et non pas en général. Votre sentiment si délicat de l'honneur sera satisfait; les hommes n'auront rien à blâmer ni en vous ni en moi... Votre fille est malheureuse, n'est-il pas vrai, monsieur le major?

STERN.

Il n'y a plus de remède à cela...

LE GÉNÉRAL.

Peut-être; je le crains même; mais en ce cas, il faudra ne rien négliger pour la consoler... Quoi qu'il en soit, nous essaierons. Adieu pour le moment! Ne sortez pas de chez moi. (d'un air agité.) Peut-être... mais peut-être aussi que non... nous verrons! (Il lui prend la main avec une franchise fraternelle.) Allez trouver mon aide-de-camp. Laissez-moi faire. Nous nous reverrons.

STERN, lui serrant la main avec force.

Je remets toutes choses dans les mains de Dieu et de mon ami.

(Il sort.)

LE GÉNÉRAL, seul, marchant avec agitation.

Comment faudra-t-il s'y prendre! (Il s'arrête.) Au besoin d'argent, il y a du remède... mais l'honneur... C'est là ce qu'on ne peut rendre quand il est perdu... et sans cela, je ne fais rien pour cet homme honorable.

SCÈNE VII.

LE GÉNÉRAL, L'AIDE-DE-CAMP.

L'AIDE-DE-CAMP.

Les ordres de Votre Excellence ont été exécutés en toutes choses.

LE GÉNÉRAL.

C'est bien, fort bien! mais tout cela ne convient plus. Plus de carrosse, plus de dragons, renvoyez tout cela. Nous sommes dans une tout autre position, nous avons un tout autre but, il nous faut des moyens tout différents.

L'AIDE-DE-CAMP.

Puis-je y être utile à quelque chose?

LE GÉNÉRAL.

Oh! oui; allez trouver madame de... Non, ce n'est pas cela. Laissez-moi réfléchir. (Il met la main au front.) Je ne trouve rien. C'est une mauvaise affaire. Cet homme est tombé trop bas. Je crains qu'il n'y ait plus de remède. Essayons-le pourtant!... En de pareilles circonstances, il suffit souvent d'un moment heureux. Dites à ce misérable Posert... Non!... Il faut que je lui parle moi-même. Il faut que je commence par bien comprendre la chose. N'est-il pas vrai, mon ami, que vous ne savez ce que vous devez penser de moi?

L'AIDE-DE-CAMP.

Je vous vois dans une agitation extraordinaire...

SCÈNE VIII.

LES PRÉCÉDENTS, LE VALET DE CHAMBRE.

LE VALET DE CHAMBRE, annonçant.

Le conseiller privé de Wallenfeld et le baron de Fernau...

LE GÉNÉRAL.

Qu'ils entrent. (Le valet de chambre sort.) Recevez ces messieurs à ma place... Je ne voulais agir qu'en gentilhomme, mais cela ne suffit pas; il faut que j'agisse aussi en père; cela est difficile, et j'ai besoin de m'y préparer.

(Il sort.)

L'AIDE-DE-CAMP.

Je ne le comprends pas. Il doit s'être passé quelque chose d'extraordinaire...

SCÈNE IX.

L'AIDE-DE-CAMP, LE CONSEILLER PRIVÉ, M. DE FERNAU.

L'AIDE-DE-CAMP.

Le général va venir sur-le-champ.

LE CONSEILLER PRIVÉ.

C'est fort bien. Il interroge peut-être le scélérat?

FERNAU.

Son Excellence a fait une noble action en retirant cette affaire des mains de la police pour s'en charger.

LE CONSEILLER PRIVÉ.

Oh! oui.

FERNAU.

Mon oncle lui doit une grande reconnaissance.

LE CONSEILLER PRIVÉ.

Oui. A la vérité, cela a bien dérangé mes
projets.

L'AIDE-DE-CAMP.

Je conçois qu'il doit être fort pénible pour
monsieur le conseiller privé...

LE CONSEILLER PRIVÉ.

Songez-y vous-même... Voilà le souper
renvoyé, le bal... tout.

FERNAU.

On parlera de cette affaire. Quand l'em-
mène-t-on ?

LE CONSEILLER PRIVÉ.

Et où le conduira-t-on, monsieur l'aide-
de-camp ?

L'AIDE-DE-CAMP.

C'est ce que j'ignore.

FERNAU.

Plus tôt on parvient à étouffer une pareille
affaire, plus cela est heureux pour la famille.

LE CONSEILLER PRIVÉ.

Oui. Mais que ce soit bien loin.

FERNAU.

Monsieur le conseiller privé aura l'extrême bonté de se charger à lui seul de son
entretien dans la forteresse.

LE CONSEILLER PRIVÉ.

Par considération pour la mémoire de son
père, feu mon pauvre frère.

FERNAU.

Qui était un tout autre homme que lui.

LE CONSEILLER PRIVÉ.

Oh ! Dieu !... de la plus noble conduite !

FERNAU.

Un vrai chrétien.

LE CONSEILLER PRIVÉ.

La plus belle ame !... Auriez-vous la bonté
de dire ou de faire dire au général que je le
prie instamment de presser autant que possible cette affaire ?

L'AIDE-DE-CAMP.

Très volontiers.

(Il sort.)

SCÈNE X.

LE CONSEILLER PRIVÉ, M. DE FERNAU.

LE CONSEILLER PRIVÉ.

Approchez-moi un siége, mon neveu.

FERNAU , *lui donnant une chaise.*

Monsieur et très cher oncle...

LE CONSEILLER PRIVÉ, *s'asseyant.*

Ah ! mon Dieu !

FERNAU.

Comment vous trouvez-vous ?

LE CONSEILLER PRIVÉ.

Ce mauvais *sujet* m'a tant fait parler aujourd'hui !

FERNAU.

C'est bien vrai.

LE CONSEILLER PRIVÉ.

Il en répondra devant Dieu, le *traître !*

FERNAU.

Que dira le monde ?

LE CONSEILLER PRIVÉ.

Le monde le détestera... Eh bien !... Gabrecht reste donc capitaine ?

FERNAU.

Oui ; il était facile de prévoir que le général ne voudrait pas vous compromettre.

LE CONSEILLER PRIVÉ.

Sans doute... Eh ! eh ! et il a mis aux arrêts le vieux matamore.

FERNAU.

Il faut convenir aussi qu'il avait été bien
insolent.

LE CONSEILLER PRIVÉ.

Il apprendra maintenant à me connaître.
Eh ! eh !

FERNAU.

Maintenant il ne faudrait pas perdre de
temps pour signer mon contrat de mariage.
Ne pourrait-on pas demain...

LE CONSEILLER PRIVÉ.

Non ; demain je prends médecine.

FERNAU.

Après-demain ?

LE CONSEILLER PRIVÉ.

Après-demain est dimanche ; cela n'est
pas de bon ton.

FERNAU.

Lundi donc ?

LE CONSEILLER PRIVÉ.

Oui ; rien n'empêche que cela se fasse
lundi.

SCÈNE XI.

LES PRÉCÉDENTS , LE GÉNÉRAL.

LE GÉNÉRAL.

Je vous demande pardon , messieurs.

LE CONSEILLER PRIVÉ.

Il n'y a pas de quoi.

FERNAU.

Votre Excellence par sa bonté sauve l'honneur de la famille.

LE GÉNÉRAL.

C'est ce qu'il faudra voir.

LE CONSEILLER PRIVÉ.

A quelle forteresse l'enverrez-vous ?

LE GÉNÉRAL.

Vous voulez donc sérieusement le renfermer dans une forteresse ?

LE CONSEILLER PRIVÉ.

Sans doute.

FERNAU.

Un pareil homme ne se corrige jamais.

LE GÉNÉRAL.

Cet arrêt est sévère.

LE CONSEILLER PRIVÉ.

Je paierai son entretien; un florin par jour.

LE GÉNÉRAL.

Me le promettez-vous?

LE CONSEILLER PRIVÉ.

Ad dies vitæ.

LE GÉNÉRAL.

Eh bien!... nous verrons ce que nous pourrons faire. Veuillez avoir la bonté de passer chez ma nièce, elle vous attend. Plus tard nous ferons une partie.

LE CONSEILLER PRIVÉ.

C'est *charmant*. Le fameux banquier... Il s'appelle Posert...

LE GÉNÉRAL.

Est un coquin achevé! Il n'est ni officier, ni baron. J'ai des renseignements très précis sur son compte; il ne pourra rien nier.

LE CONSEILLER PRIVÉ.

Il devrait faire une banque.

LE GÉNÉRAL.

Nous verrons à arranger cela.

FERNAU.

Venez, mon cher oncle.

LE CONSEILLER PRIVÉ.

Au revoir. Il ne faudra plus après cela vous occuper de ce vaurien; il ne le mérite pas.

(*Il sort avec Fernau. — Le général sonne, le valet de chambre entre.*)

LE GÉNÉRAL.

Monsieur l'aide-de-camp. (*Le valet de chambre sort.*) Ce sont là deux hommes froids et sans cœur... car enfin, c'est le fils de son frère! C'est le malin esprit qui m'a poussé à sacrifier ma nièce aux trésors de pareilles gens.

SCÈNE XII.

LE GÉNÉRAL, L'AIDE-DE-CAMP, *ensuite* LE VALET DE CHAMBRE.

LE GÉNÉRAL.

Faites-moi le plaisir de m'envoyer ce Posert, et quand il sera avec moi, restez dans l'antichambre.

L'AIDE-DE-CAMP.

Oui, général.

LE VALET DE CHAMBRE.

Le jeune baron de Wallenfeld prie Votre Excellence de vouloir bien lui accorder la faveur d'une audience.

LE GÉNÉRAL.

Je le ferais appeler si j'avais envie de le voir.

(*Il se promène de long en large. Le valet de chambre sort.*)

SCÈNE XIII.

LE GÉNÉRAL, M. DE POSERT, L'AIDE-DE-CAMP *qui s'éloigne aussitôt.*

POSERT, *très embarrassé.*

Votre Excellence a.... ordonné que je... que je me présentasse respectueusement.

LE GÉNÉRAL, *le regardant fixement.*

Vous vous appelez monsieur de Posert?

POSERT. *Il tousse.*

Ci-devant capitaine au service de la sérénissime république de Gênes... pour vous servir.

LE GÉNÉRAL.

C'est du moins ce que dit la feuille de la police.

POSERT.

Si Votre Excellence avait le moindre doute, je pourrais...

LE GÉNÉRAL.

Vous tenez une banque?

POSERT.

Par... par... ce n'est que depuis...

LE GÉNÉRAL, *avec sévérité.*

Tenez-vous une banque de pharaon, oui ou non?

POSERT.

Oui.

LE GÉNÉRAL.

Le jeune baron de Wallenfeld est votre valet... votre croupier... comment appelez-vous cela?

POSERT.

C'est-à-dire... j'ai bien voulu par pitié... par... mais ce n'est que d'aujourd'hui...

LE GÉNÉRAL.

Est-il votre croupier?

POSERT.

Oui, attendu que j'ai le malheur de n'y voir que d'un œil, j'ai...

LE GÉNÉRAL.

C'est vrai; vous êtes borgne. (*Posert tousse et fait un signe affirmatif.*) Où avez-vous perdu cet œil?

POSERT.

A Spa... Un méchant a osé...

LE GÉNÉRAL.

Ah! C'est à Spa, dites-vous?

POSERT.

Se serait-on permis de me calomnier auprès de Votre Excellence?

LE GÉNÉRAL.

Voudriez-vous me faire un plaisir?

POSERT.

Juste ciel! Votre Excellence n'a qu'à ordonner ce qu'elle veut que je fasse. Je serais
trop heureux si je pouvais verser ici mon
sang pour vous... oui, mon sang... (Il tousse.)
O Dieu!

LE GÉNÉRAL.

J'ai chez moi une petite réunion... Ce sont
tous des amis intimes... vous m'obligeriez,
si vous vouliez tenir une banque pour nous
dans mon salon.

POSERT.

Ah! Dieu! C'est là, j'en conviens, un honneur auquel je n'aurais osé m'attendre...
mais... je ne sais pourtant pas... si je...

LE GÉNÉRAL.

Qu'entendez-vous par-là?

POSERT.

Je veux dire que je ne sais si je puis éta-
ler ma modeste fortune devant un si grand
seigneur.

LE GÉNÉRAL.

La table est disposée. Vous avez apporté
votre caisse avec vous?...

POSERT.

D'après vos ordres... (Il s'essuie le front.)
Mais, comme je disais tout à l'heure, je ne
sais... comment... je dois m'y prendre...

LE GÉNÉRAL, appelant.

Monsieur l'aide-de-camp!

L'AIDE-DE-CAMP, entrant

Excellence...

POSERT, avec inquiétude.

Monsieur le général... Ah! Dieu! je suis
prêt à faire tout ce que vous désirez.

LE GÉNÉRAL, très froidement.

Je l'espère. (à l'aide-de-camp.) Le jeune baron de Wallenfeld.

(L'aide-de-camp sort.)

POSERT.

Est-il aussi chez Votre Excellence?

LE GÉNÉRAL.

Il fait partie de la banque. Il vous aidera
ici... comme il l'a fait au café Anglais.

POSERT.

Dans une société si peu nombreuse cela
n'est pas nécessaire.

LE GÉNÉRAL.

Oui, oui.

POSERT.

Dans une société si... si... parfaitement excellente, cela est tout-à-fait inutile. D'ailleurs, s'il m'était permis de faire respectueusement une observation...

LE GÉNÉRAL.

Non, de par tous les diables! non.

POSERT.

Je me tais, Votre Excellence.

SCÈNE XIV.

LES PRÉCÉDENTS, LE BARON DE WALLEN-
FELD, introduit par L'AIDE-DE-CAMP, qui
s'éloigne.

WALLENFELD, baissant les yeux.

Votre Excellence...

LE GÉNÉRAL.

Combien de temps y a-t-il que nous ne
nous sommes parlé?

WALLENFELD, à demi-voix.

Il y a... maintenant... six ans.

LE GÉNÉRAL.

Combien?

WALLENFELD.

Six ans.

LE GÉNÉRAL, le regardant fixement.

Hum!... vous êtes changé.

WALLENFELD.

A cette époque j'étais...

LE GÉNÉRAL, haut et vite.

Voici monsieur de Posert que vous connaissez, je crois. (Wallenfeld s'incline.) Attendu
votre liaison avec monsieur, vous allez avoir
la bonté de remplir l'emploi que vous occu-
pez à son service, pendant qu'il va tenir une
banque pour nous dans mon salon.

WALLENFELD, désespéré.

Général!

POSERT.

Réfléchissez, monsieur le baron, que Son
Excellence le veut ainsi.

LE GÉNÉRAL.

Ce qu'il ne vous a pas paru inconvenant
de faire en public dans le café Anglais, ne
saurait l'être dans un salon.

POSERT.

Ah! bon Dieu!... oui, oui... seulement...

LE GÉNÉRAL.

Préparez donc votre table; nous ne tarde-
rons pas. Au revoir, messieurs.

WALLENFELD.

Je demande la permission de dire deux
mots en particulier au général.

LE GÉNÉRAL.

Allez devant, monsieur le capitaine de Posert. Monsieur l'aide-de-camp! (L'aide-de-
camp entre.) que le lieutenant de Baum conduise monsieur le capitaine au salon, et qu'il
y reste pour lui tenir compagnie.

POSERT.

Votre Excellence a la réputation d'un seigneur trop généreux, d'un trop parfait philanthrope pour...

LE GÉNÉRAL.

C'est précisément pour cela que je vous ai fait venir, monsieur ! Allez devant, monsieur le capitaine, allez devant.

(*Posant s'essuie le front, tousse et sort avec l'aide-de-camp.*)

SCÈNE XV.

LE GÉNÉRAL, M. DE WALLENFELD, puis L'AIDE-DE-CAMP, et enfin LE VALET DE CHAMBRE.

LE GÉNÉRAL.

Soyez bref, monsieur, car je ne suis pas de très bonne humeur.

WALLENFELD.

Général, je suis perdu.

LE GÉNÉRAL.

Je ne dis pas non.

WALLENFELD, *vivement.*

Je suis un homme...

LE GÉNÉRAL.

Je l'espère.

WALLENFELD.

Qui ne survivrai pas au déshonneur, je le jure par Dieu !

LE GÉNÉRAL.

Portez-vous des pistolets sur vous ?

WALLENFELD.

Non ; mais celui pour qui la vie est devenue un fardeau peut se briser la tête contre la muraille, si tout autre moyen lui manque !

LE GÉNÉRAL.

Vous êtes époux et père !

WALLENFELD.

Quand on a été assez malheureux pour l'oublier, on ne doit pas accumuler crime sur crime.

LE GÉNÉRAL.

Vous avez maintenant des devoirs à remplir : allez.

WALLENFELD.

Non, général, non.

LE GÉNÉRAL.

Préférez-vous avoir affaire à la police plutôt qu'à moi ?

WALLENFELD, *après un combat intérieur.*

Qu'importe sa sévérité, pourvu qu'elle me frappe promptement !

LE GÉNÉRAL.

Avez-vous étudié ?

WALLENFELD.

Oui.

LE GÉNÉRAL.

Quelle science avez-vous cultivée ?

WALLENFELD, *haussant les épaules.*

Je... Malheureusement j'étais destiné à être l'unique héritier de mon oncle.

LE GÉNÉRAL.

Et maintenant vous êtes...

WALLENFELD.

Père, et... (*Il se couvre le visage de ses mains.*) Général, vous êtes homme, vous êtes généreux ; le monde vous respecte... Eh bien ! soyez généreux aussi envers moi. Je ne cherche point à désarmer votre sévérité ; je vous prie seulement de me cacher aux regards du monde... Envoyez-moi n'importe en quel lieu, pourvu que j'y puisse vivre oublié.

LE GÉNÉRAL.

C'est à quoi nous songerons... Maintenant, allez à la banque. Monsieur l'aide-de-camp !

(*L'aide-de-camp entre.*)

WALLENFELD, *désespéré.*

Général !

LE GÉNÉRAL, *d'un ton sévère.*

Obéissez. (*à l'aide-de-camp.*) Conduisez monsieur de Wallenfeld au salon.

WALLENFELD.

Dites plutôt à la mort.

(*Il sort avec l'aide-de-camp. Le général sonne, le valet de chambre entre.*)

LE GÉNÉRAL.

Dites tout bas à ma nièce qu'elle fasse ses excuses au conseiller privé et qu'elle ne descende point avec lui au salon. Après cela vous direz au conseiller privé et au baron de Fernau que je les attends ici.

(*Le valet de chambre sort.*)

SCÈNE XVI.

LE GÉNÉRAL, LE RECTEUR BERGER.

BERGER.

Votre Excellence, je viens de chez l'avocat. Cette affaire est arrangée. Mais que va devenir maintenant le jeune baron ? L'inquiétude qu'il me cause ne me laisse aucun repos.

LE GÉNÉRAL.

Faites-vous conduire auprès de mon secrétaire ; j'aurai besoin de vous tantôt.

BERGER.

Mes intentions étaient si bonnes envers ce jeune homme ; j'ai agi si honorablement...

LE GÉNÉRAL.

Le ciel vous en récompensera.

BERGER.

Et il est toujours ici privé de sa liberté ! Est-ce donc moi qui suis la cause de son malheur ?

LE GÉNÉRAL.

S'il l'a mérité, pourquoi pas ?

BERGER.

Il avait pourtant sauvé mon fils !... Je suis dans une inquiétude mortelle.

(*Le conseiller privé entre.*)

LE GÉNÉRAL.

Allez trouver mon secrétaire. Au revoir!

(*Berger sort.*)

SCENE XVII.

LE GÉNÉRAL, LE CONSEILLER PRIVÉ, M. DE
FERNAU.

LE CONSEILLER PRIVÉ.

La chère comtesse est indisposée ; j'en ai
bien du regret ..

LE GÉNÉRAL..

Cela ne nous empêchera pas de faire notre
partie. J'ai bien de l'embarras avec votre neveu. Pour l'oublier, je veux passer une soirée agréable.

LE CONSEILLER PRIVÉ.

Pour moi, je ne m'en tourmente plus.

FERNAU.

C'est un jeune homme perdu. Est-il parti?

LE GÉNÉRAL.

Me promettez-vous de faire notre partie
ainsi que je l'arrangerai?

LE CONSEILLER PRIVÉ.

Avec plaisir.

LE GÉNÉRAL.

Donnez-moi votre parole de gentilhomme
que vous ferez la partie à laquelle je vous
placerai.

LE CONSEILLER PRIVÉ.

Ma parole de gentilhomme.

LE GÉNÉRAL.

En ce cas, nous allons tâcher de bien passer la soirée.

FERNAU.

Vous êtes trop bon.

LE GÉNÉRAL.

Non, par Dieu ! je ne suis pas trop bon. Et
d'ailleurs, je m'adresserais mal. Partons.

(*Il sort avec le conseiller privé; M. de Fernau
les suit.*)

SCENE XVIII.

Le théâtre change et représente un grand salon avec
des lustres et des tables de jeu. Au fond, il y a une
table de pharaon avec des bougies.

M. DE POSERT *range les cartes et dispose sa
caisse*; M. DE WALLENFELD *se tient à côté
de lui, les bras croisés et sans faire attention à
ce qui se passe ; près de lui*, L'AIDE-DE-CAMP;
LE LIEUTENANT DE BAUM *se tient de l'autre
côté de Posert. Il y a* DEUX DOMESTIQUES *dans
le salon.*

L'AIDE-DE-CAMP.

Les arrangements vous conviennent-ils.
monsieur de Posert?

POSERT.

O mon Dieu ! oui ; tout me convient.

L'AIDE-DE-CAMP.

Désirez-vous que la table soit placée autrement?

POSERT, *s'essuyant le front.*

Un peu plus en avant... Elle est trop près
de la porte... Il y a un courant d'air.

(*Le lieutenant fait signe aux domestiques de
porter la table en avant.*)

POSERT.

Ce salon est fort beau.

L'AIDE-DE-CAMP.

Il est décoré avec un goût parfait.

POSERT, *toussant.*

Il est plein de noblesse ! Monsieur de Wallenfeld, Son Excellence joue-t-elle souvent
au pharaon?

WALLENFELD.

Je n'en sais rien.

L'AIDE-DE-CAMP.

Jamais.

POSERT.

En vérité ! Et précisément ce soir, elle
veut...

L'AIDE-DE-CAMP.

Ce soir le jeu l'intéresse beaucoup.

POSERT.

C'est singulier. (*Il s'essuie le front et dit au
domestique.*) Un verre d'eau, s'il vous plaît,
mon ami !

L'AIDE-DE-CAMP.

Louis ! de la limonade pour monsieur.

POSERT.

Je préfère de l'eau. (*à l'aide-de-camp.*) Veuillez me dire... (*Il s'essuie le front.*) Oui... je
voulais déjà vous le demander tantôt... M. le
général est-il marié?

L'AIDE-DE-CAMP.

Il est chevalier de l'Ordre Teutonique.

POSERT, *distrait.*

Chevalier !... Hein !... Et qui a-t-il épousé?

L'AIDE-DE-CAMP.

Je viens de vous dire qu'il est chevalier de
l'Ordre Teutonique...

POSERT.

Ah ! oui !... chevalier de l'Ordre Teutonique... c'est cela... je comprends !

L'AIDE-DE-CAMP.

Vous êtes un peu distrait, monsieur.

POSERT.

C'est vrai, un peu, un peu.

(*Il s'essuie.*)

WALLENFELD, *à l'aide-de-camp qu'il attire vivement de côté.*

Vous êtes jeune ; je vois dans vos regards
que vous êtes sensible ; tout en vous annonce
un cœur plein d'humanité : laissez-moi m'en
aller.

L'AIDE-DE-CAMP.

Je vous plains de tout mon cœur ; mais
vous connaissez les devoirs de ma profession.

WALLENFELD.

Oui, je les connais ; l'honneur est votre
existence. Je vous en conjure donc, et par
votre cœur, et par votre profession, procu-
rez-moi un pistolet chargé.

L'AIDE-DE-CAMP.

Quel est votre projet ?

WALLENFELD.

La mort ! rien que la mort ! Au nom du
ciel ! donnez-moi un pistolet chargé ! Je ne
puis supporter ce martyre si lent.

POSERT, *qui s'est tenu près de la table, montrant
un coup au lieutenant, dit au domestique.*

Encore un verre, mon cher ami ! Maintenant, monsieur le baron, prenons place.

WALLENFELD.

Faites ce qu'il vous plaira.

POSERT.

La société va bientôt arriver, n'est-il pas
vrai ?

L'AIDE-DE-CAMP.

J'entends marcher dans la galerie.

WALLENFELD.

O Dieu !

(*Le domestique apporte de l'eau à Posert.*)

POSERT, *buvant.*

Quelle eau excellente ! (*Il tousse.*) Excellente ! sur mon âme, elle est pure (*il tousse.*)
comme du cristal !

SCÈNE XIX.

LES PRÉCÉDENTS, LE GÉNÉRAL, LE CONSEIL-
LER PRIVÉ, M. DE FERNAU.

LE CONSEILLER PRIVÉ, *regardant la table de jeu.*

Comment !... le voilà... cet homme...

LE GÉNÉRAL.

Qu'importe ! C'est ma société... D'ailleurs
j'ai votre parole d'honneur...

LE CONSEILLER PRIVÉ, *à Fernau.*

Faisons une partie de piquet.

(*Il s'approche d'une autre table.*)

LE GÉNÉRAL, *le prenant par la main.*

Je vous ai engagé pour jouer au pharaon,
monsieur le conseiller privé. (*à messieurs de
Posert et de Wallenfeld.*) Allons, messieurs.

POSERT, *s'avançant.*

Votre Excellence a eu la bonté de l'ordonner. (*à monsieur de Wallenfeld.*) Il faut, par
conséquent... que l'on obéisse.

WALLENFELD, *saisit convulsivement le table sans
faire attention à ce qui se passe autour de lui ;
puis le regardant, immobile, et les yeux égarés
enfin.*

Commencez.

(*Le général s'assied et prend des cartes ; Fernau
se tient debout derrière lui et fait de même.*)

POSERT, *au conseiller privé, qui par humeur joue
avec sa tabatière.*

Vous plairait-il de jouer, monsieur le
baron ?

LE GÉNÉRAL, *donnant des cartes au conseiller privé.*

Allons donc !... Eh bien ! monsieur de
Posert !

POSERT, *taillant.*

Tout à l'heure. (*Tout le monde a mis au jeu.*)
Sept et valet. (*Le conseiller privé a perdu ; il
jette son argent à la banque et met sur une nouvelle carte.*) Roi et dix... Huit et cinq.

LE CONSEILLER PRIVÉ.

Dix a gagné.

(*Il fait son jeu. — Wallenfeld mord son mouchoir.*)

POSERT.

Neuf et dame. (*Le général a perdu ; il paie la
banque et remet au jeu.*) Sept et as.

LE CONSEILLER PRIVÉ.

Sept a gagné.

POSERT, *paie.*

Neuf louis.

LE CONSEILLER PRIVÉ.

Oui.

(*Le général fait signe à l'aide-de-camp qui sort.*)

POSERT.

Quatre et roi... Six et quatre. (*Le général
perd et remet au jeu.*) Dame et valet !

(*Il paie à Fernau.*)

SCÈNE XX.

LES PRÉCÉDENTS, L'AIDE-DE-CAMP, LE MAJOR
STERN, MADAME DE WALLENFELD et
CHARLES. Ils entrent sans bruit.

POSERT.

Six et cinq.

LE GÉNÉRAL.

Approchez ; (*à MM. de Posert et de Wallenfeld.*)
plus il y a de joueurs, plus il y a d'avantage
pour la banque. (*à Madame de Wallenfeld, au
major Stern et à l'enfant.*) Approchez-vous
donc.

WALLENFELD, *levant les yeux, s'écrie involon-
tairement.*

Marie !

LE GÉNÉRAL.

Prenez place, madame la baronne.

(*L'aide-de-camp lui donne une chaise qu'il place
à côté du général, mais pas à la table.*)

LE CONSEILLER PRIVÉ, *bas au général.*

Je ne l'ai pas reconnue.

LE GÉNÉRAL.

Mais moi. Et... parole de gentilhomme,

monsieur le conseiller privé!... Tenez bon,
monsieur de Fernau. (*à M. de Posert.*) Continuez, monsieur! (*à M. de Wallenfeld.*) La
société devient plus nombreuse; faites attention, monsieur le croupier.

WALLENFELD.

Excellence, je vous conjure...

LE GÉNÉRAL.

Qu'importe à la banque la qualité de ses
pontes? qu'importe à un banquier tout le
reste du monde? sa banque est sa vie, son
honneur et son salut... Continuez donc;
n'est-il pas vrai, monsieur de Posert?

POSERT, *toussant.*

Si... si...

LE GÉNÉRAL, *à madame de Wallenfeld.*

Approchez-vous de moi, madame la baronne; c'est votre dernière chance que nous
jouons!.. Monsieur le major... prenez une
carte... et toi, mon enfant, essaie ton bonheur; viens auprès de moi.

(*Madame de Wallenfeld conduit son fils au général; puis s'assied en se couvrant les yeux
de son mouchoir.*)

LE GÉNÉRAL.

As-tu de l'argent, mon enfant?

CHARLES.

Mon père m'en a donné un peu.

LE GÉNÉRAL.

Eh bien! nous allons voir ce que ton père
pourra faire pour toi. Donne-moi tout ton
argent. (*Il prend une carte.*) Pose cet argent
là... là, sur cette carte. (*Il lui conduit la main
et pose l'écu qu'il tient sur une carte.*) Cette
carte appartient à ton père.

CHARLES.

Papa, veux-tu ravoir mon argent?

WALLENFELD.

Général!

LE GÉNÉRAL.

Il y a bien d'autres écus encore sur cette
table qui t'ont appartenu, mon cher enfant!
(*vivement à M. de Posert.*) Continuez.

POSERT, *d'un air sérieux.*

Deux et trois.

LE GÉNÉRAL.

Gagné! bravo, monsieur de Posert! gagné, mon cher enfant!... va encore! il faut
que tu pousses ta chance.

(*Il fait un paroli sur la carte de Charles.*)

POSERT.

Huit et dame. (*Il paie le conseiller privé qui
ne remet plus un jeu. Trois et sept.*

LE GÉNÉRAL.

Tu as perdu, pauvre enfant.

CHARLES.

Me reprends-tu mon argent, papa?

(*Wallenfeld pousse un cri de profonde douleur.*)

LE GÉNÉRAL.

Tu n'as plus rien? pauvre joueur!... Fais
comme ton père; quand il n'a plus rien eu,
il s'est mis au jeu lui-même, sa femme et son
enfant, son honneur et sa vie. (*Il met l'enfant
sur la table.*) Le père est déjà perdu, je mets
le fils! Taillez!... une ame va... qui ga-
gnera?

WALLENFELD, *lui arrachant l'enfant et le prenant dans ses bras.*

Charles! Pitié, général!... cela passe la
force d'un homme... je ne le supporterai
pas.

(*Posert se lève.*)

LE GÉNÉRAL, *quittant la table; le conseiller et Fernau l'imitent.*

Épouse... mère... père... l'écorce de son
cœur s'est détachée... approchez-vous de
lui. Voyons à quoi il consentira pour se ra-
cheter lui-même et vous.

WALLENFELD, *posant l'enfant par terre.*

Où irai-je? qui voudra me sauver de moi-
même, de cette conscience qui me déchire,
de cette affreuse conscience?

MADAME DE WALLENFELD, *s'approchant de lui.*

Cette conscience est la vertu qui ne t'a
jamais quitté. Dans cette douleur, dans ces
larmes, elle montre son pouvoir. Cet anéan-
tissement de tout ton être est ton médiateur
auprès de moi, auprès du monde, auprès de
toi-même; c'est lui qui me fait espérer ton
retour, et c'est cette conscience que j'invoque
maintenant pour te conjurer de rendre un
père à ton fils.

WALLENFELD.

Je suis une malédiction pour toi et pour
lui! Qu'avez-vous à espérer de moi, si ce
n'est la honte et la misère? Laissez-moi
partir; va, je ne puis plus vous donner
qu'une satisfaction : ma mort! Laissez-moi
partir, au nom du ciel! laissez-moi m'en
aller.

STERN, *l'arrêtant.*

Vis pour agir; c'est ainsi que tu répareras
tes torts.

MADAME DE WALLENFELD.

Je t'accepte comme tu es, et je mets mon
espérance en ce moment.

WALLENFELD.

Marie!... mon père!... Charles!... pouvez-
vous encore espérer quelque chose de moi?
pouvez-vous me pardonner? Non! non!

LE GÉNÉRAL, *avec force.*

Cela suffit!... madame de Wallenfeld...
espérance et pardon !

MADAME DE WALLENFELD, *serrant son mari
dans ses bras.*

Que cet embrassement d'une épouse qui
ne t'a jamais abandonné soit le gage de l'un
et de l'autre.

LE GÉNÉRAL.

Monsieur de Posert... cette alliance est
conclue: celle qu'il avait contractée avec
vous, je la déchire au nom de l'honneur et
de la vertu.

POSERT.

Excellence...

LE GÉNÉRAL.

Les chevaliers de l'Ordre Teutonique
étaient autrefois obligés par leur vœu de
combattre les brigands. Eh bien! donc... à
toi, brigand, le chevalier teuton dénonce
le combat... Monsieur l'aide-de-camp! voici
les papiers qui le concernent. Qu'on l'emmène! et qu'on se rappelle l'ordre que j'ai
donné d'agir énergiquement et promptement.

POSERT.

Monseigneur... monseigneur...

LE GÉNÉRAL.

Sortez.

(*L'aide-de-camp et M. de Posert sortent.*)

LE CONSEILLER PRIVÉ.

Il faut que j'avoue... que voulais-je donc
dire?

STERN.

Par le ciel! Votre Excellence agit avec une
grande magnanimité!

LE GÉNÉRAL.

Votre gendre est ébranlé; c'est la puissance de la nature qui a fait cela... mais il est
pauvre, par sa folie et son malheur. Que
peut-on faire pour lui? il faut qu'il vive.
Et de quoi vivra-t-il?... qui lui donnera de
quoi vivre?... Pas de réponse! Jeune homme,
ton principal débiteur est devenu insolvable;
je te plains.

WALLENFELD.

Personne ne me doit rien.

LE GÉNÉRAL.

Ton oncle est ton débiteur: ses richesses
sont cause qu'il a négligé ton éducation; peut-
il après cela t'abandonner au désespoir?

LE CONSEILLER PRIVÉ.

Négligé! je lui ai donné des maîtres de
tout genre, une éducation...

LE GÉNÉRAL.

Si, au lieu d'une éducation frivole, vous lui

aviez donné celle qui convient à un homme,
il n'aurait aujourd'hui besoin ni de vous ni
de moi. (*à M. de Fernau.*) Et vous, pourquoi avez-vous excité contre lui ses créanciers et la police? Il faut que cette affaire s'é-
claircisse avant que vous songiez à épouser
ma nièce.

FERNAU.

Qui, moi? j'aurais...

SCENE XXI.

LES PRÉCÉDENTS, L'AIDE-DE-CAMP.

L'AIDE-DE-CAMP.

Il avoue que son nom n'est point Posert.
C'est un marchand de menue bijouterie d'Ulm
et il s'appelle Mosel.

LE GÉNÉRAL.

S'il consent à restituer l'argent du fils du
pasteur, on lui permettra d'emporter le reste
de ses effets, mais il faudra que dans deux
heures il ait quitté la ville, ou je le fais
mettre en prison.

(*L'aide-de-camp sort.*)

LE CONSEILLER PRIVÉ.

Bonsoir, Excellence.

(*Il sort et M. de Fernau le suit.*)

LE GÉNÉRAL, *à Wallenfeld.*

Un honnête maître d'école vous a sauvé et
vous aviez sauvé son fils. Il y a donc encore
chez vous un fonds qui n'est pas perverti. C'est
sur ce fonds que je veux bâtir avec prévoyan-
ce... et avec de l'argent, puisque d'autres ne
le veulent pas faire.

WALLENFELD.

Héros!... père!... ange tutélaire (*il se jette
à ses genoux.*) Viens, Charles... embrasse ses
genoux... Que la reconnaissance d'une ame
pure, d'une postérité sauvée, soit la récompense du vrai philanthrope!

LE GÉNÉRAL, *en se détournant pour essuyer une
larme.*

Non, mon enfant: debout, debout; ne
t'abaisse point ainsi. Je possède un petit
bien à trente milles d'ici, situé au milieu de
montagnes, de rochers et de torrents. Son
revenu n'est pas considérable et il faut du
travail pour le rendre productif: mais enfin
on en peut vivre. Je le donne à votre fils.
Allez y apprendre à travailler et à vous
corriger. Si vous y manquez, si vous continuez à faire le malheur de votre femme et
de votre beau-père, vous serez divorcé et
renfermé pour le reste de vos jours dans une

forteresse; je vous en donne ma parole d'honneur.

WALLENFELD et MADAME DE WALLENFELD.

Mon bienfaiteur !... Mon sauveur !

(*Ils lui baisent la main.*)

LE GÉNÉRAL.

C'est votre père qu'il faut remercier. Il y a quarante ans qu'il m'a payé d'avance le bien que je vous fais aujourd'hui.

WALLENFELD et MADAME DE WALLENFELD, *embrassant le major.*

Mon père !

STERN, *ému et avec une joie expansive.*

Mon ami !... mes enfants !... O Dieu !

LE GÉNÉRAL.

Es-tu content, camarade ? Eh bien ! donc, (*Il se jette dans ses bras et dit avec ravissement.*) *Revanche! Prague!*

FIN DU JOUEUR.

LA VIE ET LA MORT

DU PETIT

CHAPERON ROUGE

(𝕷𝖊𝖇𝖊𝖓 𝖚𝖓𝖉 𝕿𝖔𝖉 𝖉𝖊𝖗 𝕶𝖑𝖊𝖎𝖓𝖊𝖓 𝕽𝖔𝖙𝖍𝖐𝖆𝖊𝖕𝖕𝖈𝖍𝖊𝖓𝖘)

TRAGÉDIE,

PAR LOUIS TIECK.

NOTICE SUR L. TIECK.

Il y a eu dans la régénération de la littérature allemande trois époques marquées dont
trois hommes représentent le caractère et la
tendance. La première est une époque de critique, de généreux efforts, d'enfantement;
Lessing en est le guide et l'apôtre. La seconde se présente vers la fin du dernier siècle ; la critique savante de Lessing a porté
ses fruits; l'Allemagne en peu de temps a
fait un grand pas. L'art se montre dans
toute sa pureté et sa sublime élévation.
Goëthe est le monarque de cette littérature
nationale qui a tardé si long-temps à naître
et qui tout à coup rayonne si loin. A côté de
lui, Schiller, le noble poëte, écrit, dans la
ferveur de son exaltation, ces drames où la
nature de l'homme s'idéalise, ces drames où
la grace des formes antiques se marie si har-
monieusement au romantisme des temps
modernes. Quelques années plus tard parut
un poëte qui, tout en respectant la gloire de
Goëthe et de Schiller, voulut se frayer une
autre route que la leur, et donner au génie
romantique de sa nation plus d'impulsion
qu'il n'en avait encore reçu. Avec lui mar-
chaient de concert Frédéric et Guillaume
Schlegel, ces deux hommes de science, de
goût, qui ont soulevé tant d'idées, et Frédéric de Hardenberg, autrement dit No-

valis, ce pauvre poëte à qui la mort ne
donna pas le temps d'achever un chef-d'œuvre.
Ces quatre grands écrivains, ces quatre frères
en poésie, ouvrirent les barrières dans lesquelles le génie austère de Goëthe avait contenu le romantisme et lui donnèrent pleine
carrière. Pour soutenir leurs théories ils eu-
rent recours aux siècles passés. Ils traduisi-
rent Shakspeare, ils vantèrent Calderon;
l'Inde leur ouvrit le trésor de ses mythes, et
le moyen-âge allemand les enchanta par le
sentiment intime et la naïveté de ses compositions. Alors l'Allemagne qui, chaque année,
célèbre encore religieusement l'anniversaire
de la réforme, fut bien étonnée de voir paraître ces écrits où on ne lui vantait que l'art
catholique, et ces poésies que l'on eût dit être
toutes inspirées par la lecture assidue des anciens Minnelieder ou la contemplation des
tableaux d'église allemands et italiens, en
remontant jusqu'à Hemmling et Wohlge-
muth, jusqu'à Perugino et Giotto. Les
Heures, journal fondé par Schiller, la *Ga-
zette universelle de littérature*, l'*Athénée*,
le *Critique*, le *Musée allemand*, furent tour
à tour les principaux organes de cette nouvelle association, et tandis que les frères
Schlegel publiaient dans ces journaux leurs
critiques sur Goëthe, sur Lessing, Tieck tra-

vaillait à populariser par ses poésies ces mêmes idées que la critique développait en théorie.

Pour bien comprendre Tieck et la double influence qu'il a exercée, il faut distinguer en lui deux hommes : le poëte et le romancier. Le poëte est cet enfant ingénu, capricieux, crédule, dont la riche imagination s'égare tour à tour à travers les féeries de l'Arioste ou les pieuses légendes des couvents du moyen-âge ; il passe au milieu de la nature comme au milieu d'un monde enchanté ; il tient à la main une baguette magique avec laquelle il touche tout ce qu'il rencontre et anime tout ce qu'il touche. Il y a pour lui dans le balancement des arbres, dans le murmure du ruisseau, dans les soupirs du vent, une langue mystérieuse qu'il comprend. N'ayez pas peur de le voir jamais s'isoler, s'appesantir sur lui-même ; car à peine a-t-il franchi le seuil de sa retraite, à peine touche-t-il au sentier de la prairie ou aux escarpements de la montagne, que tout autour de lui retentit soudain un concert de voix aériennes joyeuses ou plaintives, selon que son âme est portée à la joie ou à la tristesse. Pour lui, les bois, les eaux, les profondeurs de la vallée, les grottes de roc dans les montagnes, sont peuplés de génies bienfaisants, de nymphes et de sylphides. Pour lui, comme pour son ami Novalis, tous les êtres vivants ou imaginés se rattachent à l'homme par un lien imperceptible ; les rameaux d'arbres s'inclinent sur lui dans sa douleur ; les fleurs le regardent en souriant ; la pierre elle-même s'attendrit à ses larmes. L'homme est le type le plus accompli de la création, et la nature est sa sœur, son amante bien aimée. Tel est Tieck le poëte, l'auteur de Geneviève et de Fortunatus, toujours prêt à chanter, toujours accessible à l'enthousiasme, naïf comme une jeune fille, heureux comme un enfant, heureux surtout de pouvoir s'oublier de longues heures dans ses rêves favoris, de pouvoir courir en liberté partout où son caprice l'appelle, aujourd'hui aux romans d'Espagne et demain aux ballades du Nord.

Après cela vient le romancier et celui-ci est tout autre ; il a du scepticisme dans le regard et de l'ironie sur les lèvres. Il s'en va de par le monde, non plus pour chanter ses sonnets religieux et ses hymnes d'amour, mais pour observer de plus près les vices des hommes et leurs ridicules. Tous ses tableaux d'intérieur domestique sont vrais comme ceux de Fielding, et parsemés de saillies humoristiques dans le genre de Swift. Malheur à la figure pédante, à l'air cérémonieux

du conseiller de cour qui se présente à lui ! malheur aux sottes prétentions d'argent ou de noblesse, aux vanités de bas lieu qu'il rencontre sur son passage ! Il ne lancera contre elles ni l'invective ni l'anathème, mais il les entourera d'un tel sarcasme que les coupables aimeraient mieux mille fois subir une grave condamnation que de se trouver ainsi honnis sur la sellette. Il y a dans les deux genres d'ouvrages de Tieck, dans ses drames et ses nouvelles, une telle différence de caractère, de nature, que l'on ne sait trop comment l'expliquer. Cependant on peut le regarder comme un homme soumis constamment à deux influences opposées et gardant pour chacune de ces influences un organe distinct. Tout sentiment d'amour, toute idée vraie le rend poëte ; toute passion mauvaise et tout ridicule en font un romancier. A la même palette sur laquelle il étend les riantes couleurs qui lui servent à peindre ses beaux songes et ses châteaux de fées, il ne confiera pas les couleurs sombres dont il barbouille le cabinet d'un homme de cour ou le salon d'une grande dame. Il fait de toutes ses pieuses croyances de belles images enluminées avec des arabesques, des guirlandes de fleurs, comme on en voit dans les vieux livres, et de toutes les méchancetés et les misères qu'il observe, de grotesques figures, à la manière de Hogarth ou de Téniers. Et puis cette ironie qui perce dans ses nouvelles provient souvent d'un sentiment secret qu'elle déguise, et qui est au fond tout autre qu'il ne paraît être. Non, ce n'est pas là l'ironie d'un esprit léger et superficiel qui ne demande qu'à s'amuser d'un sarcasme et à se moquer d'un ridicule ; c'est celle d'une âme triste, ébranlée dans sa foi, qui se soulage sa douleur par un éclat de rire au lieu de se soulager par des larmes ; c'est celle d'un homme qui ne veut pas montrer aux regards indifférents le malheur dont il a été frappé, qui s'en va dans le monde avec un habit de fête ; si le vent vient à soulever les revers de cet habit, on aperçoit le crêpe de deuil et la plaie qui saigne.

La vie de Tieck n'offre aucun de ces événements étranges qui signalent si souvent le sort des grands poëtes. C'est une vie consacrée de bonne heure à l'art, dévouée à l'étude, ranimée par quelques voyages, et puis retranchée quelque jour dans l'intérieur de famille, dans un cercle paisible d'occupations, comme celle de tout bon savant allemand.

Il naquit à Berlin, le 31 mai 1773. Ses études se dirigent de bonne heure vers la littérature ancienne et moderne. Il passa

tour à tour à l'Université de Halle, de Goet-
tingue, d'Erlangen; puis il revint à Berlin et
se livra activement à plusieurs travaux littéraires. Bientôt le goût des voyages lui revint,
et nous le retrouvons, en 1797, à Jéna,
accueilli comme un frère par Novalis, et les
deux Schlegel; en 1798, à Hambourg, où il
se maria avec la fille d'un pasteur; en 1801
et 1802, à Dresde, publiant, avec Auguste
Schlegel, l'*Almanach des Muses*. Trois ans
plus tard, il part pour Rome avec son frère
Frédéric, qui s'est acquis en Allemagne une
certaine célébrité comme sculpteur. Il passa
dix-huit mois en Italie, et n'en revint qu'a-
près avoir étudié avec amour les œuvres
d'art des différentes écoles et compulsé les
nombreux manuscrits d'ancienne poésie allemande que renferme la bibliothèque du Va-
tican. Il vint en 1806 se fixer dans les environs de Francfort-sur-l'Oder, et vécut
plusieurs années sans rien faire paraître. En
1818 il alla en Angleterre, où il fut accueilli
avec la plus grande distinction par toutes les
célébrités littéraires de l'époque. Son but
était d'étudier les anciens poètes anglais,
surtout les poètes dramatiques antérieurs à
Shakspeare. Il s'y enrichit de documents
encore peu connus et de matériaux précieux. En 1819, il s'établit à Dresde avec
sa famille, et c'est là qu'il vit encore avec le
titre honorifique de conseiller de cour, et
celui de directeur de théâtre, auquel est
attachée une pension de 600 thalers (environ
2,000 fr.) C'est là que j'allai le voir il y a
deux ans, sur la place de l'*Altenmarkt*, dans
une de ces vieilles maisons allemandes, qui
pourrait bien avoir appartenu à quelqu'un
de ces anciens Meistersænger dont il a parfois
si bien reproduit le génie. Il était depuis
quelque temps tourmenté par une sorte de
paralysie qui lui ôtait le libre usage de ses
jambes, mais sa tête était encore toute pleine
de vie et de jeunesse. Je l'ai souvent con-
templé avec charme, et dans les réunions intimes où il voulait bien m'admettre, et dans
ces grandes soirées où tout le monde se
presse pour assister à ses lectures si célèbres
en Allemagne, et je ne crois pas que jamais
j'oublie la belle et noble expression de cette
figure de poète, et l'éclair de génie qui
rayonne dans son regard.

Il serait difficile de rendre compte en dé-
tail de toutes les œuvres de Tieck; nous nous
bornerons donc à signaler les principales de
chaque genre. Ses premiers ouvrages sont
des romans; c'est *Abdallah* et *William
Lovell*. Il les écrivit à l'âge de vingt ans, et
l'on y reconnaît toute la fougue d'une imagination ardente, toutes les secousses d'une

âme de jeune homme, à l'âge où ses croyances
d'enfant commencent à vaciller, où le monde
lui apparaît pour la première fois, dépouillé
de son prestige, où le doute le tourmente. Il
y a du Werther dans les souffrances préma-
turées dont ce livre porte l'empreinte, et du
Melmoth dans l'idée de désespoir qu'il exprime. Deux ans plus tard, Tieck fit paraître
ses *Voyages de Sternbald*, œuvre encore
pleine d'enthousiasme, mais d'un enthousiasme tendre et réfléchi. Sternbald est un
jeune peintre à l'imagination fraîche, au
cœur candide, qui s'en va d'Allemagne en
Italie, étudier la nature, les tableaux des
grands maîtres, et qui, en faisant son humble voyage d'artiste, le bâton à la main, le
sac sur le dos, sans rencontrer de grands
périls, sans tomber dans aucune aventure
tragique, vous intéresse à chacune des pensées qui le préoccupent et aux moindres détails de sa vie. Il y a dans ce roman une
grace de coloris, une fraîcheur de sentiment,
qui lui donnent un charme inexprimable. En
deux ans, Tieck avait fait de grands progrès; l'étude et la réflexion avaient apaisé
en lui ces luttes orageuses dont *William
Lovell* porte l'empreinte énergique. L'amour
de l'art le consolait de ses premières décep-
tions; la poésie venait au secours de ses premières douleurs; le bon génie l'emportait.

Le *Phantasus*, que Tieck publia en 1815,
est un recueil de nouvelles et de pièces dramatiques entremêlé d'entretiens et de digressions sur l'art, en sorte que chacun des morceaux de poésie qui se trouvent dans le livre
est amené fort habilement pour servir de
texte ou d'exemple à ces digressions. C'est
un cadre commode qui a déjà été employé
plusieurs fois, mais dont Tieck surtout s'est
servi avec un rare bonheur, c'est, parmi
tous ses ouvrages, l'un de ceux qui obtin-
rent le plus de succès, et que l'on se plaît le
plus souvent à relire.

Après ces œuvres d'esthétique vient une
longue série de nouvelles à laquelle Tieck
doit en grande partie sa réputation. Il en pu-
blie régulièrement deux chaque année; l'une
dans l'*Urania* de Leipsig, l'autre dans la
Novellenkranz de Berlin. Ce sont ses étrennes
au public allemand; et l'éditeur qui les im-
prime, le graveur qui les enrichit de vi-
gnettes, le journaliste qui les commente, le
bon bourgeois qui les achète pour les lire le
soir près du poêle à sa famille, sont si bien
habitués à cette fécondité périodique de Tieck,
que du jour où elle viendra à manquer, il y
aura, si je ne me trompe, un grand vide
dans les joies de l'Allemagne au nouvel an.
Dans cette quantité de romans que Tieck, de

fond de l'Altenmarkt, répand de toutes parts, au mois de décembre, comme autant de fleurs fraîchement écloses, il en est plusieurs que l'on peut regarder comme des chefs-d'œuvre d'imagination et de verve poétique. Je citerai entre autres : *les Voyageurs*, charmante nouvelle pleine de finesse, d'esprit, de *humour* ; *les Fiançailles*, *les Joies et les souffrances d'un musicien*, *la Vie de poète* qui a été traduite en français. Il y a deux ans, Tieck publia *la Mort du poète*. C'est l'histoire du Camoëns, racontée avec une chaleur d'ame, avec une grace de style, et une richesse d'images dont rien ne saurait donner l'idée. C'est, à mon avis, avec ce beau récit de la guerre des Cévennes, que Tieck promet toujours d'achever, la plus belle et la plus touchante de ses nouvelles.

Ses œuvres poétiques ne sont pas moins riches et moins variées. C'est là que se trouve ce large drame d'*Octavianus*, où tout le moyen-âge est si bien représenté avec ses mœurs naïves, ses chastes amours, ses pieuses superstitions, ses rois chevaliers et ses soldats qui deviennent rois. C'est là que se trouve le drame de *Geneviève de Brabant*, cette douce élégie d'amour et de résignation, cette belle légende des vieux couvents que Tieck a racontée avec tant de candeur et de simplicité ; là aussi, le poème de *Fortunatus*, l'enfant favori du destin, et toutes ces jolies pièces que Tieck empruntait aux contes des fées, pour y épancher tout à son aise, ou ses riantes idées d'enfant, ou ses vives saillies. C'est la *Barbe-Bleue*, le *Chat botté*, le *Monde renversé*, *Zerbino* et le *petit Chaperon rouge*. Cette dernière pièce surtout a toujours joui d'une grande vogue en Allemagne. A proprement parler, ce n'est pas là une pièce dramatique, à moins qu'on ne la regarde comme une allégorie, dont ces vers de Clotilde de Surville pourraient faire l'épigraphe.

De peur du loup, n'allez oncques seulette.

Jamais on n'a pu penser à mettre cette pièce sur la scène, quoique Goëthe ait fait jouer en Allemagne les *Oiseaux* d'Aristophane ; mais c'est une suite de scènes admirables pour la naïveté des détails. Le monologue misanthropique du loup et sa conversation avec le chien ne valent-ils pas les plus belles pages de la nouvelle des *Deux Chiens* de Cervantés ? La grand'mère, avec son livre de prières et son langage sermoneur, n'est-elle pas là bien dépeinte comme une bonne vieille figure de Gérard Dow ou de Rembrandt ? et n'est-ce pas un délicieux portrait que celui de cette petite fille, curieuse, jaseuse, étourdie, qui, parce qu'elle porte un chaperon rouge, croit qu'il n'y a rien au monde de plus beau, et s'en va tour à tour raconter les histoires du village à sa grand'mère, agaçant le chasseur et causant avec les petits oiseaux ?

Outre ces œuvres dramatiques, Tieck a encore publié trois volumes de poésies lyriques, et c'est là surtout que l'on retrouve cette conception intime de la nature, ces rêves si gracieux, ces caprices d'imagination que nous avons cherché à caractériser. Nous prendrons une pièce au hasard pour indiquer comment il représente toujours la nature en parenté avec l'homme :

LES ÉTOILES.

Au bruit léger du vent, par une nuit paisible,
Un voyageur s'avance, hésitant, incertain.
« J'ai dans le cœur, dit-il, une crainte pénible.
Étranger en ces lieux j'ignore le chemin.
Que trouverai-je ici ? la paix ou la souffrance ?
Ah ! vous êtes toujours si loin, si loin de moi,
Douces étoiles d'or ! Pourtant mon espérance
Se repose sur vous, pourtant en vous j'ai foi. »

Soudain son cœur se calme, et la nuit est plus pure.
Il sent venir l'espoir dont il avait besoin,
Tandis qu'à ses côtes une voix lui murmure :
« Homme, nous te suivons et de près et de loin.
Tu n'es point seul ; vers toi brille notre lumière ;
Repose encor sur nous tes regards et ta foi.
Tu n'es pas pour toujours banni de notre sphère,
Et les étoiles d'or déjà pensent à toi. »

Enfin la merveilleuse activité du génie de Tieck ne s'est pas bornée à ces œuvres d'imagination. L'Allemagne lui doit encore la meilleure traduction qu'elle possède du roman de *Don Quichotte*, la traduction des œuvres de Green, de Marlowe et de plusieurs autres poètes antérieurs à Shakspeare, avec une longue et savante dissertation sur ces poètes et sur leurs œuvres. Elle lui doit un excellent travail sur les *Minnelieder* de la Souabe, la publication de plusieurs pièces de l'ancien Théâtre allemand ; celle des œuvres de Solger le philosophe, qu'il entreprit avec son ami Raümer ; celle des œuvres de Lenz, de Novalis, de Kleist, trois poètes aussi intéressants par les souffrances qu'ils ont éprouvées que par le génie dont ils étaient doués ; le premier est devenu fou, le second est mort de consomption, le troisième s'est tué.

X. MARMIER.

LA VIE ET LA MORT

DU

PETIT CHAPERON ROUGE

TRAGÉDIE.

PERSONNAGES.

LA GRAND'MÈRE.

LE PETIT CHAPERON ROUGE.

ANNA, jeune paysanne.

LE CHASSEUR.

DEUX ROUGE-GORGES.

LE LOUP.

LE CHIEN.

UN PAYSAN.

PIERRE.

LA FIANCÉE DE PIERRE.

LE ROSSIGNOL.

LE COUCOU.

Le théâtre représente la chambre de la grand'mère.

SCÈNE I.

LA GRAND'MÈRE, *assise et lisant.*

Voici un de ces beaux jours où l'on aime à rendre hommage à Dieu. Le ciel est clair, le soleil brille ; l'ame se sent portée à la piété. J'entends de loin le son des cloches, car c'est aujourd'hui dimanche, et sous ma fenêtre les arbres se balancent et s'inclinent comme pour témoigner leur respect envers Dieu. Je demeure ici hors du village, sans cela je tâcherais d'arriver assez tôt à l'église ; mais je suis vieille et qui plus est malade. Ainsi, je lis mon livre de prières ; il faut que le bon Dieu s'en contente ; une pauvre femme comme moi ne peut rien faire de plus. (*Elle bâille et ferme le livre.*) — Ah! c'est vrai, voilà comment va le monde... Tout cela est bien tristement arrangé. Ma fille Élisabeth a dû faire aujourd'hui des gâteaux. Le petit Chaperon rouge viendra sans doute me voir. J'entends que l'on ouvre la porte... ou bien est-ce le vent qui la pousse ? Non, voici, je crois, ma petite-fille.

(*Le Chaperon rouge entre.*)

LE CHAPERON ROUGE.

Bonjour, ma grand'maman ; comment te portes-tu ?

LA GRAND'MÈRE.

Merci, mon enfant ; cela va tout doucement, tout doucement ; je suis un peu faible.

LE CHAPERON ROUGE.

Je suis entrée sans faire de bruit ; car je pensais : si ma grand'maman n'a pas dormi, elle pourrait bien sommeiller à présent, et il ne faut pas l'éveiller.

LA GRAND'MÈRE.

Je me suis éveillée aujourd'hui de bonne heure et j'ai lu mon livre de prières.

LE CHAPERON ROUGE.

Tu es très pieuse. Ma mère a fait cuire aujourd'hui un superbe gâteau et je t'en apporte une partie.

LA GRAND'MÈRE.

La bonne nouvelle! Merci. mon enfant. Ah! il a l'air très bon. Où sont allés tes parents aujourd'hui ?

LE CHAPERON ROUGE.

Je pense qu'ils doivent être en prières. Quand j'ai passé devant l'église, on entendait les sons joyeux de l'orgue et la voix puissante du chantre. Toute l'église est pleine de monde; c'est le doyen qui prêche, car le pasteur est encore malade; on pense que son remplaçant aura bien choisi son texte. — Ah! quel beau sable tout frais tu as répandu dans ta chambre¹!

LA GRAND'MÈRE.

Il faut bien se souvenir que c'est dimanche; autrement on vivrait comme des païens.

LE CHAPERON ROUGE.

Regarde, on m'a habillée tout en blanc. Vois-tu cette robe neuve et ces jolies fleurs. Ce que j'aime surtout, c'est le petit chaperon que tu m'as donné à Noël². On me dit bien que je devrais le ménager et ne pas le porter tous les jours; mais il n'y a rien de beau comme le rouge.

LA GRAND'MÈRE.

Va, mon enfant, n'aie pas peur de le porter, car il te va très bien, et tu sais que depuis que je te l'ai donné, on l'appelle toujours le petit Chaperon rouge. Quand il sera usé, on tâchera de t'en donner un autre.

LE CHAPERON ROUGE.

Que je serai contente quand viendra le jour de la confirmation! Alors tu me donneras encore un joli petit bonnet rouge.

LA GRAND'MÈRE.

Il y a encore le temps d'y penser. Tu viens à peine d'avoir sept ans; à cet âge-là les enfants ne s'approchent pas de la table du Seigneur; ils n'entendent encore rien à la religion; tu ne pourrais d'ailleurs pas te montrer dans une telle cérémonie avec un bonnet

(1) C'est une des habitudes de cette excessive propreté allemande que l'on peut comparer à la propreté proverbiale de la Hollande. Chaque samedi, et la veille de chaque jour de fête, les escaliers de toute bonne maison bourgeoise sont couverts d'un sable fin qui aide à les mieux nettoyer; les planchers et les fenêtres lavés, les meubles bien essuyés; enfin il se fait du rez-de-chaussée aux mansardes une lessive complète, après laquelle tous les appartements prennent un air riant, comme l'aspect d'une prairie après une pluie d'été.

Note du traducteur.

(2) La plus grande solennité de l'Allemagne est la fête de Noël; elle réunit le mystère religieux de la naissance du Christ aux joies du nouvel an; il n'y a pas une famille, si pauvre qu'elle soit, qui ne la célèbre avec les présents d'usage, les réunions d'amis, les verts sapins posés sur la table et chargés de fruits, de rubans, de bougies, et le cercle de petits enfants, qui après avoir fait avec une singulière préoccupation leur prière, accourent en tumulte chercher les jolis chevaux de carton, les poupées et les tambours que Jésus envoie. C'est l'un des plus beaux et des plus touchants usages de l'Allemagne, et je ne crois pas qu'il soit possible d'assister sans émotion à cette fête, à ce souper de Noël, où d'un côté préside l'aïeul avec sa tête blanche, ses vieux souvenirs, et de l'autre l'enfant avec ses yeux rayonnants de bonheur, ses blonds cheveux tombant sur une figure enjouée, et ses naïves causeries.

Note du traducteur.

rouge. Il faut que tu sois habillée en noir et d'une manière décente; le bon Dieu n'aime pas que l'on vienne à lui en habit de danse et que l'on chante ses louanges dans l'église avec un chaperon rouge.

LE CHAPERON ROUGE.

J'ai déjà été cependant à l'église et personne ne m'a rien dit.

LA GRAND'MÈRE.

Tant que tu seras enfant, c'est bien; le bon Dieu ne s'occupe pas beaucoup des petites filles comme toi.

LE CHAPERON ROUGE.

Mais que peut-il donc avoir de si grave à reprocher à ma coiffure?

LA GRAND'MÈRE.

Tais-toi, méchante fille; tu ne comprends pas encore ces choses-là. Quiconque veut entrer dans son royaume doit avant tout s'occuper d'idées plus sérieuses. Si je pouvais vivre assez long-temps pour te conduire à la table de communion, je te donnerais ce jour-là un joli petit manchon; mais il ne faut pas y songer: j'aurai bientôt cessé de vivre.

LE CHAPERON ROUGE.

Non, non, cela ne presse pas.

LA GRAND'MÈRE.

Le temps s'en va par ici, la mort vient par-là; je me remets entre tes mains, mon Dieu, qui sais combien je suis près de mourir!

LE CHAPERON ROUGE.

Ma bonne maman, si tu m'aimes, il ne faut pas me faire de la peine; il faut que tu restes près de moi et nous passerons bien notre temps; une autre fois j'apporterai ma poupée et ce sera un vrai plaisir.

LA GRAND'MÈRE.

Hélas! ma pauvre enfant, on se figure souvent dans ce monde qu'on a long-temps à vivre, et l'on est à deux pas du tombeau... Regarde comme ton gâteau s'en va. — Que fait donc ton père aujourd'hui? pourquoi ne vient-il pas?

LE CHAPERON ROUGE.

Un de ses genoux est enflé; il a beaucoup de peine à marcher.

LA GRAND'MÈRE.

Il aurait dû essayer quelque remède.

LE CHAPERON ROUGE.

Il en a bien essayé plusieurs, mais aucun ne lui réussit. Le chantre pense que son mal lui vient de trop boire et que la médecine n'a rien à y faire; mais il dit que le chantre est un menteur, qu'il boit trois fois plus que lui, sans avoir pourtant mal aux jambes.

LA GRAND'MÈRE.

Les méchantes gens! L'eau-de-vie est toujours leur première jouissance.

LE CHAPERON ROUGE.

Il y a là-dessus plusieurs disputes: mais ma mère a raison quand elle dit que l'habitude de boire empêche mon père de travailler. et lui à ces mots se met en colère.

LA GRAND'MÈRE.

Tais toi, mon enfant; il ne convient pas que les enfants fassent de telles remarques.

LE CHAPERON ROUGE.

Les observations de ma mère l'ont amené à ne plus se gêner devant moi, quand il rentre le soir après avoir bu et qu'il crie et se fâche sans motif. — Mais regarde les belles fleurs que je t'ai apportées: peu s'en faut que je ne les aie oubliées. Toute la forêt est pleine de fleurs éclatantes comme celles-ci, et des milliers d'oiseaux chantent sous le feuillage.

LA GRAND'MÈRE.

Oui, vois-tu comme tu as écrasé ces fleurs en les mettant dans ta poche. Tu seras toujours une petite étourdie.

LE CHAPERON ROUGE.

En suivant le sentier, je ne pouvais m'empêcher de les cueillir, car elles semblaient sourire à mes pieds, et je me disais que l'on pourrait les poser sur la fenêtre... Mais, écoute... pourquoi les chiens aboient-ils ainsi?

LA GRAND'MÈRE.

On dit depuis quelques jours que l'on a vu rôder un loup aux environs; peut-être est-on à sa poursuite.

LE CHAPERON ROUGE.

Comme tout est gai autour de ta maison! tu as là devant toi la forêt: les petits oiseaux qui chantent sans cesse et sautent de branche en branche. N'aimes-tu donc pas les petits oiseaux?

LA GRAND'MÈRE.

Je les regarde avec un grand plaisir: ils sont toujours si gais et chantent si bien, que le cœur en est tout réjoui.

LE CHAPERON ROUGE.

Qu'est-ce donc que cet arbre dont les feuilles tremblent et murmurent?

LA GRAND'MÈRE.

C'est un peuplier.

LE CHAPERON ROUGE.

Ah! ah! je me rappelle le proverbe: «Il tremble comme un peuplier.» Mais d'où cela vient-il?

LA GRAND'MÈRE.

Je vais te le dire, mon enfant: Lorsque notre Seigneur Jésus-Christ vint habiter la terre, sous la forme humaine, il s'en allait souvent par les montagnes et les vallées.

LE CHAPERON ROUGE.

Oui, et il a séjourné le désert et nourri cinq mille hommes: ensuite il a été flagellé, crucifié et il est monté au ciel.

LA GRAND'MÈRE.

C'est cela. C'est cependant beaucoup à ton âge de connaître aussi bien l'Évangile.

LE CHAPERON ROUGE.

C'est dans le catéchisme mot pour mot.

LA GRAND'MÈRE.

Notre Seigneur Jésus Christ passa d'un lieu à l'autre, prêchant ses leçons, guérissant les malades et nous donnant son Évangile. Un jour il arriva dans une forêt, et les arbres le reconnurent aussitôt: ils s'inclinèrent devant lui avec un doux soupir, comme pour le saluer, et se courbèrent jusqu'à terre pour baiser la trace de ses pas. Le chêne, le hêtre et une foule d'autres arbres s'empressèrent de rendre hommage au Fils de Dieu. Mais Jésus-Christ remarque que le peuplier, dans son sot orgueil, reste fièrement debout et refuse de s'incliner comme les autres. Alors le Seigneur lui dit: - Te voilà droit et immobile; tu n'as pas voulu t'abaisser devant moi, eh bien! tu verras désormais tes branches s'agiter et tes feuilles trembler par le temps le plus calme. - L'anxiété saisit l'arbre indocile, il frémit et doit trembler jusqu'au jugement dernier.

LE CHAPERON ROUGE.

Oui, oui, celui qui ne remplit pas son devoir à temps... Adieu, je m'en vais; il fait encore frais.

LA GRAND'MÈRE.

Mon enfant, avant de partir, chante-moi donc la petite chanson que tu as apprise.

LE CHAPERON ROUGE.

Un jour sortant par le grenier,
Sur les toits arrive miss chatte
Courant après le pigeonnier,
Mais elle est prise par la patte,
Et tombe, hélas! au fond d'un trou!
Miaou! miaou!

Le piège est là pour recevoir
La gent hypocrite et cruelle,
Elle succombe, plus d'espoir!
O mes enfants! craignez, dit-elle,
Craignez de faire un mauvais coup!
Miaou! miaou!

LA GRAND'MÈRE.

C'est une jolie chanson. Songes-y: les fautes que l'on commet ne rapportent jamais rien de bon. Salue pour moi ta mère et remercie-la de ce qu'elle n'oublie pas les vieilles gens malades.

LE CHAPERON ROUGE.

Adieu, grand'maman; je reviendrai après midi t'apporter ton dîner.

(Elle sort.)

LA GRAND'MÈRE.

Voilà mon étourdie qui laisse la porte de la cour ouverte; ainsi chacun maintenant peut entrer comme bon lui semble. Elle est toujours folle comme elle l'était, et pourtant elle commence à grandir; mais je n'ai pas besoin de me plaindre. Personne aujourd'hui ne viendra me voir. C'est cependant vrai, il n'y a rien de plus joli que cette petite-fille; et comme son chaperon rouge lui va bien!

SCÈNE II.

La forêt.

LE PETIT CHAPERON ROUGE, LE CHASSEUR.

LE CHASSEUR.

Faire éternellement ce métier de chasseur! j'ai bien de la peine à m'habituer à cette idée. Courir le jour, la nuit, à travers la forêt, tandis que les autres restent tranquillement à la maison; marcher par le chaud, par le froid, par la neige, tout cela ruinerait le corps le plus robuste. Aujourd'hui il n'y a pas un pauvre paysan qui ne fasse sa partie de quilles. Ce soir on ira jouer aux cartes, et pendant ce temps il faut que je m'en aille de long en large dans la forêt pour chercher les traces d'un loup, ce qui pourrait bien n'aboutir à rien de bon pour moi... Ah! si je n'avais pas le tabac pour me consoler, la vie serait par trop triste... car c'est un véritable chiffon à nous faire pitié. (Il se met à battre le briquet.) C'est étonnant comme le feu est renfermé dans cette pierre et ce morceau d'acier! A quelle découverte l'homme n'en est-il pas venu! Quel progrès dans les arts! C'est une chose merveilleuse de voir toutes les ressources que l'homme possède et comme il les fait bien tourner à son profit; et chaque jour nous mène plus loin. Nos enfants seront encore plus habiles que nous. Notre tête est déjà trop pleine, et je ne comprends pas où nous irons avec tant d'esprit... Ah! voici le Chaperon rouge. Sois la bienvenue, mon enfant! Tu es déjà sortie de si bonne heure.

LE CHAPERON ROUGE.

Je viens de voir ma grand'mère, et vous, vous allez à la chasse?

LE CHASSEUR.

Oui, je cours après ce mauvais sujet de loup qui a déjà dévoré plusieurs pauvres agneaux.

LE CHAPERON ROUGE.

Ce que l'on dit est donc vrai? il y a un loup qui ose venir si près du village.

LE CHASSEUR.

C'est une race effrontée qui s'introduit partout.

LE CHAPERON ROUGE.

N'avez-vous pas peur de le rencontrer?

LE CHASSEUR.

Je le menace depuis long-temps de mon fusil. Moi, le craindre! Il faudrait que je fusse bien lâche. Je ne crains pas le diable lui-même.

LE CHAPERON ROUGE.

Oh! ne parlez pas ainsi; s'il allait venir vous prendre?

LE CHASSEUR.

Un chasseur doit avoir un cœur ferme, un courage assuré, un sang chaleureux; il faut qu'il ne redoute ni le danger ni l'orage, autrement il serait bon pour rester au coin du feu.

LE CHAPERON ROUGE.

Vous avez aujourd'hui une veste neuve, et votre couteau de chasse fait très bon effet là-dessus.

LE CHASSEUR.

Si je rencontre monsieur le loup, c'en est fait de lui. Cette veste ne va-t-elle pas bien?

LE CHAPERON ROUGE.

Oui, assez bien.

LE CHASSEUR.

Qu'y trouves-tu donc à redire?

LE CHAPERON ROUGE.

Cette veste serait bien plus belle si elle était rouge comme mon chaperon.

LE CHASSEUR.

Le monde entier ne peut pourtant pas être rouge comme ton chaperon; il faut qu'il y ait d'autres couleurs. Le vert est, à mon avis, tout ce qu'il y a de plus joli à voir.

LE CHAPERON ROUGE.

Oui, cela est bon quelquefois, mais il n'y a rien de beau comme le rouge.

LE CHASSEUR.

Les bois sont verts, la terre est verte. De quelque côté que tu tournes les yeux... il y a dans la couleur... un charme... un éclat... Entends-tu?

LE CHAPERON ROUGE.

Le vert est comme les gens du commun; on le trouve partout, dans chaque haie, dans chaque buisson. Mais tout cela est bien loin du rouge. Le rouge attire à l'instant nos regards; partout où quelque chose s'offre à la vue, une lèvre rouge s'offre aussitôt pour en goûter. Mais qu'il serait heureux celui qui aurait comme moi sur la tête un joli chaperon rouge!

LE CHASSEUR.

Tu es une petite folle. Donne-moi un baiser.

LE CHAPERON ROUGE.

Allez donc, je ne puis pas supporter le tabac.

LE CHASSEUR.

Mauvaise que tu es! si tu ne peux pas supporter le tabac, tu ne trouveras jamais de mari.

(Il s'éloigne.)

LE CHAPERON ROUGE.

Ces hommes-là croient toujours que si l'on ne veut pas d'eux on ne trouvera point de mari, et si l'un d'eux a acheté une veste neuve il pense que tout le monde doit l'admirer.

(Deux rouge-gorges arrivent en sautant de branche en branche.)

LES ROUGE-GORGES.

Petit Chaperon rouge! petit Chaperon rouge!

LE CHAPERON ROUGE.

Que me veulent donc ces oiseaux?

LES OISEAUX.

Bonjour, bonjour; où vas-tu?

LE CHAPERON ROUGE.

Je retourne à la maison. Ah! les jolies petites bêtes! comme elles sautillent bien! Ils ont du rouge autour du cou et sur la poitrine. C'est un plaisir de voir ces oiseaux.

LES OISEAUX.

Tu es un petit rouge-gorge, et nous sommes des chaperons rouges. Nous t'aimons; veux-tu nous aimer aussi?

LE CHAPERON ROUGE.

Ah! mes gentils compagnons, n'est-ce pas le bon Dieu qui vous a donné lui-même ces plumes rouges? Pourquoi ne se réjouirait-il pas autant de voir les couleurs riantes, les beaux jours, que les heures de tristesse et les vêtements sombres? Non, je veux laisser passer au loin le chagrin, et, quand je serai vieille, libre à moi de m'habiller encore comme je le voudrai; alors j'aurai toujours mon chaperon rouge!

(Il s'éloigne.)

LES OISEAUX.

Le petit Chaperon rouge est notre ami.— Ah! que le soleil est beau!

(Ils s'envolent.)

SCÈNE III.

Un taillis épais.

LE LOUP, LE CHIEN.

LE LOUP.

Il faut que je me retire comme un malfaiteur au fond des forêts, que je me glisse dans les broussailles, car de toutes parts on

me chasse, on me poursuit. Il n'y a pas un être dans le monde qui veuille m'aimer, pas un être qui s'approche de moi avec confiance. Chacun me regarde avec effroi. Et pourquoi? parce que je ne sais ni mentir comme un courtisan ni faire l'hypocrite, parce que je ne veux pas m'abaisser au rôle de valet; voilà pourquoi chacun a mauvaise opinion de moi. Hélas! que de fois j'ai été méconnu, traqué de contrée en contrée! Je ne cherchais pourtant que de la sympathie, et je recevais des coups au lieu d'exciter la plus petite marque d'affection. Les balles de fusil, les pièges et les autres plaisanteries de ce genre, voilà ce qui m'attendait. On poussait les hauts cris dès que j'avais le malheur de paraître: Voilà le loup! prenez-le par la peau! Et pourtant ces gens-là parlent de tolérance, et il n'y en a pas un qui ne croie se montrer très patient s'il s'en va avec son habit des dimanches servir de parrain à quelque pauvre enfant. Le chien est plus humain que l'homme, tout allié qu'il soit à cette race de tyrans. Le voici. Mon bon ami, d'où viens-tu donc, mon noble compagnon?

LE CHIEN.

Ah! voilà donc ton lieu de plaisance pour l'été! Je vais me promener de côté et d'autre, et tâcher d'attraper quelque lièvre ou quelque lapin. Seulement je redoute la carabine du chasseur, car c'est un homme qui ne plaisante pas.

LE LOUP.

Es-tu encore au service du père du petit Chaperon rouge?

LE CHIEN.

Oui, je m'en trouve très bien. On fait beaucoup de dépenses dans la maison, et à la fin des repas il reste toujours plusieurs choses que l'on me donne à moi de préférence à tout autre. La petite fille est très bonne pour moi et me gratifie de friandises en secret. Pour tout cela je n'ai rien à faire qu'à tourmenter le chat, rapporter le bâton qu'on me jette dans l'eau, me coucher sur le dos et faire le mort. Dieu soit loué! je n'éprouve plus aucun besoin.

LE LOUP.

Voilà la bonne manière de gagner sa vie.

LE CHIEN.

Depuis une quinzaine de jours les gens de ma maison viennent souvent dans la forêt. La grand'mère est malade; on lui apporte à manger, et il y a pour moi plus d'un bon os mis de côté. La vieille mourra un de ces jours; ce qu'elle possède reviendra à son gendre, qui saura en tirer bon parti, car il boit bien et joue avec plaisir aux cartes. Il y a cependant dans tout cela une

17

chose qui ne m'accommode guère. L'autre jour, par exemple, la petite-fille soulève une pierre qui pesait bien trois fois autant qu'elle, et la jette devant moi en me disant de l'apporter. Je ne pouvais ni la remuer ni la saisir, et je fus obligé de l'abandonner. Cependant l'idée me vient de la reprendre ; je retourne, je tâche de la porter, j'essaie d'un côté, puis de l'autre, je fais des efforts inouïs, je me brise les dents. Le vieux éclate de rire en me voyant, car ces êtres-là n'entendent rien à notre nature, et il s'écrie : Voyez le lourdaud !

LE LOUP.

Je ne voudrais pas être dans ta position. Ta vie se passe d'une manière misérable ; tu n'es pas libre, tu ne peux avoir aucune volonté : on te bat sans motif. Pardonne-moi si j'éprouve un égal dégoût pour tes joies comme pour tes souffrances.

LE CHIEN.

Parle toujours, car je te connais, et je sais que l'on ne peut faire entrer dans la vie pratique les plus belles spéculations et les meilleures théories.

LE LOUP.

Eh bien ! regarde, tu te consoles de tout. Te voilà comme un morceau de gibier rôti de chaque côté.

LE CHIEN.

Ecoute : je suis un honnête homme, tu es depuis long-temps mon bon camarade ; si tu étais seulement un tant soit peu humain, si tu voulais renoncer à tes idées sauvages, avec les années on ferait quelque chose de toi.

LE LOUP.

Non, mon ami, tu peux t'épargner cette peine. Je me souviens encore avec des yeux pleins de larmes des jours innocents de mon enfance. Quelle noble envie j'avais alors de mener une vie honorable, laborieuse, utile ! quel sublime désir m'entraînait vers les grandes choses ! Non, jamais aucun être dans son enthousiasme n'a pu se représenter ce beau rêve que je me faisais de consacrer toutes mes forces, toutes mes facultés au bien-être de l'humanité, au progrès du siècle. Je croyais avec mes efforts produire des prodiges, et toutes ces riantes pensées se sont évanouies au jour, comme je te l'ai déjà plusieurs fois raconté.

LE CHIEN.

Raconte encore : je t'écoute. On est vraiment bien ici.

LE LOUP.

Tu sais que, lorsque je te rencontrai pour la première fois, ce fut chez Jean le laboureur, où tu servais comme valet. J'avais quitté ma retraite dans les forêts, j'avais ap-

pris le métier de chien, je reniais ma race, mon origine. Uniquement occupé de remplir mes devoirs, je gardais la cour, j'effrayais les voleurs, je restais à la pluie jusqu'à ce qu'elle me perçât les os. J'endurais souvent la faim, souvent aussi les coups de bâton ; mais je me regardais comme un roi. J'étais utile, j'étais content de mon sort, et je ne voyais pas une position au-dessus de la mienne.

LE CHIEN.

Paix ! il me semble que je viens de flairer un lièvre.

LE LOUP.

Ecoute donc, fou que tu es, et ne trouble pas la tragique histoire de ma vie par ton plat égoïsme. Apprends donc comment mon bonheur finit, comment l'expérience m'amena à détester les hommes que j'avais appelés mes amis, que j'avais chéris comme des frères. Maintenant je les hais à la mort, je voudrais les déchirer avec mes dents. Mon imagination était alors dans toute sa fraîcheur, mon ame était jeune et ardente. Un jour j'allais me promener dans la forêt ; ma bonne étoile me fit rencontrer une louve... O mon ami ! quelle merveille ! Un corps qu'il est impossible de dépeindre, un esprit dont rien ne pourrait donner l'idée, une intelligence au-dessus de tout trésor. On aurait pu écrire un livre entier sur elle, sur cette louve, sur mon Elisa.

LE CHIEN.

Fais-moi grace de l'enthousiasme, mon ami ; tu me regardes comme amoureux, à ce qu'il paraît.

LE LOUP.

Que pourrais-je te dire ? Nous nous aimâmes l'un et l'autre, et notre lune de miel fut pleine de volupté. J'allais la voir dans la forêt, elle venait aussi me voir, et nous ne pouvions nous séparer. Un matin, ma bien-aimée se trouve en retard ; les paysans entrent dans la grange, découvrent cette femme incomparable, tombent sur elle avec leurs fléaux, l'accablent de coups... Et n'as-tu pas vu toi-même ma bien-aimée poursuivie avec une sorte de rage au milieu de la cour ?

LE CHIEN.

Rien ne manquait à ton malheur [1].

LE LOUP.

Est-ce donc ainsi, ô hommes, me disais-je en moi-même, est-ce donc ainsi que vous accueillez l'amour ! Mais j'étouffai ma colère ;

---

[1] Il y a dans le texte une expression proverbiale allemande qu'il serait impossible de faire passer dans notre langue. On dit : *es vecrum t dir Petersilie* il te tombe une pluie de persil, et cela signifie : tout se réunit pour t'exciter.

j'appris à soumettre les passions de mon
cœur à la loi de la nécessité. Peu de temps
après, on s'aperçut dans le village que je
n'étais pas un chien, mais un loup. Quelle
importance n'attache-t-on pas au nom! Tous
ces gens-là me connaissaient: ils savaient
que je leur avais rendu de fidèles services.
Mais le préjugé pesait sur moi, et je fus un
homme perdu. On ne se fie plus à moi, on
m'enchaîne comme si j'avais commis quelque
crime. Je me résignai encore à ce nouvel
affront; mais pendant la nuit j'appris que
l'on avait formé contre moi un plan qui me
mit en fureur. On avait résolu de m'enchaî-
ner, de manière à ce qu'il me fût impossible
de faire aucun mouvement; ensuite on devait me casser les dents, et j'étais entièrement
à leur disposition; ils pouvaient m'écorcher,
me vendre à un conducteur d'ours, me faire
sauter sur la place publique; et, quand ils
auraient été las de moi, ils pouvaient me
tuer sans le moindre danger. O mon ami!
quelle souffrance j'éprouvai à cette nouvelle!

LE CHIEN.

C'est là une curieuse histoire.

LE LOUP.

Dans ma fureur, je rompis mes chaînes,
et je courus sans m'arrêter au milieu de la
forêt. Je ne te dirai pas tout ce que j'eus à
souffrir depuis; l'homme le plus paisible en
serait révolté. Les balles tombaient autour de
moi, les piéges en fer m'étaient tendus, les
chiens couraient à ma poursuite. O mon
ami! non, il n'y a pas dans le monde une
créature aussi malheureuse qu'un pauvre
loup. Aussi, depuis ce temps-là, suis-je décidé à faire autant de mal que je pourrai.
Depuis ce temps, je n'aspire plus qu'à voir
couler le sang. Je veux porter le trouble
partout, détruire toute espèce de bonheur.
J'enlèverai le fiancé à sa fiancée, les enfants
à leurs parents; je ne rêverai, je ne cher-
cherai que le mal. Puisque l'on m'a poussé si
loin, je dévorerai ces hommes qui ne m'aiment pas; et si tu n'étais mon compagnon,
tu ne serais déjà plus de ce monde.

LE CHIEN.

Grand merci pour cette aimable excep-
tion! Mais n'as-tu pas honte de pécher ainsi
sans remords? Ne crois-tu pas à notre im-
mortalité, à la punition de nos fautes après
cette vie?

LE LOUP.

Non, mon cher, je regarde tout cela
comme des superstitions; les jouissances que
l'on nous promet là-bas sont trop haut placées pour nous; elles se montrent de trop
loin. Mais ce que je dévore à présent, est

bien réellement à moi. Voilà ma sagesse; je
ne veux pas m'en faire une autre.

LE CHIEN.

Fi donc! j'ai honte pour vous, et je ne
veux pas vous fréquenter plus long-temps,
de peur d'être atteint par la contagion.

LE LOUP.

Voilà bien ces sottes créatures qui s'ef-
fraient de tout, qui n'ont ni résolution ni
volonté! J'aurais cependant bien fait de le
déchirer en morceaux! Mais je vais tâcher
de prendre son cher petit Chaperon rouge;
il y a long-temps que j'en ai envie. D'ailleurs
son père m'a causé mille ennuis. Je vais me
poster sur le chemin que la petite fille doit
suivre; il me tarde d'assouvir sur elle ma
vengeance.

SCÈNE IV.

Un sentier dans la forêt.

ANNA, LE CHAPERON ROUGE, LA FIANCÉE,
PIERRE, UN PAYSAN.

ANNA.

Il fait déjà sombre; je ne veux pas aller
plus loin.

LE CHAPERON ROUGE.

Que dis-tu donc? le soleil est encore si
riant!

ANNA.

Il sera nuit, complétement nuit, avant
que je sois rentrée à la maison.

(Pierre arrive avec la fiancée.)

LA FIANCÉE.

Ah! mon petit Chaperon rouge, vas-tu
aussi te promener?

PIERRE.

Il faut que je la contrarie un peu; c'est
une charmante petite fille. — Eh bien! mon
petit Chaperon rouge, y as-tu réfléchi? veux-
tu encore être ma fiancée?

LE CHAPERON ROUGE.

Tais-toi donc, tu en as déjà une.

PIERRE.

Nous n'y regardons pas de si près. Tu seras ma seconde femme.

LA FIANCÉE.

Ne l'écoute pas; il parle comme un sot.
Allons, Pierre, ne va pas mettre de folles
idées dans la tête de cette enfant.

LE CHAPERON ROUGE.

Laisse-le seulement parler. Je ne veux
point de lui. D'abord, je ne lui trouve rien
de si attrayant, et puis il serait pour moi
trop vieux et trop maladif. J'espère bien
avoir un meilleur fiancé.

LA FIANCÉE.

Regarde ! voilà ce qui résulte de tes plaisanteries. Elle sait éconduire son monde. Elle est aussi habile que nous pourrions l'être, et ce n'est encore qu'une pauvre enfant, faible comme un poussin.

ANNA.

Elle dit que tu es faible comme un poussin.

LE CHAPERON ROUGE.

Laisse-les dire ; ils sont aussi sots l'un que l'autre ; voilà pourquoi ils répondent si niaisement. Elle n'aurait pas pu trouver un autre fiancé, ni lui une autre amante ; ainsi ils doivent tenir l'un à l'autre, et avoir bonne opinion d'eux-mêmes.

ANNA.

Voici une fleur de pissenlit ; je veux souffler dessus pour savoir combien de temps je vivrai encore.

LE PAYSAN.

Je m'étonne de voir des enfants courir encore si tard ; ils arriveront tout droit dans la gueule du loup. Retournez chez vous, enfants ; c'est plus sage. Voici le soir, il est temps de rentrer.

LE CHAPERON ROUGE.

Je vais auprès de ma grand'mère pour lui porter son souper, et je n'ai rien à faire avec le loup.

LE PAYSAN.

Quand il t'aura exterminée, il ne sera plus temps de tenir un autre langage. Voilà comme sont les enfants ; ils deviennent par trop sûrs d'eux-mêmes.

(Il s'éloigne.)

ANNA.

Je vivrai encore cent ans.

LE COUCOU, derrière la scène.

Coucou ! coucou ! coucou !

LE CHAPERON ROUGE.

Ce serait pourtant un peu trop.

ANNA.

Non, il n'y a rien à en rabattre. Maintenant je n'ai plus peur du loup.

LE CHAPERON ROUGE.

Je veux aussi tenter le sort. (Elle souffle sur une des fleurs.) Regarde, tout est loin.

ANNA.

Hélas ! pauvre enfant ! mourir sitôt [1] !

(1) On connaît cette superstition populaire attachée au pissenlit. Quand, à la place de ses petites corolles jaunes, la fleur ne porte plus qu'une touffe de legers et mobiles filaments, que dans certaines provinces on appelle du minon, on souffle dessus ; s'il reste beaucoup de filaments à la tige, c'est un signe indubitable de longue vie ; si au contraire ils s'envolent tous d'un seul coup, il faut se hâter de faire son testament, car on est bien près de mourir. C'est une chose sûre que toutes les bonnes femmes de village vous diront.

(N. du trad.)

LE CHAPERON ROUGE.

Si je meurs, tu hériteras de mon chaperon rouge ; mais je vivrai plus long-temps que toi, car j'ai une meilleure poitrine, voilà pourquoi j'ai chassé d'un souffle tous ces petits filets de fleur. Ma mère m'a trop bien élevée pour que je puisse croire à de telles histoires. D'ailleurs je ne sais pas comment la fleur pourrait connaître notre sort. D'abord elle est jaune, puis elle devient grise, comme un homme tombé dans l'enfance qui ne sait ce qui lui arrive. Elle reste au bord du chemin, et le premier coup de vent qui arrive la rase complétement.

LE COUCOU.

Coucou ! coucou ! coucou !

ANNA.

Si tu ne crois pas aux prophéties de cette fleur, voici encore un nouveau moyen. Demande au coucou combien de temps il te reste à vivre ; si celui-là ne le sait pas, personne ne le sait.

LE CHAPERON ROUGE.

Oui, fie-toi donc à un oiseau qui reste toujours caché dans l'ombre, et qui crie parce qu'il s'ennuie. Coucou, combien de temps ai-je encore à vivre ?

ANNA.

Vois-tu, il ne répond pas. Hélas ! adieu, ma pauvre amie ; si je ne te revois pas, pense à moi en mourant, comme je penserai à toi dans cette vie.

(Elle s'éloigne.)

LE CHAPERON ROUGE.

En voilà encore une qui est assez sotte pour son âge. (Le coucou vient sur la scène.) Que me veut donc cet oiseau ?

LE COUCOU.

Coucou ! prends garde à toi ! cou... cou. Je ne peux parler comme je voudrais. Cou... sois prudente ; coucou... le loup...

(Il s'envole.)

LE CHAPERON ROUGE.

Il n'a pas fait un long discours, et j'ai été tentée de rire en le voyant... Ah ! voici notre chien. Où vas-tu donc ? Comme il me caresse, comme il vient s'appuyer contre moi ! Il voit bien que je porte quelque chose à manger.

LE CHIEN.

Ne t'abandonne pas trop à ta sécurité.

LE CHAPERON ROUGE.

Quand je rentrerai à la maison, viens près de moi, je te donnerai à souper.

LE CHIEN.

Ne te fie pas trop à ton courage. Je me mets à genoux devant toi. Je ne puis pas bien parler. Ne sois pas trop hardie ; le loup pourrait te manger.

LE CHAPERON ROUGE.

Allons, sot que tu es, il est temps de partir. Tu n'as pas la tête en bon état aujourd'hui.

(*Elle s'éloigne.*)

LE CHIEN.

N'aie pas trop de confiance.

LE COUCOU.

Regarde autour de toi.

LE ROSSIGNOL.

Les oiseaux font de toutes parts retentir leurs chants ; leurs soupirs s'exhalent mélodieusement dans les airs ; mais aucun d'eux ne peut soupirer et plaire comme moi.

LE COUCOU.

Coucou ! prends garde [1].

LE LOUP, *dans le lit.*

Je suis enfin parvenu à entrer et à tuer la vieille femme. Contre mon espérance, la porte de la cour et celle de la maison étaient ouvertes. La vieille s'est fâchée et voulait se défendre, mais moi je n'étais pas disposé à m'en retourner, et la voilà étranglée, morte et couchée sous le lit. Je voudrais seulement avoir le Chaperon rouge : mais je vais m'y prendre adroitement. Je m'habille comme la grand'mère, je mets sa coiffe sur ma tête ; il fait déjà sombre, je me couche dans le lit, comme si j'étais malade, et j'attends. Mais la voici qui vient toute pensive.

LE CHAPERON ROUGE.

Grand'maman, es-tu déjà au lit ?

LE LOUP.

Depuis plus d'une heure, mon enfant. J'avais un grand désir de te revoir ; je ne suis pas bien.

LE CHAPERON ROUGE.

Ma mère te dit mille choses ; je t'apporte de sa part un poulet rôti ; cela doit te convenir dans ton état de faiblesse. Mon père n'était pas très bien disposé. Je suis sortie à la hâte, car il me bat quelquefois ; il ne veut pas toujours me permettre de venir près de toi. Tu t'es mise au lit à rebours... Ah ! grand'maman ! quelles drôles de mains as-tu ?

---

(1) Il y a ici un certain travail d'harmonie imitative que nous ne pouvons rendre en français. Le nom allemand de coucou, par exemple, *kuckuk*, Tieck le partage en deux mots, *kuck-kuck*, ce qui veut dire regarde. Le chien crie : *Bau nicht auf Sicherheit* (Ne te fie pas à ta sécurité), et ce mot *bau* qui se prononce *baô*, a probablement été choisi exprès pour imiter l'aboiement. Enfin il y a dans les vers que prononce le rossignol une sorte de musique de mots semblable à celle que Ronsard recherchait pour imiter le chant de l'alouette. Nous sommes loin d'approuver dans un poète comme Tieck ces artifices de langage qui paraîtront toujours assez puérils, mais nous avons cru qu'il était de notre devoir de traducteur de les indiquer.

(N. du trad.)

LE LOUP.

C'est pour te bien tenir.

LE CHAPERON ROUGE.

Mes parents m'ont dit que je devais passer la nuit avec toi.

LE LOUP.

C'est ce que je demande aussi.

LE CHAPERON ROUGE.

Ils disent qu'il est assez dangereux de se trouver dehors pendant la nuit... Tiens ! grand'maman ! pourquoi ces grandes oreilles ?

LE LOUP.

C'est pour te mieux entendre.

LE CHAPERON ROUGE.

La fenêtre est ouverte ; il fait froid.

LE LOUP.

Laisse-la ; tu auras chaud dans le lit.

LE CHAPERON ROUGE.

J'avais un grand désir de venir près de toi ; maintenant j'ai peur... Mais pourquoi ces grands yeux ?

LE LOUP.

C'est pour te mieux voir.

LE CHAPERON ROUGE.

Il me semble aussi que ton nez n'est pas comme de coutume.

LE LOUP.

Mon enfant, c'est l'effet de l'obscurité du soir.

LE CHAPERON ROUGE.

Ah ! seigneur Dieu ! pourquoi cette grande bouche ?

LE LOUP.

C'est pour te mieux manger.

LE CHAPERON ROUGE.

Au secours ! au secours ! sauvez-moi !

LE LOUP.

Tu as beau crier ; il faut que tu meures.

(*Le rideau du lit tombe. — Les deux rouge-gorges entrent par la fenêtre.*)

LE PREMIER.

Viens voir ce qui se passe.

LE SECOND.

Le Chaperon rouge fait notre joie.

LE PREMIER.

Elle est dans le lit ; je veux la voir.

(*Il se glisse derrière le rideau.*)

LE SECOND.

Comme l'air entre doucement dans cette chambre !

LE PREMIER.

O malheur ! malheur ! désolation !

LE SECOND.

Qu'y a-t-il ?

LE PREMIER.

Le loup est là et le Chaperon rouge est mort.

TOUS DEUX.

O malheur !

LE CHASSEUR, *s'approchant de la fenêtre.*

Pourquoi donc vous lamentez-vous ainsi ?

LES OISEAUX.

Le Chaperon rouge est mort ; le loup l'a déchiré en morceaux et l'a déjà à moitié mangé.

LE CHASSEUR.

Que Dieu ait pitié d'elle ! Je vais tirer par la fenêtre. (*Il tire.*) Voilà le loup qui nage dans son sang ; il est mort : C'est la punition qu'il méritait. Le malfaiteur peut bien commettre un crime, mais il n'échappe jamais au châtiment [1].

(1) La tradition allemande, après avoir raconté la mort du Chaperon rouge, présente un appendice qui vient fort à propos essuyer les larmes qu'elle pourrait faire répandre. Le loup vorace, ayant devoré la grand'mère avec la petite-fille, s'endort dans sa sécurité de conscience sur le lit de sa victime. Le chasseur arrive, et lève son arquebuse pour le tuer ; puis une heureuse réflexion lui vient : « Peut-être, se dit-il, en m'y prenant autrement pourrai-je encore sauver le Chaperon rouge. » Le voilà donc qui s'avance bravement près du loup et lui fend le ventre ; au second coup de couteau la petite-fille le regarde en riant, au troisième elle s'élance dans la chambre en s'écriant : « Mon Dieu ! qu'on est mal à l'aise dans le ventre du loup ! » Le chasseur continue sa besogne, et la grand'mère sort ensuite tout habillée en se plaignant de l'horrible gêne qu'elle a éprouvée. Après cela, pour remplir le vide qui avait nécessairement dû s'opérer dans les entrailles du loup par l'absence de ses deux intéressantes victimes, on lui remplit le ventre et l'estomac de grosses pierres. Là-dessus le loup se réveille. Il veut se lever sur son séant, mais les pierres l'empêchent de se mouvoir, et il tombe sous les coups d'arquebuse du chasseur. Tout cela est bien étrange, j'en conviens franchement, et il pourra se trouver de par le monde plus d'un lecteur sceptique qui hésite à admettre l'authenticité du fait. Pour moi, j'aime mieux y croire pleinement que de croire à la mort du pauvre Chaperon rouge.

(*Note du traducteur.*)

FIN DU PETIT CHAPERON ROUGE.

Imprimé en France
FROC021818210120
23239FR00022B/393/P